JORGE ALBERTO
COSTA E SILVA

FERNANDA MELLO GENTIL

JORGE ALBERTO COSTA E SILVA

UM ASTRÔNOMO DA MENTE

PREFÁCIO
Silvano Raia

Copyright © Fernanda Mello Gentil, 2023

EDITOR
José Mario Pereira

EDITORA ASSISTENTE
Christine Ajuz

REVISÃO
Elisângela Alves

PRODUÇÃO
Davi Holanda

CAPA
Miriam Lerner | Equatorium Design

DIAGRAMAÇÃO
Arte das Letras

CIP-BRASIL CATALOGAÇÃO NA FONTE.
SINDICATO NACIONAL DOS EDITORES DE LIVROS, RJ.

Gentil, Fernanda Mello

Jorge Alberto Costa e Silva: um astrônomo da mente / Fernanda Mello Gentil. – Rio de Janeiro, RJ: Topbooks Editora, 2023.

ISBN 978-65-5897-025-5

1. Histórias de vida 2. Médico – Biografia 3. Psiquiatras – Brasil – Biografia 4. Silva, Jorge Alberto Costa e, 1942 – I. Título.

23-164928   CDD-616.890092

TODOS OS DIREITOS RESERVADOS POR

Topbooks Editora e Distribuidora de Livros Ltda.

Rua Visconde de Inhaúma, 58 / gr. 203 – Centro

Rio de Janeiro – CEP: 20091-007

Tels: (21) 2233-8718 e 2283-1039

topbooks@topbooks.com.br/www.topbooks.com.br

Estamos também no Facebook e Instagram.

SUMÁRIO

Prefácio – Silvano Raia 9

Nota introdutória 11

Prólogo – Meninos, eu vivi: carta aos leitores 17

PARTE I – DA INFÂNCIA À PSIQUIATRIA

1 – Infância: o primeiro ato 29

2 – As descobertas da juventude e o estudo da medicina 41

3 – A vocação para a psiquiatria e o início da carreira 61

PARTE II – MEMÓRIAS E REFLEXÕES

4 – As peripécias de um médico viajante 89

5 – A metafísica da doença 115

6 – A relação médico-paciente 129

PARTE III – O PSIQUIATRA –
CLÍNICA, PESQUISA, GESTÃO

7 – O gestor de políticas públicas 145

8 – Espiritualidade e saúde mental 175

9 – O professor e o mundo acadêmico 187

10 – O cientista pesquisador e o Inbracer 203

PARTE IV – A MENTE

11 – Avanços recentes na compreensão dos
transtornos mentais 219
12 – A mente como fenômeno quântico 249
13 – Psiquiatria em tempos virulentos 273
14 – Breve histórico da depressão 299

AGRADECIMENTOS 319
BREVE CURRÍCULO 327

PREFÁCIO

Silvano Raia

Este livro nos permite conhecer a história de Jorge Alberto Costa e Silva e entender como grandes pensadores interpretaram a evolução da mente dos seres humanos.

A vida de Jorge é fascinante. Viajou de camelo, canoa e elefante por 142 dos 193 países atualmente existentes. É membro de inúmeras sociedades internacionais e nacionais. Recebeu láureas no Brasil, em Portugal, nos Estados Unidos e na França, aonde foi agraciado com a *Legion d'Honneur*.

Seu pioneirismo o estimulou a realizar um dos primeiros estudos controlados duplos-cegos em psiquiatria e usar o carbonato de lítio no tratamento do transtorno bipolar.

Ao comentar conceitos e interpretações de vários autores nos oferece uma oportunidade para entender o que é ser normal, doente e anormal, aperfeiçoando a visão sobre nós mesmos e do mundo que nos cerca.

Demonstra que o cérebro é o único órgão do corpo humano ainda em desenvolvimento e que estamos evoluindo para um novo formato do *Homo sapiens*.

A sequência de suas atividades profissionais nos leva, sucessivamente, de uma psiquiatria psicológica para uma psiquiatria biológica, para uma psicologia quântica e finalmente para uma psiquiatria holística integrada, na qual todos os fenômenos convergem para um só, central e determinante.

Tenta explicar a origem do Universo citando Newton, Einstein e Higgs. Acredita que o verdadeiro universo infinito está dentro de nosso cérebro e se expressa pela nossa mente. Daí ser conhecido como o astrônomo da mente.

Sugere que, o uso contínuo da mente pode alterar positivamente o funcionamento do cérebro desenvolvendo e aprimorando nosso ego individual. "Somos o que pensamos e fazemos o que pensamos".

Conclui que desde sempre toda atividade humana foi regida e orientada por amor, sentimento que emerge de nossa consciência e que nos caracteriza.

Em síntese, este livro nos permite conhecer um homem excepcional. Como Leonardo Da Vinci extrapolou a pintura para inovar em todos os campos do conhecimento humano de sua época, Jorge Alberto Costa e Silva, extrapola os conhecimentos da psiquiatria para nos orientar na interpretação do mundo atual.

Boa leitura!

NOTA INTRODUTÓRIA

Na nossa primeira conversa que durou mais de uma hora, Dr. Jorge Alberto citou Mia Couto, Mário de Andrade, Sartre, Platão, Freud, Victor Hugo, Frank Sinatra e Mozart. Entendi logo que estava diante um homem essencialmente inquieto, apaixonado, falante, com mil histórias na cabeça e referências sem fim.

Sabemos que ele fez 80 anos em 2021, mas seus amigos brincam dizendo que ele deve ter uns 280 anos, pela quantidade de situações, experiências, países, pacientes, cargos, pesquisas. Sou obrigada a concordar.

É verdade que abranger todos os seus trabalhos e histórias de vida exigiria a escrita de um daqueles livros que entortam a coluna, mas a sua proposta, desde o início, era outra. Esse primeiro volume – pois é desejável que venham outros, porque não faltam histórias – é o perfil biográfico de uma pessoa múltipla, ou melhor, um ensaio biográfico sem nenhuma intenção de esgotar toda a trama da vida do seu protagonista, simplesmente uma forma de sobrevoar a carreira de Jorge e descobrir como e por quais caminhos se tornou um astrônomo da mente; também é uma maneira de contar um pouco do muito que ele aprendeu ao longo da vida para o público geral, pontuando os principais momentos, de forma acessível, densa e divertida ao mesmo tempo. Sobretudo, Jorge, queria dar a sua contribuição, como fez tantas vezes, de diferentes maneiras, dessa vez em forma de livro, para uma área tão marginalizada quanto costumam ser os pacientes que trata.

Um astrônomo da mente, portanto, é uma reunião de memórias, histórias, pessoas, lugares e reflexões que marcaram a sua trajetória, uma coleção selecionada a dedo, a partir de vivências que estão intrinsicamente relacionadas à história da psiquiatria dos últimos sessenta anos.

A intenção foi trazer a cada capítulo, uma reflexão, uma pesquisa, um caso clínico, uma experiência interessante, enfim, tudo aquilo que o fez caminhar na direção da mente humana.

Na *PARTE I – Da infância à Psiquiatria –* falamos sobre *O primeiro ato:* as relações familiares, a escola, as primeiras leituras, a influência do pai, a primeira angústia existencial ou o que é o infinito? Além disso, apontamos as mudanças que aconteceram entre a experiência de infância do Dr. Jorge para a infância que encontramos hoje. Seguimos *As descobertas da juventude e o estudo da medicina,* a opção pela medicina, a entrada na universidade, o dia a dia na faculdade, os professores que mais o marcaram, as expectativas na época, a relação com os colegas, as diferenças entre o ensino na época e o atual. Depois entramos no segundo capítulo – *A vocação para a psiquiatria –* Como se deu a escolha da especialidade, pela qual, ficou conhecido. A descoberta de Freud.

A especialização e o início da prática. Como era a clínica e a pesquisa quando começou. E o que mudou do início da carreira para hoje na prática da psiquiatria?

Na *PARTE II – Memórias e Reflexões* embarcamos em *As peripécias de um médico viajante* – retratando o que essa experiência de inúmeras viagens lhe trouxe (142 países), como foi viver em trânsito, inclusive as situações inusitadas nos aviões. Procuramos entender como foi morar em diferentes cidades pelo mundo, e como conhecer tantos lugares e culturas o fez refletir sobre as pessoas e a sua prática médica, além de celebrar, em suas próprias palavras, o seu amor pela França e Portugal. A reflexão continua com um tema que nós, leigos, temos dificuldade de lidar, mas que é essencial, *A metafísica da doença* – o que é a doença? A doença como um fenômeno da natureza e cósmico. Uma reflexão filosófica sobre a doença e uma abordagem holística do exercício da profissão médica. E terminamos com uma questão fundamental na vida de qualquer médico em *A relação médico-paciente* – a importância da construção de uma relação de confiança entre o médico e o paciente, a máxima de que "o médico é primeiro remédio", os tratamentos e dificuldades, e a ética na prática médica.

Na *PARTE III – O Psiquiatra – prática, pesquisa, gestão*, passamos o olhar para *O gestor de políticas de saúde mental* – a riquíssima experiência nacional e internacional, especialmente o cargo de diretor da Divisão de Saúde Mental na OMS, a presidência na Associação Mundial de Psiquiatria e na Federação Mundial de Saúde Mental e a presidência da Academia Nacional de Medicina. Os programas que implementou, as pesquisas iniciadas, e uma série de iniciativas que continuam rendendo frutos. Daí partimos para *O professor e o mundo acadêmico* – A vida de professor, o mundo acadêmico, a relação com os alunos nas diferentes universidades onde trabalhou, como NYU e *Miami University* e PUC-RJ, assim como a função de Diretor da Faculdade de Medicina da UERJ. Seguimos com *O cientista pesquisador* – as principais pesquisas que participou – elegemos algumas – as ideias que prevaleceram e se tornaram política pública. As mudanças em tratamentos e medicações a partir das pesquisas, como por exemplo, as pesquisas sobre tabagismo, transtorno bipolar e depressão. Finalizamos esse capítulo com *A Clínica e a história do INBRACER*, a clínica da rua Getúlio das Neves, 22, Jardim Botânico, Rio de Janeiro, que se tornou INBRACER (Instituto Brasileiro do Cérebro), um endereço onde se passou boa parte da história da psiquiatria brasileira e mundial.

Prosseguimos com um Programa de Promoção de Saúde em especial: *Espiritualidade e saúde mental* que o levou a conhecer João Paulo II e Dalai Lama, entre outros líderes e mestres espirituais. Falamos da multiplicidade de fatores envolvidos na promoção de saúde, as relações políticas, econômicas, ideológicas, culturais e religiosas.

Na *PARTE IV – A mente,* o objetivo foi mergulhar fundo em como a mente se expressa de diferentes maneiras criando alterações. Como tudo está ligado dentro e entre a mente. Os exames que não existiam. Em *Um breve histórico da depressão,* traçamos um panorama da depressão da melancolia grega até os dias de hoje quando se tornou um grande problema de saúde pública, uma verdadeira pandemia. Em seguida, o capítulo *Os avanços recentes na compreensão da doença mental,* a partir de pesquisas de imagem, mapeamento cerebral, a epigenética, as descobertas do campo da neurociência. O que mudou com esse novo campo? Seguimos nessa linha de reflexão sobre a mente com *A mente como fenômeno quântico* – as descobertas da física quântica e as revelações de um novo mundo a partir das teorias quânticas. A cosmologia da mente. A mente constrói o universo? A mente é o universo? O que é a realidade? Por fim, perspectivas e expetativas para o futuro, o que podemos esperar no campo de saúde mental e as possíveis descobertas da neurociência. O último capítulo *A psiquiatria em tempos virulentos* é, sobretudo, sobre os efeitos da Covid e o mundo pós-covid, será um mundo transformado? Por fim, o epílogo é uma declaração do Jorge sobre o seu aprendizado de vida, visão de mundo, e um apelo à união, solidariedade, justiça social, e afeto, pilares que nortearam a sua vida.

Com esse panorama do que você, leitor e leitora, irá encontrar nesse livro, volto à conversa inicial com Jorge Alberto Costa e Silva, quando ele me contou uma história que me sensibilizou e forneceu o título ao livro.

Aos 8 anos, o menino Jorge perguntou para o pai, enquanto os dois admiravam as estrelas, onde acabava o céu. Seu pai respondeu que o céu não tinha fim. A resposta deixou o menino perplexo, a noção de infinito o assombrou, mas não se deu por vencido. Aos 9 anos tomou uma decisão, foi contar ao pai que queria ser astrônomo. O pai disse que astrônomo no Brasil não soava promissor e que o máximo que poderia fazer seria lhe dar uma luneta. O pai sempre foi sonhador, mas nem tanto.

Veio, então, a escolha quase evidente da medicina, sendo seu pai médico, e porque já intuía que nada é mais importante do que "ser com o outro", do que a potência do encontro porque "é o outro que tudo anima", como diz em seu discurso na entrada da Academia Nacional de Medicina.

Ao longo dos seus anos de pesquisa e prática, como psiquiatra e cientista, viu que a mente contém o universo inteiro, e que essa não é só uma metáfora. A mente se tornou o seu céu e, para a sua surpresa e deleite, fez-se astrônomo.

PRÓLOGO:

MENINOS, EU VIVI:
CARTA AOS LEITORES

Depois de relutar muito, resolvi contar estas histórias não como uma autobiografia, não queria simplesmente contar a minha história, as minhas conquistas, o que fiz, o que ganhei, inclusive porque isso está na Internet, e, como tudo hoje em dia, é só procurar. Eu quis, sim, contar sobre os meus aprendizados a cada etapa, do meu jeito e do meu ponto de vista, e as interpretações podem estar certas ou erradas, mas são as minhas interpretações.

Muito pouco da minha vida foi escolhido por mim, mas pelo destino que me surpreendeu de maneira feliz. Agora, aos 80 anos, gostaria de escolher como terminar o ensaio da minha vida, analisando o que fiz, de negativo e positivo. Fiz muita coisa errada, muita coisa certa. Porém, me dediquei a tudo aquilo que me propus a fazer, isso digo com convicção. Durante anos não fui ao cinema, ao teatro, para poder estudar, produzir, escrever. Meus tempos de férias eram os feriados mais longos, como Natal, Ano-Novo, Carnaval, Páscoa, mas, mesmo assim, levava malas de trabalho e livros para ler. Apaixonado pela leitura, colecionador de livros, é como sou.

Assim, a minha história foi sendo vivida, e gostaria de deixar esta história como legado, a minha contribuição para o alívio do sofrimento de alguns, daqueles que se sentirem tocados ou inspirados por algo que fiz ou pensei, pois esse sempre foi o norte da minha vida em todas as posições que ocupei, quando descobri que tinha uma voz que era ouvida e que tinha credibilidade. Então, eu estava ali para falar por aqueles que não tinham essa possibilidade de serem ouvidos e, portanto, de serem socorridos, ajudados, ou informados.

Esta história que fui contando é muito mais que a apresentação de um perfil biográfico, é a história de programas de educação, programas para doentes em grande escala, pesquisas internacionais, para muitos países e para o meu país, o Brasil; também é a história de uma pessoa que, quando menino, se encantou pelo céu, pelo universo, e desde então passou a procurar o significado do mundo para entender o seu próprio significado, por isso, o astrônomo da mente.

Então, descobri que na realidade tudo o que vemos são ondas, energias, muitas conhecidas, outras misteriosas, e que têm as suas leis tanto no plano macro como no micro, tanto no plano da matéria quanto no daquilo que não é física clássica newtoniana, mas é física quântica, um universo fora do tempo e do espaço, mas a que nós pertencemos e que nós temos em nós como a unidade última, como os gregos já diziam, aquilo que se pensava ser indivisível. Hoje, entendemos que não pode ser dividido porque não existe, só existe no momento em que interage com alguma outra, com outro fenômeno, como o caso, por exemplo, dos elétrons. Portanto, no mundo em que vivemos tudo está unido, nós estamos todos ligados.

Um dia, nós vamos entender que não pode existir paz no mundo, enquanto tantos sofrem, não existe justiça social enquanto muitos ainda não são atingidos pelos direitos que todo cidadão deve ter. O meu lema a vida inteira foi a justiça social. Não pode haver saúde sem justiça, sem a distribuição equalitária do acesso e direito à saúde. Ainda está muito longe disso, mas estamos evoluindo, já foi pior. Eu não tenho dúvida nenhuma de que a sociedade evoluiu e que vem melhorando, mas nós temos pressa, certo? Porque a nossa vida material é regida dentro das dimensões espaçotemporais, e, por isso, ela é limitada, enquanto numa dimensão cósmica, na dimensão da mente, por exemplo, não. Daí que o difícil da prática psiquiátrica, o grande desafio, é entender que a mente, apesar de parecer ser nossa, porque se expressa em nós, é um fenômeno cósmico. Assim como a biologia, que se expressa em nós, ela não é nossa, ela é fruto de um fenômeno cósmico e que vem se expressar onde ela tem condições de existir e de evoluir cumprindo a lei do universo.

Mesmo quando você lida no plano do indivíduo, na relação médico-paciente, deve procurar entender cada vez mais essa relação íntima do tudo com o todo, de um com os demais. Assim, nós vemos que a nossa responsabilidade, como ser humano não é só com a gente, é com a sociedade como um todo, com a humanidade como um todo, e com o planeta como um todo. Daí o termo que eu uso, já falei e repito, que é a de saúde planetária, e de felicidade. É preciso que tratemos a nossa moradia, que é o planeta, como a nossa residência, a nossa casa, não devemos agredir ou retirar mais do que o necessário – é preciso retirar algo para a sobrevivência – como agride-se o corpo humano para tirar uma pedra, ou um tumor, um pedaço que não está bom ou que vai servir para alguma outra coisa. Na sociedade deve ser assim também. O mundo está aí para que nós possamos viver nele, mas dentro de conceitos éticos. Não porque devemos agir de acordo com o que a lei dos homens dita, mas porque a lei do cosmos dita, a lei do universo diz que este planeta que nos deu origem, que nos mantém e nos sustenta, precisa que nós sejamos uma via de mão dupla, que nós também cuidemos dele, o sustentemos e o ajudemos a evoluir. São coisas que eu fui aprendendo. E acredito que, em tudo o que fazemos, devemos ter isso em mente.

Eu queria que esta mensagem, você identificasse, leitor e leitora, em toda esta minha história, que foi sendo contada até agora e que ajudou a formar o que hoje está dentro da minha mente, e que me fez entender que, se não servisse ao todo, eu não serviria ao Uno, porque o Uno, é parte do todo, mas não é uma parte que é desligada inteiramente: se eu mexi nela, eu estou mexendo no todo, isso é difícil de entender, mas é assim, eu quero que fique bem explícito. Ao mexer no Uno, eu mexo com tudo. Então, a responsabilidade de mexer a nível individual, pessoal, familiar, social, ou seja, o que for, na realidade, é um compromisso com o outro em sua diversidade cultural, humana e social, com a diversidade planetária. A nossa casa, o lugar que nos deu origem e que continua a nos nutrir e que continua a nos dar o bem-estar, também nos dá muitas vezes o mal-estar, graças a situações que nós não conseguimos entender, mas que nós próprios criamos.

Uma outra coisa que aprendi é que o livre-arbítrio não é a liberdade total, é a liberdade num determinado momento, num determinado trecho de fazer uma escolha entre A e B ou entre A, B e C, mas é preciso levar em consideração o todo, porque, de qualquer maneira, a decisão que eu tomar vai influenciar o todo. Daí, a responsabilidade de tomarmos a melhor decisão.

Ampliamos a maneira de percebermos o mundo invisível, sem ser com os olhos, sem ser com o tato, sem ser com olfato, ou com a audição, e nós começamos a entrar num outro universo, que é o universo do invisível e que se torna compreensível para nós através de algo que conseguimos interpretar, transformar em som ou em imagem, naquilo que os nossos órgãos, os nossos sentidos possam entender. Estamos vivendo uma civilização de alta complexidade, cada vez mais lidamos com um mundo em que a maior parte da nossa vida é feita de coisas que não sabemos como funcionam, de que apenas usufruímos e, às vezes, nem paramos pra pensar como é que isso acontece, como é que a Internet existe, como é que esses aplicativos das redes sociais existem, como existem os fenômenos de cirurgia a distância, a alta tecnologia da robótica, do diagnóstico, da imagem, da bioquímica, da biofísica e da psicopatologia, da psicologia, da mente humana.

É interessante que, enquanto usamos a matéria para entender o campo médico, conferindo sofisticação às imagens, de ressonância magnética, funcional, de eletroencefalograma, digital, de alta resolução, tomógrafo, e de tantos outros equipamentos, usando os conhecimentos da energia nuclear, a medicina nuclear, na mente, nós não temos isso, mas nós vamos precisar investigar e encontrar essa essência, que é muito mais potente. O mesmo esforço de construção através dos tempos que nos levaram a estudar o universo físico, entre os quais o universo físico do corpo humano, dos animais, das plantas, todos os seres vivos que constituem este planeta, nós vamos usar também para entender como é que a mente se organiza, o que eu chamo de mente e que é para mim – para muitos outros também, pode ser que não seja, mas é o nome que damos – e que já teve e ainda tem para milhões o nome de Deus, tem o nome de alma e de espírito. Hoje, a ciência dá o nome de consciência, dá o nome de mente, mas por quê? Porque a ciência evoluiu, ela dá uma outra explicação, com o conhecimento principalmente da dimensão não material da matéria, mas que constitui a matéria, que é a física quântica.

Então, há a psicologia, as especialidades que usam o conhecimento da mente humana, a psiquiatria, a psicanálise, e outras formas de conhecimento do funcionamento da mente, da expressão da mente para corrigir as alterações dela. Nós apenas começamos a entender esse fenômeno, porque o que chamamos de doenças cerebrais ou doenças mentais, na realidade, são doenças da matéria que impedem ou atrapalham, digamos assim, a expressão da parte não material que compõe a mente, aquilo que está dentro das partículas subatômicas e que, paradoxalmente, não está dentro de nada porque pertence ao todo, é o todo se expressando através do Uno.

Vamos, portanto, aperfeiçoando nosso conhecimento, mas não somente na psiquiatria, nas especialidades que lidam com a mente humana, mas em todas as formas de expressão da mente humana, seja na literatura, nas artes, mas, sobretudo, na gestão política, na gestão social, da sociedade humana geral, dentro do planeta, dentro da nossa casa, o que nós chamamos de sociedade planetária, que é a interação do planeta com os seus fenômenos biológicos, e que se expressam também através de fenômenos que podem trazer ou benefícios ou destruições, ou modificações ou mutações na nossa matéria, até mesmo a extinção, e a compreensão disso se dá através da mente e a mente leva às mudanças de comportamento.

Somos o que pensamos e fazemos o que pensamos. Então, é uma frase que sempre digo, na medida em que você começa a pensar cada vez mais adequadamente, mais de acordo com, digamos assim, o universo, com o cosmo, você também irá atuar mais adequadamente, seja sobre a sociedade como um todo, tornando a sociedade mais igualitária e harmoniosa, seja melhorando a relação dela com a moradia e a origem dela, o berço dela, que é este planeta.

Devemos também atuar sobre o indivíduo. Estamos melhorando a atuação sobre o indivíduo físico, mas, sobretudo, com a dimensão humana dele, melhorando a relação com o paciente, a relação dele com a doença dele, dando o melhor de nós para melhor tratá-lo. Isso é o que aprendi dentro desse universo, atuando em diversas agências intergovernamentais, mas começando lá atrás com o primeiro paciente, o primeiro aluno, então, começando pela relação dual, que me levou para, na idade de hoje, uma relação plural.

No início, fui aprendendo, e depois executando esse conhecimento, e se você observar, há uma coerência, um fio condutor na história da minha vida. Ao chegar aos 80 anos, falo daquilo que me construiu e do que, eu devo continuar a construir com mais sabedoria. Antes, nós adquirimos conhecimentos, adquirimos informação, desenvolvemos a nossa inteligência, cultura, para atingirmos alguma sabedoria. E, a partir daí, a nossa responsabilidade é muito maior, você tem a responsabilidade que o conhecimento lhe deu em forma de sabedoria, a vivência de Deus ou da mente em forma de sabedoria.

Aqui chegamos ao século XXI, no ano 2023, em que temos a responsabilidade de saber nos conduzir adequadamente para superarmos os desafios importantíssimos que há no mundo altamente tecnológico para nós. A nossa sociedade alcançou o ponto mais complexo e sofisticado dos nossos parcos milhões de anos de vida neste planeta, mas vivemos dez vezes, vinte, trinta, quarenta vezes mais, e não temos nenhuma noção de para onde vamos, nós temos noção do nosso compromisso hoje com o pretérito que nos trouxe aqui até onde estamos, e nós temos um compromisso com o que está por vir. Mesmo que não saibamos o que é, entendemos que nós temos um papel nisso. Santo Agostinho dizia, nas suas *Confissões*, que o tempo é um só, presente do passado, presente do presente, presente do futuro, quer dizer, tudo se passa no presente, o passado, o momento e o futuro. E na física quântica, não existe tempo, tudo existe e sempre existiu, porque nunca nasceu e nem nunca vai morrer.

Ser um astrônomo é, para mim, seguir aprendendo, é entender que tudo é um todo e que não existe nada isolado, é conseguir do através dos nossos sentidos, do nosso funcionamento cerebral humano, dos nossos sentimentos, do nosso amor, entender de onde viemos, aonde iremos e qual o nosso propósito. Acredito que o nosso papel aqui é ajudar a cumprir a lei cósmica. Como dizia Gerard Edelman: "Se Deus criou o cérebro e a mente no homem, foi para que ele pudesse apreciar a beleza da obra dele e ajudá-lo a terminá-la."

PARTE I
DA INFÂNCIA À PSIQUIATRIA

1

INFÂNCIA: O PRIMEIRO ATO

"A criança é o pai do homem."
William Wordsworth no poema "The Rainbow"

Tudo na história do dr. Jorge Alberto é superlativo e um tanto atípico, começando pela vida dos seus pais.

Jorge Carvalho da Silva e Etelvina Costa e Silva eram vizinhos na cidade do Rio de Janeiro, ambos aos 10 anos de idade, em 1926. Eles começaram a brincar juntos e não pararam por 90 anos, o que talvez devesse entrar no livro do *Guinness*.

Eles se casaram, passaram a vida juntos, e morreram quase aos 100 anos. Jorge foi primeiro, meses depois Etelvina o seguiu. Pouco antes de partirem, ainda eram flagrados vendo televisão de mãos dadas. Dr. Jorge Alberto, o filho, ficou órfão aos 74 anos, sua irmã Sueli, aos 72.

Etelvina era filha de Josepha Belda Benavente, espanhola, e sobrinha neta de Dom Jacinto Benavente, que ganhou o Prêmio Nobel de Literatura, cujo pai, Dr. Mariano Benavente, era médico da real Academia Espanhola de medicina e o criador da disciplina da pediatria; ambos considerados patrimônio histórico da Espanha. Osvaldo Vieira da Costa, pai de Etelvina, era pintor e cenógrafo. Uma família recheada de artistas. A do seu pai Jorge não ficava atrás, a arte sempre esteve por perto, começando por sua mãe, Izabel Carvalho da Silva, pianista de primeira, casada com João Carvalho da Silva, advogado que, contrariando a longevidade da família, morreu cedo.

Jorge Carvalho herdou da mãe o gosto pela música, aprendeu piano e cantava bem. Chegou a ser cantor da Rádio Nacional, ao mesmo tempo em que estudava medicina na UFRJ, na Praia Vermelha. Quando Jorge se casou com Etelvina, largou a profissão de cantor, já que ela não gostava da ideia de seu marido ficar cantando pelos bares à noite, além de ter chegado a hora de exercer sua profissão.

Eles se casaram aos 23 anos. E Jorge foi trabalhar no Hospital Eufrásia Teixeira Leite em Vassouras (RJ), como patologista clínico, criando o primeiro banco de sangue da região. Hoje o hospital ainda existe como Escola de Medicina de Vassouras.

No dia 26 de março de 1942, às 5 horas da manhã, nasceu Jorge Alberto Costa e Silva, de parto normal, ariano, como gosta de afirmar, regido pelo pioneirismo, pela impetuosidade, e pela impaciência, até hoje não suporta filas. Foi amamentado até 1 ano.

Dr. Jorge, como médico que é, fez questão de explicar que tanto o parto normal quanto a amamentação são importantes na formação do bebê, que o parto normal estimula o aumento da imunidade, o sistema nervoso, e a formação de um microbioma saudável, o que é fundamental, já que o intestino é chamado de *segundo cérebro*, por ser, com o coração, os únicos órgãos que tem neurônios, além do cérebro. A amamentação também protege o bebê de doenças, sem falar na importância do toque da mãe e do contato da pele. Felizmente, ele teve todos esses benefícios.

Quando a infância é boa, tranquila, sem sobressaltos, as lembranças são mais escassas. A gente se lembra do trauma, da perda, do mal-estar, das memórias sofridas. Sombras distantes na infância de Jorge.

A família vivia numa chácara, com mangueiras. A manga é a *madeleine* de Jorge – embora também tenha aprendido a amar as *madeleines* no seu tempo em Paris, mas isso é mais pra frente. Adorava arroz, feijão e farinha, continua procurando por farofa, que come religiosamente onde estiver. Farofa, manga, e os *Noturnos* de Chopin, que sua avó tocava, são o gosto, o cheiro e o som da infância.

A primeira lembrança que tem é a do nascimento da irmã Sueli, dois anos depois dele, o que provocou sua primeira crise de ciúme. Tinha um pandeirinho na mão, um de seus brinquedos favoritos, e ao ver a irmã sendo amamentada, bateu com o pandeiro na cabeça dela. Levou uma bronca da mãe e logo entendeu que pandeirinhos e cabeças de irmãs não combinam. Na verdade, ele não tem certeza de se lembrar disso, ou de se ouvir contar.

A lembrança mais viva, porém, veio um pouco depois, aos 3 anos, graças à festa que acontecia na sua casa. Na época, não entendia o que era aquela alegria toda, depois soube que foi a celebração do fim da guerra em agosto de 1945.

Neste momento ganhou um cãozinho vira lata chamado Silk, que comia os restos da comida nas refeições. Era como irmão e marcou muito sua vida e quando morreu, Jorge já era médico. Silk viveu 23 anos.

Aos 4 e 5 anos, ficava sentado no colo do pai, enquanto ele lhe mostrava histórias e lia em voz alta. O primeiro livro foi *Cazuza,* o autor foi Viriato Correa, depois o pai enveredou por toda a obra de Monteiro Lobato. Escutava o pai lendo, mostrando o livro, e o acompanhava. Aos 5 anos, descobriu que já sabia ler.

Aos 8 anos, aconteceu o episódio do céu que citei e repito aqui. Ele perguntou ao pai, enquanto os dois olhavam as estrelas, onde acabava o céu. Seu pai respondeu que o céu não tinha fim. A resposta deixou o menino perplexo, foi a sua primeira angústia existencial. Aos 9 anos, tomou uma decisão, foi contar ao pai que queria ser astrônomo. O pai disse que astrônomo no Brasil não soava promissor, e que, o máximo que poderia fazer, seria lhe dar uma luneta. O pai sempre foi sonhador, mas nem tanto. Fora o seu espanto com o infinito, Jorge nunca teve doenças sérias, pesadelos, ou problemas de aprendizado; ele teve um crescimento sereno, embalado por pais amorosos.

As suas incursões nas artes, quando criança, foram mais desafiadoras, como uma aula de escultura em que aprendeu a fazer um jacaré, e repetidamente fazia o jacaré, de cor diferente, porque nada mais lhe ocorria. Também contou sobre a tentativa de tocar instrumentos que tanto amava, mas que não retribuíram o seu amor na mesma medida. Revelou ainda a sua paixão pela literatura e a consciência de que não era um escritor, mas um leitor compulsivo.

Aos 10 anos, de repente, sua vida mudou. Foi mandado para o colégio São José, interno na Tijuca, perto do Alto da Boa Vista, em frente ao que hoje é a favela do Borel e da fábrica da Souza Cruz, de onde soprava um cheiro de tabaco. Era um colégio marista, ele tinha que acordar cedo e ir à missa todos os dias.

Chegou lá assustado, nunca tinha dormido sozinho, nem fora de casa. A primeira noite chorou sem parar. Admite que o início foi uma dificuldade, chorou por uns seis meses, sentindo a falta de casa e dos pais. Até que um dia se conformou e começou a aproveitar o que a escola tinha a oferecer. Hoje acredita que ter sido interno foi a melhor coisa que poderia ter acontecido.

Eram quatrocentos alunos, todo um mundo que se abria. Lá havia uma Academia de Letras, Jackson de Figueiredo, maravilhosa. À disposição tinha a coleção de letras infantojuvenil. Ele pegava os livros, devolvia, e no dia seguinte continuava lendo e participando de discussões sobre a obra lida. Descobriu que as conversas que tinha com o pai, filosóficas, também eram possíveis ali, com mais ouvidos e mais debates.

Aos 11 anos, a professora fez um desenho no quadro-negro e cada aluno tinha que reproduzir o desenho. Ele perguntou para o colega ao lado o que estava desenhado, porque não enxergava nada. Quando soube que era uma flor, acreditou que não teria problemas, conhecia flores, tinha convivido com várias na sua casa, desenhou o melhor possível e entregou. Levou zero. Não entendeu nada e ficou indignado, sempre lidou mal com uma derrota, como confessou, e o seu senso de justiça não gostou daquele resultado e também por estar entre os primeiros da turma toda a vida.

Foi falar com o pai, que o levou imediatamente ao oftalmologista. Descobriu então que era míope e tinha que usar óculos. Era uma má notícia para o garoto Jorge, que não se adaptou aos óculos e se sentiu incomodado. Principalmente, porque jogava futebol e os óculos atrapalhavam. Com a mesma idade, teve o único problema de saúde de que se lembra, uma apendicite.

Mais tarde, aos 13 anos, teve uma lesão na rótula jogando futebol, precisou botar um gesso na perna toda, mas ele não quis nem saber, jogava futebol de bengala quando queria, não que alguém o chamasse para fazer parte do time, jogava sozinho ou com algum colega mais compreensivo.

Sempre adorou futebol, escolheu o Vasco como o time do coração, embora seus pais e irmã fossem flamenguistas. Frequentavam os jogos no estádio, os três da sua família de um lado, ele, afastado, do outro. Se me perguntasse, eu diria que essa opção futebolística foi um dos poucos desacertos da sua infância, não que ele fosse concordar comigo.

Alguns professores o marcaram muito, como o irmão Francisco, ou Chico, quando tinha 12 e 13 anos, que discursava sobre a vantagens de ser bom e caridoso. Também o irmão, Estevão, dos 14 aos 15 anos, que falava de filosofia, e sempre alertava para se prestar atenção no detalhe, porque *é lá no detalhe que está o todo.* Como nem tudo são flores, tinha professores chatos também, como o irmão Bacalhau, que era como os alunos o chamavam, professor de matemática.

Na escola era o tocador de sino oficial, sempre gostou de atividades diferentes, as que ninguém mais se interessava em fazer. Foi coroinha também, ajudando a missa.

Seu pai o buscava todos os sábados na escola, mas antes de irem para casa, paravam na Livraria Ler na rua Sete de Setembro, centro do Rio. Na entrada da livraria, bem no alto, via os dizeres: "QUEM NÃO LÊ, MAL FALA, MAL OUVE, MAL VÊ." Nunca os esqueceu.

Um dia, na Ler, pegou um exemplar e perguntou ao pai se podia comprar, e seu Jorge concordou. Na hora do pagamento, o pai pegou os livros escolhidos, inclusive um infantil que estava no balcão, mas o exemplar que estava na mão do filho não foi contabilizado. Quando o menino Jorge se deu conta da confusão, morreu de vergonha. Ele tinha cometido um furto. Em casa, só lia o exemplar que o pai comprou, o outro, que não foi pago, por distração sua, largou de lado numa gaveta, simplesmente não ousou ler aquele.

Sempre conviveu com os livros, os romances. Um dos mais marcantes foi *Os miseráveis,* de Victor Hugo, que ainda o comove. Graças a ele, quando esteve em Paris, pela primeira vez, a excursão que escolheu foi a de conhecer os bueiros, os esgotos, para o desgosto dos seus colegas, que tinham outras atrações em mente.

A pobreza, a desigualdade e a busca por justiça social fizeram parte do seu repertório desde garoto, não apenas por causa de *Os miseráveis.* O seu pai era um idealista, queria mudar o mundo, lutava por justiça e igualdade. Comunista, filiado ao Partidão, o PCB, foi preso em 1964 pela primeira vez, e outras prisões se seguiram. Entrava e saía da cadeia, enquanto, Etelvina, firme e pragmática, tratava com os advogados e resolvia o que podia, além de cuidar dos filhos. Jorge, eventualmente, foi solto, mas demitido do hospital e obrigado a abandonar o seu posto de médico do estado.

Quando o filho se interessou pelo comunismo, o pai aconselhou que ele fizesse um curso no centro da cidade para entender por si mesmo e decidir se era o caminho que queria. Não iria impor seus ideais, não era próprio da sua personalidade.

Quando houve a anistia, Jorge foi dizer ao pai que ele poderia ser ressarcido, mas ele não quis nem discutir o assunto, embora tivesse passado por inúmeras dificuldades financeiras, durante e após a sua prisão. "Eu não quero que outras pessoas paguem com seus trabalhos e impostos pelas escolhas que fiz", respondeu. Costumava falar: "Não se envergonhe nem culpe ninguém por suas escolhas." Apesar do sofrimento que viveu, Jorge conta que o pai não tinha ressentimentos e não falava mal de ninguém, o que por si só é um assombro. Ainda bem que seu Jorge não conheceu as redes sociais de hoje, parece que não ia se adaptar.

Na verdade, muitos diriam, ao ler sobre a infância de Jorge, que "não se fazem mais infâncias como antigamente". Colégios internos, pais casados a vida toda, liberdade para brincar com os amigos, jogar pelada na rua, casa com jardim são elementos cada vez mais escassos nas histórias de crianças brasileiras de classe média, independentemente de qualquer juízo de valor.

Quando fiz essa observação, Jorge ponderou que a infância deve ter uns duzentos anos. Historicamente, o conceito de infância é recente, como nos ensina o historiador Philippe Ariès, em *História social da criança e da família*. Durante a Idade Média, a criança existia como um adulto pequeno, em miniatura. Nada distinguia a criança do adulto, a não ser o tamanho. E o criador da especialidade, o seu tio-avô, dr. Mariano Benavente, constatou que o organismo da criança era diferente do adulto, criando o que se chamou na época de medicina da infância.

Evidentemente, que muita coisa mudou de lá pra cá, e ainda mais intensamente de pouco tempo pra cá. Desde os anos 1960, as mudanças foram acontecendo em ritmo vertiginoso, não apenas para as crianças, mas para as famílias de modo geral. Hoje temos famílias ampliadas, com pais, padrastos, irmãos, meios-irmãos, diferentes formações familiares, diferentes formas de reprodução, sendo a heterossexual, sem intervenção de procedimentos, apenas uma delas.

Isso é importante, porque Jorge não nos deixa esquecer que estamos vivendo um momento de transição, de mudança de paradigma, tal como explica Thomas Kuhn em *A estrutura das revoluções científicas*, em que apresenta a crise de um paradigma como o momento em que modelos consensuais adotados pela comunidade científica de uma época são abandonados, o que implica uma mudança de perguntas, portanto, um novo paradigma. Resumindo, as perguntas antigas foram respondidas ou já não servem mais.

Estamos diante de um novo paradigma e de um novo homem, um tema caro ao Jorge. As crianças são novas também, como não podiam deixar de ser.

O fato é que toda adaptação leva algum tempo, parece que, no início, não sabemos direito o que fazer. Cada vez mais, vemos crianças com problemas que não existiam na infância de Jorge, ou eram raros, crianças com depressão, ataques de pânico, anorexia, bulimia, déficit de atenção, transtornos ansiosos, depressivos e neurocognitivos, doenças decorrentes da poluição sonora e auditiva e outras, que mal conhecemos.

A depressão na infância e adolescência e outros transtornos têm sido tema de pesquisas nacionais e internacionais devido ao aumento da sua prevalência nos últimos anos. O tema foi abordado no documento produzido pelo Departamento Científico de Desenvolvimento e Comportamento da Sociedade Brasileira de Pediatria (SBP), em 2019. Estima-se, no Brasil, que a prevalência de sintomas depressivos equivale a 59% entre adolescentes de 14 e 16 anos. Isso mesmo antes da pandemia de Covid, e não há ainda estudos amplos que permitam medir o aumento de casos por consequência do isolamento, da falta de atividade escolar, de relações exclusivamente virtuais, de insegurança em relação aos acontecimentos privados e públicos, e ao próprio luto de pessoas próximas.

O cérebro é o único órgão do corpo humano ainda em evolução. A mente nem se fala, ela se expande sempre. É importante esclarecer – uma tecla em que Jorge sempre bate por ser essencial – que cérebro e mente não são a mesma coisa. A mente pode conter o cérebro, mas o cérebro não contém a mente. A mente é muito maior, sem materialidade, sem uma definição fácil, sem contorno definido, mas não é um órgão, por mais impressionante seja. A mente é uma entidade para além do cérebro, talvez seja o universo inteiro, mas vamos falar disso mais adiante.

Voltando à infância, estamos também presenciando o nascimento de crianças virtuais e cada vez mais híbridas. Serão transumanos em breve? Não é só ficção, muito menos ficção científica, embora a ficção trate desse tema. Para dar um exemplo simples, citamos a série da HBO, em que a personagem Bethany, da série britânica *Years and Years,* que se passa num futuro próximo, diz aos pais que quer virar trans, eles ensaiam um discurso de aceitação para a jovem, acreditando se tratar de transgênero, mas não é isso, ela quer virar transumana. Eles acham a ideia completamente insana e sem sentido. É tudo muito estranho, de fato. Para Bethany, não importa, ela vai adiante e faz sua cirurgia, suas mãos viram celulares, o seu corpo se torna uma máquina permanentemente ligada à internet, com o implante de nanochips, e a conexão é tão rápida quanto o seu pensamento.

Não chegamos a tanto, mas o homem já está cada vez mais híbrido, como Jorge faz questão de frisar. Essa é uma realidade. Um grande número de pessoas tem um objeto produzido pela indústria em seu corpo, uma prótese, stent, um chip, marca-passo e outros.

O autor James Lovelock,[1] muito admirado por Jorge, revela como um ser vivo, que foi primeiramente modifi-

---

[1] James Lovelock é um pesquisador, ambientalista e escritor inglês, nascido em 1919, falecido em 2021. A hipótese de gaia foi articulada por ele para explicar o comportamento sistêmico do planeta Terra.

cado pela agricultura, pelas primitivas máquinas de metal, quando começa a mudar a natureza, em 1725, hoje é modificado pela inteligência artificial, que já tem forte presença no nosso mundo atual. E a IA tende a crescer vertiginosamente. Como afirma Lovelock, não estamos mais na era do Antropoceno. Nós saímos do carbono. Somos feitos de outros materiais também, alerta Jorge. Aliás, Jorge trabalhou como consultor científico em Minneapolis, Minnesota, EUA, numa grande indústria que fabrica prótese, stent, marca-passo – nada menos que 150 mil objetos eletrônicos – além de nanochips – 1 milhão de vezes menor que um grão de poeira – com 1 milhão de informações. Imaginem, objetos como chip para depressão, com efeito estimulador, chip para quem tem alucinações auditivas que sai da cirurgia de implante sem ouvir vozes.

Mas, calma, estamos apenas na infância.

2

AS DESCOBERTAS DA JUVENTUDE
E O ESTUDO DA MEDICINA

Jorge Cunha da Silva, tio-avô de Jorge Alberto, irmão da sua avó, contava que, quando era criança, queria ser o maior médico do mundo e descobrir a cura das doenças incuráveis; ele foi crescendo e, na adolescência, queria ser o maior médico das Américas – na época, se falava Américas –, já na Faculdade de Medicina, queria ser o maior médico do Brasil, descobrir a cura da malária ou febre tifoide, eram os sonhos que acalentava. Mas chegando ao final do curso, dizia apenas que queria ser o maior médico do Rio de Janeiro, ter a melhor clínica da cidade, ser um grande professor, tudo isso ele contava para o sobrinho do alto dos seus 60 e tantos anos, mas depois de quarenta anos de medicina, tendo sido um grande professor também, passou a declarar o seguinte: "Eu descobri que, na realidade, a única coisa que eu quero ser é um bom médico, porque ser o melhor, o mais importante, descobrir as coisas, são os outros que dizem, agora ser bom só você sabe se é, ninguém sabe realmente, só você, o resto são os votos que o mundo te dá, mas não faz parte da sua essência." Jorge Alberto entrou na faculdade com essa lição do tio incrustada nele, queria ser um bom médico, nem mais nem menos.

O seu pai era médico, seu tio, muitos médicos frequentaram a sua casa. Na época, os rapazes de boas escolas vindos da classe média escolhiam apenas uma de três carreiras: medicina, engenharia ou direito. Então, medicina era uma escolha natural na sua vida, sempre com esse objetivo na cabeça, graças à história que o tio lhe contou a vida inteira. Ele queria ser um bom médico.

"A minha vida foi um grande mistério para mim. Eu me formei para ser um bom médico, achei até que seria muito difícil ser um bom médico, achava que a medicina tinha tantos segredos, tantas coisas que eu precisava saber. Pensava, eu vou me esforçar, mas não sei se um dia vou conseguir ser bom. Eis que o mundo me leva a esses títulos todos que eu tenho hoje e a essas coisas que as pessoas dizem a meu respeito. Eu confesso, não posso mentir, que eu acredito que as pessoas acham que eu sou muito mais do que eu acho que eu sou, pode ser até que eles tenham razão, não sei, não é falsa humildade, nada disso, é uma realidade. Fico pensando como é que consegui fazer isso tudo, como cheguei a esses lugares, como encontrei essas pessoas. Não programei nada disso. Não fez parte de um projeto", confidenciou.

"É lógico", analisou Jorge, que "quando eu entrava num projeto, eu o incorporava até o último fio de cabelo": "Nunca na minha vida quis deixar de fazer uma coisa até o fim, eu pensava que era um problema da minha vida. Eu entrava no cinema, por pior que fosse o filme, ia até o fim, não conseguia sair, se não, sentia que perdia aquele tempo, vai que deixo de ver a grande cena do filme! A mesma coisa com os livros, eu tenho que ir até o fim. Hoje, acho que tenho um problema, não consigo ler um livro só, leio vários ao mesmo tempo, vou comprando, aí vou querendo ler, usando meus marcadores, alguns termino um ano depois, mas termino em algum momento."

INÍCIO DA FACULDADE

Quando Jorge entrou na faculdade, gostava da medicina como um todo, não sabia qual seria a sua especialidade e nem pensava nisso.

No primeiro ano, Jorge se ocupou ajeitando a biblioteca da universidade que estava toda desarrumada, a Biblioteca da Faculdade de Medicina, já que cursava as ciências médicas, na antiga UEG, hoje Uerj, em São Cristóvão. Ele ajudou dona Iolanda, que era bibliotecária, a separar os livros durante seis meses. Ele ocupava-se com a biblioteca na sua folga e, ao mesmo tempo, aproveitava para folhear os livros. "Eu achei o meu canto na biblioteca que estava sendo organizada, dediquei algum tempo a isto. Ninguém queria fazer e eu me ofereci. Sempre tive meus gostos estranhos. Tinha também uma colega que gostava de ler, eu mandava livros para ela, conversava sobre eles."

Na época, criou um clube de leitura, alguém escolhia um título e conversavam sobre o livro. No início havia duas, três pessoas, durou um ano, eram livros de literatura. Evidentemente Jorge começou com Victor Hugo. Sempre que encontrava uma pessoa que tinha lido um livro, que gostou, pedia para a pessoa preparar uma exposição, dizer como era o livro, por que tinha gostado, coisas assim.

O estudante Jorge também adorava futebol e jogava xadrez durante a faculdade. Com o tempo e outros muitos afazeres, foi deixando de jogar xadrez, mas as lições do xadrez ficaram. "Um dado interessante é que, na época, os melhores, em xadrez do mundo eram russos. Até hoje sempre existe um russo campeão mundial de xadrez. Eu jogava com um russo a distância, porque fazia parte de um clube de xadrez, recebia o nome de um adversário e jogava a distância, movimento por movimento pelo correio, cada partida levava dois anos, era uma loucura. No mundo de hoje tudo é instantâneo, jogar por correspondência parece loucura. Nunca sabia se o correio chegaria. Aliás, isso me deu um treinamento que me beneficiou profundamente na vida, porque eu aprendi a responder qualquer correspondência, e-mail, fui treinado assim. Até hoje respondo qualquer e-mail. No mundo internacional, isso é muito importante. Eu fiquei famoso como um brasileiro que respondia carta, porque brasileiro não é muito de responder, recebe algumas e não dá importância, eu sempre respondi tudo porque fui treinado no xadrez", conta Jorge sobre as atividades extracurriculares que adorava. No xadrez, foi treinado também a ver dois, três, quatro, cinco lances na frente. Ele entra num projeto e fica pensando em lances na frente, o que pode acontecer, as possibilidades, no sentido de se preparar para elas. Resultado: todo mundo que o conhece diz que ele se transformou num estrategista.

Havia disciplinas de que gostava muito, como a física. "Eu gostava muito de física, desde o colégio, tanto que um dos meus hobbies era resolver problema de física mecânica, eletricidade, e chegou uma hora em que meu pai tinha que importar livros com problemas de física porque no Brasil, para a minha idade, não havia mais. Adorava quando todo mundo odiava."

Entre as disciplinas de iniciante, a biofísica e a bioquímica também o encantaram, a biologia molecular das células. Por essa razão, ele diz que "poderia ter sido um cientista básico, mas não foi o meu caminho, embora tenha considerado a possibilidade, por outro lado queria ser clínico, ver paciente, doente, lidar com o ser humano".

O curso na faculdade de Medicina era de seis dias por semana. O prédio era na Francisco Telles, grande, feito uma cruz, branco, com uns trinta andares. Foi feito para ser um hospital, depois o Pedro Ernesto foi cedido à faculdade pelo estado e os estudantes foram transferidos, porque lá havia cinco andares, o que é muito melhor, como explicou, "um hospital deve ser na horizontal, hospital na vertical é muito inoperante e muito caro, precisa ter um posto de enfermagem em cada andar, tem que ser completo. O hospital horizontal atende mais pacientes com muito menos equipamento e profissional de saúde".

O primeiro e o segundo ano foram assim, aulas, laboratório, atividades extras. Não havia pacientes ainda. Ele tinha uma convivência boa com os colegas. Eles se encontravam regularmente nas festas.

Lembra de um professor, que se chamava Caetano, e já vinha há seis meses dissecando todo o sistema nervoso do indivíduo, os nervos periféricos, e precisava de alguém que o ajudasse. Era melhor fazer aquele trabalho porque ali não era o cadáver inteiro, não via uma pessoa, eram o cérebro, a medula, nervos, separados. Foi a maneira que encontrou de estudar o sistema nervoso, sem olhar muito para cadáveres, o que lhe dava agonia. Encontrou uma forma de resolver a questão. "Virei assistente dele e fiquei seis meses, com isso me poupava de fazer coisas que não queria."

Mais na frente, quando estava no quinto ano, achou que nem ia se formar. O motivo é que na sua época de estudante havia a obrigatoriedade de atender a matéria de medicina legal, ou seja, fazer autópsia, no IML, Instituto de Medicina Legal, que ficava no centro da cidade. Jorge descreveu, "Era um sofrimento. Eu tinha que ir e lembro que sentava na última fileira, aprendi tudo na última fileira daqueles anfiteatros que tinham uma cortina. Eu ficava atrás da cortina, mal conseguia ver, era parte do meu corpo presente e parte atrás da cortina, mas ficava ouvindo tudo."

No mais, era como qualquer estudante, saía para ouvir música, mas não gostava de beber, conta que "tinha esse problema". Quando adolescente, aos 14, 15 anos, foi beber cerveja uma noite e nunca passou tão mal na sua vida. "Passei a ter aversão ao cheiro do álcool. Fui aprender a beber muito mais velho, vinho tinto de que gosto até hoje. Depois, descobri que sou mau metabolizador de álcool, especialmente de álcool branco, igual a japonês, pois eles têm uma enzima que atrapalha também, ou seja, quando bebem ficam muito bêbados, um problema metabólico. Não sou japonês, mas sinto a mesma coisa."

José Reginaldo da Costa foi um grande amigo seu, e Célia também, a amiga do grupo de leitura. Costumavam sair nas noites de sábado, e ele pontuava que sair outro dia da semana era difícil porque o curso era muito intenso. Se fosse dormir tarde, no dia seguinte estaria destruído. De vez em quando, aparecia um aniversário no meio de semana e aguentava bravamente.

Tinha um amigo que se chama Talvani, psiquiatra forense, tocava piano nos encontros e o pessoal cantava. "Eu não podia cantar ou terminava qualquer festa. Brincava que deviam me avisar quando fosse a hora de terminar e que eu resolveria o caso em um instante. Ninguém seria masoquista de me ouvir", se diverte.

Jorge e os amigos também andavam pela Lapa. Frequentavam umas pensões de almoço, comida barata para estudante. Da Lapa guardou até a história de um coração partido: "A gente frequentava uma pensão, mesmo de noite, depois da aula voltava pra lá, até que descobrimos que era uma casa de prostituição, e eu estava todo encantado por uma menina que ficava ali, e descobri que ela trabalhava ali como prostituta. E eu com ciúmes dela. Tive que parar de ir porque era a profissão dela, não podia ter ciúmes, não fazia sentido, não era lugar para romance."

Ele lembra que frequentava muito a Lapa, porque era perto da Santa Casa, era um bairro com preços baratos e tinha música. Ele se lembra com alegria do Rio de Janeiro dessa época, quando voltava às quatro da manhã sozinho para casa, depois dessas noitadas, às vezes pegava o bonde, andava a pé ou de lotação, todo mundo sentado num ônibus pequeno.

Nesta época da faculdade morava na Tijuca, na rua Uruguai, sozinho. "Morava sozinho e aprendi a fazer tudo de casa. Só não sei cozinhar, eu sou um grande especialista em misto quente. Mas passar roupa, lavar roupa, costurar roupa, aprendi a fazer já na época do colégio, a gente tinha que fazer tudo, principalmente cuidar da roupa e arrumar a cama. Eu sou obsessivo com arrumação, levanto de manhã e deixo tudo arrumadinho."

Seus pais continuavam na Barra do Piraí, Vassouras, e somente em 1965 que eles voltaram para o Rio, então Jorge foi novamente morar com eles, dessa vez em Copacabana, na rua Rodolfo Dantas.

Jorge foi militante por algum tempo. Participou do Diretório Acadêmico. Uma vez, teve que sair fugido da faculdade. "Antigamente, eu diria que sou um homem de esquerda, mas hoje não existem mais esquerda e direita. A esquerda ficava no lado esquerdo no Parlamento francês, outros à direita, eles tinham ideologia, agora não têm mais. Continuo sendo um homem ligado à justiça social, o que é fundamental."

A DESCOBERTA DA VOCAÇÃO PARA A PSIQUIATRIA

Quando Jorge estava no terceiro ano de medicina, seu pai lhe deu as *Obras completas* de Freud. Ele começou a ler e ficou fascinado, não só com as ideias, mas com a forma com que Freud escrevia, inclusive acredita que ele deveria ter ganho o Prêmio Nobel de Literatura. "Adorava ler romances, como já contei, e Freud escrevia como um artista e não como cientista, sabia contar uma história e tinha uma cultura muito abrangente. Ele foi muito influenciado pela história e pela mitologia gregas. Freud conhecia tragédia grega como ninguém. Hoje, quando se fala em Édipo, todo mundo pensa em Freud e não na tragédia. A literatura influenciou muito a psicanálise. Ele foi, digamos assim, o 'descobridor do inconsciente'. Eu, por mim, quero descobrir o consciente sobre o qual se fala tanto e não se consegue descrever. O que é afinal a consciência?".

A psicanálise, na época, nasceu dentro do corpo da psiquiatria, mas se separou dela e se tornou uma disciplina independente. Hoje, Jorge encara a psicanálise como um método de investigação do inconsciente, um método que ainda o fascina, mas o que o apaixonou realmente foi a qualidade e a sensibilidade literárias do criador da psicanálise.

"Fui caminhando para a psiquiatria, mas sem deixar a clínica médica, porque a medicina interna sempre foi uma paixão, a tal ponto que, quando fui presidente da Associação Mundial de Psiquiatria, dizia que a psiquiatria não é uma especialidade, a psiquiatria é um ramo da medicina interna que todo generalista deveria conhecer e todo psiquiatra deveria ser um internista. Já viu generalista que não sabe tirar pressão, que não sabe de gastroenterologista etc.? Tem que saber de psiquiatria também. Eu fiz muito diagnóstico a partir da medicina interna porque a causa estava no corpo e não na mente."

Ele apresenta um desses pacientes como exemplo, fato que ocorreu logo no início da sua carreira:

Posso contar de um garoto de 18 anos que tinha diagnóstico de esquizofrenia, levava choque. E eu sempre tirei a pressão dos meus pacientes no consultório, sempre fiz exame clínico, então tirei a pressão e estava 22 por 18 num garoto de 16 anos, conversei um tempo e resolvi tirar de novo, aí foi 12 por 6, pensei que o meu aparelho estivesse desregulado ou algo estranho estivesse acontecendo, de repente tiro de novo e a pressão estava lá em cima. Eu trabalhava com clínicos, Jayme Landmann,[2] Aloisio Amancio, Edson Saad e outros. Primeiro, pedi o aparelho emprestado a um deles e deu de novo a pressão alta, então encaminhei o garoto para o Landmann examinar, e realmente ele viu uma alteração imensa de pressão. Resultado: esse menino tinha uma doença chamada feocromocitoma, um tumor supra renal que dá essas crises de hipertensão e transtorno mental. Na época, a família mandou operar fora, nos EUA. Hoje o mundo já faz essa cirurgia por robótica. O menino ficou bom, não só da pressão, como da psicose. Ele tinha uma psicose devido ao tumor, poderia contar muitos outros casos assim, esse foi o primeiro caso que me chamou muito a atenção, a relação do corpo e da mente. A medicina interna é fundamental para fazer psiquiatria, não se deve estudar apenas a dimensão mental porque é uma coisa só, a dimensão cerebral corporal. Hoje, a gente diz que toda a célula tem consciência.

Jorge segue contando como a psiquiatria foi se formando dentro dele.

Primeiro, o interesse por Freud. Aí encontrei um outro universo, o Jung, o inconsciente coletivo, as mandalas, ele vivia além e fora do seu tempo, e ainda vive, refletiu muito sobre o inconsciente, e lançou a noção de inconsciente coletivo. A noção de sincronicidade também me impactou profundamente, que é a coincidência de eventos significativos.

---

[2] Jayme Landmann (1920-2006) foi um renomado clínico geral e nefrologista.

Jorge declara que sempre prestou atenção às coincidências "porque por atrás da coincidência existe uma lógica dificílima de ver, mas caso se consiga enxergar um pedaço, já é fascinante".

A literatura influenciou o profundamente na escolha e no interesse pela psiquiatria.

> Quando você é ligado à literatura, os personagens moldam muito o seu ser e eu me considero moldado por muitos personagens e autores. Se você for verificar na literatura e me mostrar um grande que não tenha sido um ansioso, quero conhecer, mas não deve existir. A ansiedade sempre esteve muito presente na literatura, inclusive nos personagens, a seguir vêm a depressão, os melancólicos, os suicídios.

Um autor que o influenciou foi o jornalista e escritor húngaro Arthur Koestler, especialmente o livro *O fantasma da máquina*, publicado em 1967, sobre psicologia filosófica.[3] Koestler cometeu suicídio, junto com a mulher, porque estava com Parkinson avançado e não queria perder a lucidez nem a autonomia. Ele fazia parte de uma sociedade que defendia a eutanásia. Entre os brasileiros, um autor importante foi Pedro Nava, um escritor médico, que também tirou a própria vida.

O Jorge leitor, como o Jorge psiquiatra, tem uma relação de afeto com os deprimidos:

_____

[3] O título é uma frase cunhada pelo filósofo Gilbert Ryle para descrever o relato dualista cartesiano da relação mente-corpo.

Essas leituras foram me influenciando e me fazendo entender de forma mais sensível a mente humana. Por outro lado, ao fazer a relação da mente com o cérebro e do cérebro com o corpo todo, fui me encantando pela mente e pelo cérebro – esse órgão extremamente complexo que faz emergir a mente. Quando eu digo que o cérebro não fabrica a mente é porque a mente não pode ser fabricada, porém as funções mentais dependem de um cérebro sadio para emergir corretamente.

Em resumo, foi toda essa união de autores que o levou para a psiquiatria. Já o corpo humano, quando estudava, o maravilhava cada vez mais, ou seja, entender como o corpo é complexo e como funciona perfeitamente. "Eu fui juntando tudo isso e vi que, para aprender medicina, tinha que ler muito, e não só livros médicos.

A MUDANÇA DA MEDICINA, DO TEMPO DE ESTUDANTE PARA OS DIAS ATUAIS, E A MEDICINA BRASILEIRA

Jorge avalia que a medicina que aprendeu não era muito diferente da medicina dos grandes centros, e o que fez o distanciamento da medicina nos tempos atuais foi o avanço da tecnologia, porque o desenvolvimento da tecnologia disparou e ela se tornou mais disponível em alguns lugares do que em outros.

Naquela época o microscópio era o mesmo do Pasteur, não havia muita diferença. A medicina forense era feita na mão, hoje é toda tecnológica, ressonância etc. Porém, na época, aqui não era muito diferente do que depois eu fui ver nos Estados Unidos e na Europa quando saí do Brasil logo depois de formado, não havia um distanciamento. Eu não sentia uma grande diferença, estudava nos livros estrangeiros, o Testut no Tratado de Anatomia e Laverriere no tratado de histologia, mas tínhamos também livros de médicos brasileiros, como Miguel Couto, um grande médico, e Clementino Fraga. O pai dele foi colega de turma do meu pai, apenas para citar dois exemplos. Os grandes médicos elogiavam e elogiam os médicos brasileiros.

Na verdade, a maior parte dos médicos foi formada fora do Brasil, mandavam os médicos para Paris, ou importavam, desde a época de dom Pedro I, que tinha um conselho próprio de médicos. Até hoje muito médico é mandado para o exterior. "Quando fui para os EUA, ficavam impressionados porque eu fazia tudo, o chão estava sujo, eu limpava. Eu dizia que no Brasil é assim, tem que fazer tudo."

Hoje, depois da ter sido diretor da OMS, membro ou presidente de conselhos internacionais, e de ter vivido muitos anos fora do país, com uma visão ampla da medicina mundial, Jorge Alberto afirma com propriedade que a medicina brasileira está entre as dez melhores medicinas do mundo. Ressalta que nós temos centros de excelência e excelentes médicos no Rio de Janeiro, em São Paulo, Salvador, Rio Grande do Sul, Santa Catarina, Minas Gerais. A ANM (Academia Nacional de Medicina), que é muito respeitada, está fazendo 196 anos.

Em Minas Gerais, por exemplo, há o primeiro hospital totalmente *paperless* do Brasil, que fica em Uberlândia, porque o Adib Jatene era de lá, e acabou ajudando nessa empreitada, levou um assistente, o Roberto Botelho, que é genial nesse campo de inteligência artificial, e criou o primeiro sistema de medicina artificial do hospital, assim como o primeiro hospital sem papel. O Roberto Botelho descobriu muita coisa, a empresa que ele lançou nos Estados Unidos vendeu para a Apple o eletrocardiograma de pulso. Você faz o exame no seu Apple Watch.

MUDANÇAS NAS CLASSIFICAÇÕES DAS DOENÇAS MENTAIS

Jorge esclarece que, na sua época de estudante e jovem médico, a classificação de doentes mentais era baseada em todos os critérios da medicina. O que isso quer dizer exatamente? A doença precisa ter uma causa, uma patogenia, um curso, uma evolução, e um prognóstico. Isso serve para toda doença médica orgânica. Diante dessa exigência, sabe quantas doenças mentais existiam na Classificação Internacional de Doenças? Jorge explica que havia uma diferença de país para país, mas baseada na classificação mais geral, eram doze doenças. Esquizofrenia, neuroses, toxicomania, alcoolismo, psicose maníaco-depressiva, neurossífilis, demência etc. Isso porque cada uma precisava de uma hipótese de causa pra ser classificada.

Eu tenho dito há muito tempo que não acredito que existam mais de quinze doenças, mas como não se conhece a causa de doença mental, começaram a classificar por sintoma, especialmente os americanos influenciados em parte pela indústria farmacêutica, então surgiu a DSM – Diagnóstico Manual e Estatístico – para detectar os sintomas, e hoje existem centenas de doenças. Os transtornos e os subtipos de transtornos mentais chegam perto de quinhentos casos diferentes, é difícil uma pessoa não se encaixar em alguma doença, mas não são doenças, são sintomas, por vezes um modo de ser, de funcionar. Ainda temos os transtornos de personalidade, cluster A, B e C.

Dias atrás desse depoimento, Jorge teve que responder uma consulta pública, convidado pelo governo, sobre o tratamento do *transtorno esquizoafetivo*, mas ele reagiu defendendo o princípio de que *esquizoafetivo* não pode ser subtipo, é a esquizofrenia que caminhou por determinados circuitos cerebrais e saiu junto com transtorno de humor.

No entanto, se alguém perguntar sobre o seu maior interesse, em termos de doenças, ele vai dizer que, neste sentido, "é muito freudiano", isto é, são os transtornos de ansiedade, porque, como gosta de repetir, o ser humano é muito ansioso.

A ansiedade e a depressão são as duas doenças que mais o atraíram porque ele considerava que das doenças, a mais característica do ser humano é a depressão, já que a depressão é uma condição eminentemente humana.

Não se tem bom modelo animal de depressão, com sintoma de depressão, só o ser humano o possui. Esquizofrenia há no mundo animal, eu te mostro um rato com esquizofrenia. Animais mamíferos que podem desenvolver a demência. A depressão, por ser uma característica única do ser humano, não se consegue reproduzir no animal em laboratório, o modelo biológico não permite. Você consegue fazer esquizofrênico, demente, eufórico, até facilmente, mas deprimido não dá.

A depressão tira do ser humano a única coisa sem a qual ele não pode viver, que é a esperança. O futuro dele é um vazio. Diferentemente do que dizem: "Enquanto há vida, há esperança", digo que *enquanto há esperança, há vida.*

E a depressão depende de uma característica humana fundamental, que é a temporalidade. Nós somos seres temporais. O deprimido é um prisioneiro do passado, fica sempre olhando para trás e não consegue se redimir das culpas, porque qualquer um, se ficar olhando para trás, vai ver que fez um monte de besteiras e vai se arrepender, e até pode ou deve se arrepender, mas tem que seguir e olhar para a frente. Já pensou o sujeito ter culpa e não conseguir ver perspectiva, o sofrimento que é andar olhando para trás o tempo inteiro? Por outro lado, componentes biológicos da depressão podem ser encontrados ou provocados nos animais.

Sobre a ansiedade, Jorge explica que há vários tipos e expressões da ansiedade que podemos localizar na sociedade, a ansiedade não é só o quadro típico mais conhecido, pode se expressar como fobia, um medo paralisante de alguma coisa, ou pode se expressar num ritual qualquer, como no caso do TOC (Transtorno obsessivo-compulsivo) entre outros.

MUDANÇAS NOS TRATAMENTOS

Alguns tratamentos antigos para doentes mentais, desses que vemos nos filmes, são bastante assustadores e violentos.

Por exemplo, em Lisboa, onde Jorge mora parte do ano, nasceu o homem que inventou a lobotomia. Perguntei como ele explicaria o grande prestígio da lobotomia durante uma época.

Egas Muniz, o criador da lobotomia, foi Prêmio Nobel, e o prédio principal da Faculdade de Medicina de Lisboa foi batizado com o nome dele. Ele conhecia bem o funcionamento cerebral, portanto lançou a hipótese de que, se cortasse determinado circuito do lobo temporal que se ligava ao lobo frontal, isso poderia talvez melhorar a doença. Só que não foi exatamente o que aconteceu. Quando ele cortava a ligação, cortava muita coisa junto, simplesmente tirava toda a capacidade de iniciativa, criação, expressão do paciente que, em última instância, virava um morto-vivo.

Por que fez sucesso? Jorge explica que foi porque ninguém sabia o que fazer com um doente que quebrava tudo, era agressivo, destruía coisas, assustava as pessoas, a família ficava desesperada, não controlava o doente. A lobotomia deixava o paciente quieto, parado, quase um vegetal, mas para a família aquilo era uma bênção, significava que ia se ver livre de ataques violentos.

E complementa: "Felizmente temos medicamentos que fazem realmente com que o sujeito fique bem sem esse procedimento desumanizador e brutal."

E segue explicando as mudanças.

A lobotomia acabou, mas ainda existe o choque elétrico, bastante modernizado, porque o cérebro é um polo eletromagnético poderosíssimo, não por acaso se faz eletroencefalograma, magneto eletroencefalograma. O eletrochoque, através de um sistema de modulação magnética, modifica a bioquímica. O que se usa atualmente é distinto, mas com premissa equivalente, é um sistema que nós chamamos de neuromodulação, que é a estimulação magnética transcraniana – EMT – e que é sensacional. O ideal é fazer um exame de ressonância magnética funcional junto do magneto eletroencefalograma de alta resolução para encontrar o foco cerebral anormal do indivíduo, aquele *ritmo* anormal dentro do cérebro que gera toda uma alteração bioquímica – como serotonina, dopamina, noradrenalina –, e ao localizar isso, coloca-se aquele aparelho de eletro no indivíduo, então o médico vai ao computador e fica durante vinte minutos fazendo uma estimulação com o sujeito sentado, relaxado, parado, ou seja, você faz uma remodelação daquilo que está fora do ritmo. E consegue que um deprimido grave responda ao tratamento, faz cinco sessões numa semana, cinco na outra e cinco na outra. Geralmente em quinte dias, o sujeito já sai outro, com diminuição significativa da depressão. Pode-se fazer de forma intercalada também.

Ele explica ainda que essa tecnologia substituiu em parte o eletrochoque, que era feito de maneira muito chocante. A questão é que isso custa caro porque deve ser feito por um médico o tempo todo regulando o procedimento, e aprender a fazer isso é a coisa mais difícil.

Dois médicos que trabalham comigo fazem EMT e vão toda semana para a USP estudar a EMT especificamente, toda semana, um na segunda, outro na terça. Você imagina o preço destes médicos para ficar com cada paciente, pois, até colocar tudo, preparar, leva uns quarenta minutos, e se atende um paciente por hora. No Rio só existe a minha clínica e mais uns dois ou três que fazemos isso. Cada sessão custa em torno de 800 reais, o tratamento todo fica uma fortuna. Porque todo equipamento é caro, toda a montagem, e o médico precisa estar presente. Um eletro você pode ensinar facilmente para um técnico.

E nos informa:

Há lugares onde o eletrochoque ainda é usado, mas com anestesia geral, para impedir a convulsão. Houve uma época em que se fazia o choque unilateral, no hemisfério não dominante para não dar alteração de memória, porque não havia outro tratamento para psicoses graves alucinatórias. Também já existe tratamento para pacientes psicóticos graves como a *Deep Brain Estimulation,* que atua onde está o foco anormal e instala ali microneurochip através do olho ou do crânio, da robótica, e o sujeito sai da mesa de cirurgia sem nenhum sintoma.

Então a psiquiatria, como o restante da medicina, está evoluindo rapidamente. No entanto, ainda é um campo muito desconhecido, o que é fascinante.

O AUMENTO NO NÚMERO DE FACULDADES DE MEDICINA

Quando Jorge foi diretor da Faculdade de Medicina, ele conta que fazia parte de um conselho, e o leitor sabe quantas faculdades haviam em 1978? Setenta e duas. Sabe quantas existem hoje? Quase quatrocentas Faculdades de Medicina. Só que você não abre uma Faculdade de Medicina como uma de Direito, em que a base são professores qualificados e aulas expositivas. Precisa ter laboratório, equipamento, hospital conveniado, muita coisa, é dificílimo, um processo muito sofisticado. Mas estão tentando resolver o problema do médico abrindo faculdades, e Jorge não acredita que este seja o caminho.

Nos EUA, em 1950, havia quatrocentas ou quinhentas Faculdades de Medicina, e fecharam 80% das faculdades, sobraram as que estão até hoje, e melhoraram a qualidade delas, porque antes era catastrófica.

A medicina inglesa sempre foi boa. O inglês era colonizador do mundo e descobriu que a coisa mais importante para os soldados, para eles não morrerem no navio de uma diarreia, uma desidratação, era ter um médico a bordo e uma enfermaria. O inglês baixou muito o índice de mortalidade entre os soldados por causa disso. Outra invenção extraordinária nesse campo, dos ingleses, foi a ambulância. Descobriram que, quanto mais rápido o doente fosse atendido melhor, mais chances teria.

3

A VOCAÇÃO PARA A PSIQUIATRIA E O INÍCIO DA CARREIRA

Na época de estudante do Jorge Alberto, não havia a obrigatoriedade de se fazer uma especialização ou residência em psiquiatria, após terminada a graduação em medicina. Hoje em dia, se faz a especialização, ou residência, que dura em torno de dois ou três anos.

Mas, na Uerj dos anos 1960, os estudantes aprendiam a tratar os pacientes psiquiátricos na prática, nos estágios dos hospitais, nos plantões, na ambulância, no convívio, e nas emergências de todos os tipos que surgiam diariamente, e com Jorge não foi diferente. O seu aprendizado foi intenso, assim como os diferentes estágios pelos quais passou.

Cada um dos estágios trouxe uma experiência riquíssima, além de algumas histórias curiosas e ilustrativas, e são algumas dessas histórias que iremos contar.

ESTÁGIOS: O INÍCIO DA VIDA PROFISSIONAL

1962 – *Terceiro ano de medicina*

O primeiro estágio de Jorge Alberto foi em 1962, no terceiro ano de medicina, no Hospital do Engenho de Dentro, chamado de Centro Psiquiátrico Pedro II na época, onde também ficava um pavilhão coordenado pela celebrada (nem tanto em sua época) psiquiatra Nise da Silveira.[4]

O hospital tem uma história que vem de muito longe. O Hospício Pedro II foi inaugurado no Rio de Janeiro em 1852, foi o primeiro hospital psiquiátrico do Brasil, e ficava onde hoje é o campus da Universidade Federal do Rio de Janeiro na Praia Vermelha. Nas décadas de 1930 e 1940 os pacientes foram sendo transferidos para o Hospital do Engenho de Dentro, que passou a se chamar Hospital Pedro II, depois Centro Psiquiátrico Pedro II, que era o nome do hospital quando Jorge foi estagiário, e hoje em dia tem o nome de Instituto Municipal Nise da Silveira.

Jorge trabalhava num dos pavilhões do hospital, e na porta da enfermaria, alguém, provavelmente um médico ou enfermeiro, escreveu os dizeres numa placa: *Aqui dentro encontra-se somente o estado-maior da doença mental, porque o grosso da tropa está lá fora.*

Logo no primeiro dia, lhe falaram de Deus. No caso, um paciente que atendia por nome de Deus e mandaram que o tratasse assim. E lá foi ele: Bom dia, Deus. Boa tarde, Deus. Como está, Deus?

Semanas se passaram. Jorge todos os dias conversava com Deus. Certa vez, Jorge chega, normalmente, para mais um dia de estágio no Hospital e repete: Bom dia, Deus. O paciente olha para ele e comunica: "O meu nome não é

---

[4] Nise Magalhães da Silveira (15 de fevereiro de 1905 – 30 de outubro de 1999) foi uma médica psiquiatra brasileira reconhecida mundialmente por sua contribuição à psiquiatria. Ela humanizou o tratamento psiquiátrico no Brasil e se tornou aluna e colaboradora do psiquiatra suíço Carl Jung.

Deus, é Antônio.[5] Não precisa me chamar de Deus, que eu não sou. Lembrei que eu sou Antônio."

De repente, Antônio lembrou o que fazia, contou várias coisas sobre si mesmo, parecia perfeitamente lúcido. Pouco tempo depois, Antônio recebeu alta.

Jorge não podia ter ficado mais empolgado. "Fiquei feliz por ele e por mim. Na minha ingenuidade, achei que tinha curado o paciente." Sem dúvida, as coisas costumam ser mais complicadas, "mas quem sabe?", se questionou em outros momentos, esperançoso.

Eis que, anos depois, no Hospital Pinel, um paciente chega ao hospital em crise. Era Deus! Jorge ficou arrasado pela "cura" provisória.

1963 – *Quarto ano de medicina*

O segundo estágio deu-se por indicação de Oswald Moraes Andrade, primo de sua tia-avó, no Hospital Phillipe Pinel. Jorge era estagiário e plantonista no Serviço Nacional de Doenças Mentais do Ministério da Saúde.

O Instituto Philippe Pinel é um hospital psiquiátrico no Rio de Janeiro. A sua origem foi como uma ala do Hospício Pedro II fundada em 13 de janeiro de 1937, com o nome de Instituto de Neurossífilis. Em 1965, foi rebatizado como o Hospital Pinel, em homenagem ao psiquiatra Philippe Pinel (1745-1826), considerado o fundador da psiquiatria,

---

[5] Os nomes dos pacientes serão sempre fictícios para proteger a privacidade do próprio e de sua família.

aquele que primeiro chamou os doentes mentais de doentes e que, ao mesmo tempo e como consequência, procurou também libertar os contestadores políticos, marginalizados ou excêntricos, que não tinham doença mental, mas que eram trancafiados. Em 1994, o hospital ganhou seu nome atual, Instituto Philippe Pinel.

Em 1963, o hospital ainda era eminentemente dedicado aos casos de neurossífilis, frequentes na época. De acordo com Jorge Alberto, a neurossífilis era considerada uma doença complexa com vários estágios claramente delimitados.

A evolução da neurossífilis: Quando a doença atinge o cérebro, a primeira coisa que se via era ansiedade generalizada; logo após a ansiedade, aparecia a depressão, depois o paciente virava maníaco, em seguida virava o que se chama bipolar hoje. Na sequência, conforme ia atingindo o cérebro, o paciente começava a ter transtornos cognitivos graves e, por fim, a demência. Eram cinco diagnósticos para a mesma mesma doença.

Após a descoberta da penicilina, a neurossífilis se resolve facilmente, e o tratamento ocorre por alguns dias com remédio oral.

Foram muitas histórias durante o estágio no Pinel. Além deste, fez outros estágios em hospitais psiquiátricos e gerais. Porém delas destacou-se e trouxe uma lição importante.

O paciente da cobra

Há uma história emblemática sobre um paciente do Pinel, não era um paciente que atendi diretamente, mas todo mundo que trabalhava no hospital sabia da história e o conhecia. Ele era internado quase uma vez por semana e ficava vinte e quatro horas. Até que morreu, de repente.

Ele dizia que tinha um bicho debaixo da cama, um animal que seria impossível imaginar que estivesse num apartamento em Copacabana debaixo da cama de alguém, uma cobra. Era algo anedótico, e diziam: "lá vem o paciente da cobra debaixo da cama."

Um dia, o sujeito aparece morto e foram à casa dele ver o corpo, e nisso descobriram a tal cobra debaixo da cama. Talvez tenha até morrido de uma picada dessa cobra. Isso virou uma lenda lá dentro, mas também virou uma lição para todos nós. O doente mental perde a credibilidade, ninguém acredita no que ele diz, mas não deve ser dessa forma, não é porque ele tem um transtorno e conta uma história aparentemente absurda, que você não deve procurar saber o que houve, qual a verdade.

Chegava paciente contando que o pai o espancava e enfiava um lápis na orelha dele, e você tem que investigar se é verdade, porque é uma situação que pode acabar em tragédia, pois você simplesmente não ouviu, não acreditou.

A perda da credibilidade de uma pessoa com transtorno mental é uma questão dramática, porque, se aparecer uma pessoa "normal" dizendo um negócio esquisito, afirmando que tem cobra no quarto, a pessoa que escuta no mínimo vai investigar o caso, vai chamar o Ibama, talvez. Agora se você tem um rótulo de esquizofrênico, vira algo anedótico: "Ih, lá vem o cara da cobra debaixo da cama."

Essas histórias que parecem simplesmente curiosas "nos ensinam muita coisa", como declara Jorge, pois "tem gente normal que fala absurdos, e gente com transtornos graves que fala coisas lógicas e com muita coerência".

1964 e 1965 – *Quinto e sexto ano de medicina*

Já no estágio do Hospital Souza Aguiar, Jorge dava plantões três vezes por semana. Nas chamadas de emergência, ele era um dos que ia na ambulância. Os casos eram os mais variados: acidente, crime, briga de casal, desafios diários.

O caso do parto no chão, entre a cama e a parede

Havia um tipo de construção que a gente chamava de Cabeça de porco, pelos lados da Central, a gente atendia muito naquela região. Uma moça tinha entrado em trabalho de parto e tinha uma multidão na porta, era um espetáculo para os curiosos, sempre em grande número, que gostam de acompanhar um drama da vida real. Era um quarto muito pequeno e, quando a grávida botou o joelho para entrar na cama, ficou presa entre a cama e a parede, entalada, porque era uma distância mínima. E a criança começou a nascer. Ela estava com uma perna em cima da cama e a outra caída no chão. E a moça gritando e todo mundo gritando. Eu, com o enfermeiro, perguntei: "como nós vamos fazer?" Combinamos que seria melhor ele empurrar e segurar a cama que eu entraria por baixo, no chão mesmo, para fazer o parto. Aí, eu fui para o chão e fiz o parto. Não era minha especialidade, nunca foi, mas a gente tinha que se virar. Ele todo de branco recebeu um banho de placenta, que foi parar na cara dele. Eu saí todo preto, que aquele chão não devia ser limpo nunca, mas saímos satisfeitos, porque mãe e bebê estavam bem.

Como Jorge costuma dizer, situações inusitadas acontecem num plantão. Parece que os plantonistas de hospitais públicos aprendem a ser médico na marra, são obrigados a improvisar, a resolver problemas que um outro médico, que nunca passou por essas coisas, talvez não consiga.

Jorge Alberto critica aquele perfil de médico que só sabe ser médico dentro do consultório, com todos os exames na mão e uma equipe montada, e mesmo assim vai fazer apenas um tipo de coisa para o qual foi treinado, frequentemente um procedimento muito específico.

O atendimento no hospital público dá ao estudante uma vivência diferente, não é apenas a ideia de que ele ou ela será capaz de lidar com mais situações, mas, especialmente, é o que traz sensibilidade ao médico.

O caso da morta

Houve um outro caso curioso que fui atender numa comunidade, faz muitos anos, não lembro o nome do bairro. Cada hospital atende uma região em torno dele, uma área delimitada. Você imagina que fui chamado para atender várias pessoas que estavam no meio da rua porque tinham caído de um prédio? Não sabia nada além disso. A ambulância sai e você não tem mais detalhe. A ambulância fica pronta com os plantonistas a postos, e, quando recebe um chamado, sai correndo. Quando chego lá, vejo umas dez pessoas na rua, todas machucadas. Mas o que houve? Eles se jogaram da janela? Por quê? Ninguém sabia, ninguém teve a coragem de subir para ver. Eles estavam num velório lá no segundo andar.

E olha a história. Estavam no velório de uma velhinha. De repente, tarde da noite, mais de meia-noite, a velhinha levanta do caixão. Não tinha morrido. Ela estava naquele estado de apneia (catalepsia) que a pessoa parece que para de respirar, mas não para. Imagina a cena, a velhinha acorda cheia de flores no peito e pergunta: "O que está acontecendo?" Assim que a velha falou, todo mundo saiu pela escada correndo, caiu escada abaixo, ou se jogou da janela que felizmente era baixa, porque o velório, repetindo, era no segundo andar, felizmente. Já pensou o povo de repente ver uma senhora velhinha sendo velada, no meio da noite, levantar do caixão e perguntar o que está acontecendo? Eu também ia sair correndo.

Aí, quando cheguei, estava lá a senhorinha, cheia de flores ainda, sentada, e as pessoas abanando a ressuscitada, uma senhora muito corajosa.

E, como contei, o resto despencou, quem não foi pela janela, foi pela escada, e isso machucou muita gente. Sei que a ambulância levou umas oito pessoas para sutura. Avisei ao hospital pelo microfone, perguntaram que acidente foi esse com tanta gente, e eu fiquei com vergonha de falar que a velha levantou do caixão. Médico da minha geração tem dessas coisas, muita história para contar.

Outro exemplo, no Carnaval.

No domingo de Carnaval, as escolas de samba desfilavam na avenida Rio Branco, as arquibancadas eram montadas ali, e havia o Souza Aguiar, que mandava médicos para atender quem por acaso passasse mal. Era o plantão de Jorge e ele ficou muito animado de ser mandado para o desfile, afinal, ia ver escola de samba pela primeira vez!

Hoje em dia, no sambódromo, existe uma estrutura sofisticada de médicos, posto de saúde e tal, mas nos anos 1960 era algo mais improvisado.

Pois bem, Jorge estava lá na Rio Branco se divertindo, quando de uma hora para outra desaba uma arquibancada inteira, levando mais de cinquenta pessoas ao chão.

Eu passei o resto da noite costurando gente que se cortou, os casos que tinham fratura, a ambulância levava. Fiquei lá a noite inteira atordoado com aquilo, tendo muita gente para atender. Foi meu primeiro desfile de Carnaval. Eu todo de branco, me achando importante, cheio de expectativas.

Para você ver como a gente glamouriza a profissão, mas a medicina tem coisas como essas. Os médicos chiques não vão contar isso, mas medicina é isso.

Plantão no Souza Aguiar – A injeção milagrosa

Uma história que traz um aprendizado fundamental é a da injeção no pronto-socorro. Jorge conta que quase todo mundo que chegava tomava uma injeção na veia que parecia milagrosa. Muitos melhoravam na hora. Ele ficava observando e foi perguntar o que era aquilo, nos seus primeiros dias. Uma injeção grande, parecia uma coisa séria, importante, e 80% das pessoas melhoravam.

Vou te contar um segredo: todo mundo que chegava se queixando de dores e ninguém achava nada, a gente dava essa injeção. O cara acabava contando a vida dele toda, inclusive os problemas com a família, então junto da dor física vinha uma história imensa. A gente falava a linguagem do paciente, o que ele precisava ouvir, e avisava: "Vou te dar um remédio que vai melhorar." A gente pegava uma seringa gigantesca de 20 ml com soro fisiológico e atropina e resolvia 80% dos casos, porque tudo que o sujeito precisava era de uma orelha para escutar e alguém que validasse a dor dele, o problema dele, acreditasse no que ele estava falando, enfim, alguém que desse atenção. Qualquer médico da minha idade que fazia pronto-socorro sabia disso. O sujeito dizia: "Ninguém acreditou em mim, mas o senhor me escutou, me examinou e achou o meu problema." Era um lugar onde o futuro médico aprende a escutar. Deixa o paciente falar e ele te dará o diagnóstico. A gente fazia isso, o sujeito saía feliz, agradecendo, pois o doutor foi maravilhoso. "Ninguém lá em casa acreditava, e o senhor examinou, achou, e agora eu posso dizer em casa que o médico me atendeu e achou uma 'tripa torcida'" – a gente inventava um nome qualquer – e me tratou, porque o sujeito via o tamanho da injeção e ficava impressionado, e a gente dava devagarzinho na veia. A dor ia embora. A injeção relaxava o paciente e ele ia embora satisfeito.

"A verdade é que o fato de alguém te escutar e dar um remédio faz milagre", repete Jorge Alberto. Nos anos 1990, dr. Jorge coordenou um estudo, uma pesquisa internacional realizada em quinze cidades de quatorze países, quando foi diretor da Divisão Geral de Saúde Mental da Organização Mundial de Saúde a respeito do universo de pessoas que chegam às emergências e clínicas gerais apresentando sintomas como dor de cabeça, insônia, dor de estômago e manchas na pele, entre outros.

No decorrer de seis anos, um exército de pesquisadores ligados à OMS entrevistou 25 mil pacientes, e a conclusão foi a de que uma em quatro pessoas que se queixam de sintomas físicos sofre, na verdade, de desordens mentais, sofrimento psíquico, e entre as mais comuns estão a depressão e a ansiedade que podem se tornar incapacitantes.

1966 – *Último ano de medicina e formatura*

INÍCIO DA CARREIRA APÓS A FORMATURA

1967 (1º SEMESTRE) – *O primeiro curso fora do país. Na Suécia, por seis meses.*

Após formado, Jorge passou por uma seleção e foi aprovado para fazer especialização em metodologia científica no Instituto Karolinska em Estocolmo, Suécia.

Sobre o curso da metodologia de pesquisa científica na Suécia, ele descreve assim a experiência:

Nunca me esqueci da viagem até Estocolmo, ia parando em várias cidades, lembro que parava em Lisboa, em Copenhagen, aí mudava de avião e fui parar numa outra cidade, de madrugada, um frio desgraçado.

Cheguei e o mundo sueco era totalmente diferente do mundo brasileiro e eu me senti muito deslocado, não sabia como me comportar. Era tudo diferente. Por exemplo, eu ia ficar no alojamento da Universidade, e quando cheguei ao quarto que me indicaram, havia duas moças, então achei que tinham me dado o quarto errado. Fui à recepção, expliquei a situação, e o rapaz me avisou que era o quarto certo, perguntando se me incomodava ter colegas de quarto, então respondi que não me incomodava em absoluto, apenas queria me certificar para não parar no lugar errado. Eu era uma *avis rara*. Voltei para o quarto, e as moças tiravam a roupa na minha frente com muita naturalidade, eu sem entender se aquilo era normal, pois para mim era estranho, até que acabei entendendo que não tinha nada de especial. Elas estavam no século XXI e eu estava no século XIX. Nos costumes, e na ciência também, que era espetacular.

Qual não foi minha surpresa quando eu cheguei à Suécia e descobri que eles já estavam nas neurociências, isso em 1966, muitos anos atrás. Eu me apaixonei, era uma neurociência rudimentar, mas com pesquisas muito interessantes.

Havia uma professora maravilhosa, Mari Asberg, era realmente extraordinária. Aprendi muito com ela. Dra. Asberg desenvolveu um teste na época de prevenção ao suicídio. Ela preparava um composto injetável de probenicid e era possível ver o que acontecia com relação à serotonina do cérebro. Você conseguia prever aqueles indivíduos que tinham ideia de suicídio através desses testes, que, durante algum tempo, vingou, depois foi substituído por outras coisas. O Probenicide, é a análise do liquído cefalorequiano, feito por pulsão lombar, demonstrou a ligação baixa de serotonina com a tendência ao suicídio.

O maior índice de suicídio dava-se na Hungria. O húngaro falou que acontecia na Suécia, mas isso não era real. Uma mentira repetida mil vezes vira verdade, como disse Goebbels, e como fica provado diariamente com *fake news.*

Nessa primeira vez, Jorge passou seis meses na Suécia, e voltou muitas vezes. Quase em seguida foi para Suiça.

> Fui para a Suíça e lá eu ajudava a programar *pesquisas* para Basileia, onde ficavam os grandes laboratórios do mundo. Existiam vários laboratórios, quatro gigantes: Ciba, Geigy, Sandoz, Roffmann La Roche, entre outros. Havia uma série de outras empresas. Hoje, a Roche trabalha com medicamentos biológicos, os chamados Bio. Esses serão os medicamentos do futuro.

Jorge, apaixonado por história, conta que as primeiras grandes multinacionais da farmácia se estabeleceram na Basileia, porque, quando os alquimistas foram perseguidos, eles se refugiaram e fincaram raízes na região. E eles eram químicos.

Já nos anos 1940, os químicos e farmacêuticos da Basileia eram excelentes.

1967 – 2º SEMESTRE – *A volta da Suécia e a entrada no Sanatório Botafogo*

Assim que voltou, Jorge começou a trabalhar no Sanatório Botafogo, na rua Álvaro Ramos, fundado pelos famosos médicos da época Antônio Austregésilo, Ulysses Vianna Filho, Pedro Pernambuco Filho e Adalto Botelho.

Como Jorge era médico do sanatório, tinha direito a uma sala para atender seus pacientes particulares. O médico principal da sala era Osvaldo de Andrade, mas Jorge a usava quando a sala estava livre.

No sanatório, era assistente de Ulysses Vianna Filho, uma pessoa extremamente influente na formação do Jorge como médico e pessoa; portanto, falaremos um pouco sobre ele.

Ulysses Vianna Filho (1913-2000) nasceu em Breslau, na época pertencente à Alemanha. Estudou em Paris e formou-se na Faculdade de Medicina do Rio de Janeiro em 1936 que, em tempos futuros, passou a ser conhecida como Faculdade Nacional de Medicina da Universidade do Brasil ou ainda "Medicina da Praia Vermelha". Foi um homem de múltiplos interesses, culto, viajado, um verdadeiro "cidadão do mundo", e tinha *hobbies,* tendo sido campeão brasileiro de bridge. Teve três filhos, Ulysses – precocemente falecido –, Ana Lia e Eduardo.

Herdou o Sanatório Botafogo do seu pai, um neuropsiquiatra. Sua especialidade era a eletroencefalografia e assumiu a direção do sanatório, que depois mudou de nome para Clínica Botafogo. Na maturidade, encontrou o grande amor da sua vida, a Associação Brasileira de Psiquiatria, ajudou a criá-la, forneceu-lhe uma sede, e se tornou seu secretário-geral em 1977-1978. Ulysses Vianna Filho é o prêmio mais importante da Associação Brasileira de Psiquiatria.[6]

---

[6] Dados retirados do *Psychiatry on line Brazil.*

Além disso, dr. Ulysses promovia palestras e encontros culturais com ilustres estrangeiros, com a ajuda de seu jovem assistente dr. Jorge.

Adauto Botelho era também um grande psiquiatra. Em 1938, assumiu a direção no Hospício Nacional de Alienados e criou o Centro Psiquiátrico do Engenho de Dentro onde permaneceu por quinze anos. Preocupava-se com o problema da toxicomania, como se chamava, então, e publicou, junto com Pedro Pernambuco Filho, o livro intitulado *Vícios sociais elegantes*. Foi um dos fundadores da Faculdade de Ciências Médicas do Rio de Janeiro e do Sanatório Botafogo. (fonte: ANM)

Pedro Pernambuco Filho (1887-1970) foi o primeiro presidente da Associação Psiquiátrica do Rio de Janeiro fundada em 7 de agosto de 1961, com oitenta e poucos psiquiatras, entre eles, Álvaro Rubin de Pinho, Inaldo Neves Manta e Henrique Roxo, que eram grandes professores e clínicos. O médico Pedro Pernambuco tornou-se célebre por tratar viciados em drogas, em particular aqueles que eram usuários de ópio, considerado um vício social elegante – assim como foi o título da obra que escreveu em parceria com seu colega Adauto Botelho –, já que se fumava em casas chamadas de *fumeries,* que eram frequentadas pela classe alta da cidade.

Pedro, aos quase 80 anos, e Jorge, aos 20 e poucos, passeavam juntos pelas livrarias aos sábados, em Copacabana, Posto 6, onde Pedro morava. Antes, Jorge passava na casa dele para conversarem. Era a rotina de sábado, a conversa com chá na casa do dr. Pedro e a ronda das livrarias.

Um hábito curioso para um jovem, mas Jorge afirma que aprendia muito e tinha imenso prazer nos passeios. Os dois tornaram-se grandes amigos.

No sanatório Botafogo, Jorge tinha uma tarefa inusitada que vale a pena lembrar, e era a de buscar e levar pessoas que precisavam ser internadas ou voltar para as suas casas. Isso parece simples, porém a casa nem sempre era no bairro seguinte. Poderia ser na China, como ocorreu uma vez.

Jorge precisou levar de volta à China o passageiro ou funcionário de um navio que chegou ao Rio. Não se sabia bem a situação, o chinês teve um surto e não falava nada, então, como era comum no caso de estrangeiros, o levaram para o Sanatório Botafogo. A obrigação de Jorge e do sanatório era levar o paciente de volta para casa são e salvo, o que exigia um acompanhante na viagem. Geralmente, ia um dos médicos mais jovens, o caso de Jorge.

Ele contou que precisaram parar em São Francisco na viagem. O problema é que no aeroporto, quando foram verificar o passaporte do chinês, não era um passaporte, era um visto de trabalho, o único documento que ele tinha. O passageiro ficou detido e sob custódia de um embaixador inglês. Graças a um esforço conjunto, inclusive de Hong Kong, conseguiram regularizar a situação e o chinês seguiu viagem com um médico americano. Jorge, no final das contas, não precisou ir até a China.

Outra vez, ele teve que buscar em Paris o alto funcionário de uma empresa, devia ser um diretor ou CEO, não se recorda exatamente, para levar ao sanatório. O fato é que o paciente ia sedado, como mandava o protocolo. Acontece que esse paciente acordou no meio da viagem, viu que estava num avião, e começou a gritar que o avião ia cair! Ficou aos berros repetindo que o avião estava com problemas e estava caindo! Antes de Jorge conseguir sedá-lo de novo, o pânico tinha se instalado nos passageiros do voo. Ele passou o resto da viagem se desculpando e acalmando os mais aflitos.

Jorge não se cansa de dizer que o Sanatório Botafogo proporcionou experiências únicas e que ali teve a chance de obter um aprendizado extraordinário.

1968 – 1º CONSULTÓRIO PARTICULAR – *Sala em Copacabana*

Jorge sempre viajou muito, ao longo de toda a vida, mas nunca ficava muito tempo seguido fora do Brasil, para onde vinha com a maior frequência possível, por causa da sua prática clínica. Embora também tivesse uma sala onde podia atender no Sanatório Botafogo, abriu, pouco depois de formado, um consultório na rua Figueiredo Magalhães, em Copacabana, no décimo segundo andar.

Não teve problema em formar a sua clientela particular. Os pacientes eram indicados pelo próprio sanatório e por outros médicos que o conheciam e já confiavam nele.

1969 – CLÍNICA JARDIM BOTÂNICO, hoje Inbracer – Início da história transcorrida na rua Getúlio das Neves, 22, que continua até o momento. Voltaremos a ela.

OS PRINCIPAIS NOMES QUE INFLUENCIARAM A SUA FORMAÇÃO COMO MÉDICO E COMO PESSOA

Assim como a penicilina, o lítio, e muitas outras descobertas da medicina, o primeiro antidepressivo surgiu por acaso. Era uma substância que se chamava iproiniazida, inibidora da monoaminooxitase e que melhorava o humor dos tuberculosos.

O pesquisador Nathan Kline, também conhecido como "pai da psicofarmacologia", além de ser considerado como um dos maiores psiquiatras americanos, professor da NYU – inclusive o maior Instituto de Pesquisa em Neurociência de Israel tem o nome dele –, fez um estudo amplo e descobriu que a iproniazida tratava depressões graves. Nathan Kline também se tornou uma das influências e um dos amigos do dr. Jorge Alberto.

Eu o adorava e mandei muito cliente do Brasil para ele em Nova York. Aconteceu uma história triste porque ele veio passar o fim de ano na minha casa, no Rio, e os meus filhos, os mais velhos, o chamavam de Papai Noel porque ele tinha uma barba branca. Eu o levei para um ensaio de escola de samba na Tijuca, não sei qual, não conheço bem as escolas. Ele ficou louco com aquilo. Pediu para voltar e conhecer o Carnaval. Organizei tudo. Chego a NY e ia voltar com ele para ele ver o Carnaval do Brasil. Ele era muito midiático. Tinha uma tese interessantíssima sobre o vodu na mente humana, que passou na BBC. Ele foi fazer um *check up* e descobriu uma artéria obstruída. Hoje seria simples, botar um *stent*, mas nessa época não havia tal possibilidade. Abro o jornal e estava lá na primeira página a morte dele, morreu na cirurgia. Imagine como fiquei! A gente conversava sobre tudo, até sobre a Torá, ele era um homem cultíssimo, foi uma das pessoas que mais me influenciou. Sempre tive uma clínica com muitos judeus.

Jorge, que é um francófilo confesso, fez vários cursos na França, e teve o privilégio de conhecer e ser amigo de Pierre Deneker, grande gênio da psicofarmacologia nos anos 1950 e 1960, autor de um dos primeiros estudos com a substância clorpromazina, junto com Jean Delay, que no Brasil se conhece como amplictil, um antipsicótico, descoberto por acaso também, porque era usado em anestesia por Henry Laborit. Um dos anestesistas se perguntou: "Será que não é bom pra sedar os pacientes em crise psiquiátrica também?" Ele e Pierre Deneker viajavam juntos para fazer conferências.

Jorge reconhece o grande privilégio de ter conhecido e convivido com homens maravilhosos, que eram homens de ciências e de letras. "Então pouco a pouco eu fui formando meu espírito com a convivência com esses homens, que foram os pioneiros da medicina moderna nos anos 1950."

Outro nome essencial para Jorge foi o de Jean Delay,[7] o primeiro presidente da Associação Mundial de Psiquiatria criada em 1950. Ele foi apresentado como presidente no Primeiro Congresso Mundial de Psiquiatria que justamente inaugurava a Associação Mundial de Psiquiatria (WPA).

O fato extraordinário e político que marcou o nascimento da associação é que um francês, Jean Delay, convida os alemães para esse primeiro Congresso da Associação, pagando tudo para que eles fossem, porque não tinham

---

[7] Jean Delay (14 de novembro de 1907 – 29 de maio de 1987) foi um psiquiatra, neurologista e escritor francês. Em 1952, junto com Pierre Deneker, fez inúmeras experiências que desencadearam a descoberta da clorpromazina para tratamento da psicose.

dinheiro, já que a guerra tinha terminado em 1945. Inclusive ele estabeleceu o alemão como uma das línguas oficiais do encontro. É um fato histórico que pouca gente conhece. Aconteceu em 1950, somente cinco anos depois do final da guerra.

As cicatrizes estavam lá, mas Jean Delay não permitiu que dominassem a cena entre alemães e franceses, o que revela o espírito do seu fundador. Com isso se criou uma união entre os franceses e os alemães.

No meio dessa história, estava Jorge, jovem psiquiatra brasileiro, aos 22 anos, que conheceu todos esses grandes nomes da sua área. Além dos já citados, Huber Telembar, Roland Kuhn, o qual trouxe ao Brasil duas vezes, descobridor do primeiro antidepressivo tricíclico, medicamento considerado de referência até hoje pela OMS.

Outros médicos importantes no mundo com quem teve o privilégio de conviver: Stuart Montgomery, Mendelewics, Costas Stefanis, Lopez-Ibor, Barraque, Carlo Cazullo, Adolfo Petiziol, Donald Klein, Mirna Weismann, Gerald Klerman, Robert Cancro, Ahmed Okasha, Driss Moussaoui, Roger Montenegro (padrinho do seu filho), Rodolfo Fahrer, Honório Delgado, Nathan Kline (descobridor do primeiro antidepressivo), entre dezenas ou centenhas de outros.

> Eu vivi no meio de várias mentes privilegiadas. Eu acabei me transformando não num expert em psiquiatria, apesar de conhecer bem psiquiatria, mas como eu me defino, sou como um maestro, um chefe de orquestra. Eu sei um pouquinho de cada instrumento, mas o que eu sei mesmo é fazer todos os grandes solistas tocarem juntos.

A aproximação com algumas dessas figuras ilustres aconteceu ainda como aluno. "Era um garoto no meio de gênios que fizeram a psiquiatria como se tornou, nasce a psiquiatria depois da guerra, a psiquiatria fora do hospital psiquiátrico, a psiquiatria de consultório, nasce a psicoterapia, que ganha força depois da guerra."

Jorge fez muitas viagens desde cedo, não só Suécia, França, Suíça, cada vez mais países, ia fazer conferências, participar de palestras, participar de reuniões. "Sempre aconteceu isso comigo, não pagava passagem, era convidado. Chamavam e eu ia."

Também teve outros dois professores franceses que o influenciaram muito: Pierre Pichot, da Academia de Medicina da França, que o levou para a Associação Mundial de Psiquiatria, o que foi a alavanca de sua carreira internacional; e um outro grande médico chamado Yves Pélicier.[8]

O encontro de Jorge e Pélicier foi decisivo na carreira e na vida de Jorge. Ele conta a história:

Eu fiz uma palestra sobre esquizofrenia em Montevidéu, ainda era jovem, tinha acabado de iniciar minha carreira de professor. Ele estava na plateia, eu só o conhecia de nome, mas nunca o tinha visto. Falou a posição dele, eu discordei, tive essa ousadia, talvez porque não soubesse quem era, e francês adora uma discussão. Depois disso ele quis me conhecer. E aí fizemos amizade. Ele fez um jantar na casa dele para me apresentar os amigos, pessoas importantes da área. Foi na casa dele que apren-

---

[8] Yves Pélicier (12 de agosto de 1926 – 9 de dezembro de 1996), nascido em Argel, foi um psiquiatra e professor de psiquiatria geral e psicologia clínica na Universidade Paris Descartes, tendo publicado vários livros importantes, entre eles, *A história da psiquiatria* e *A droga*.

di a beber vinho. Comecei nessa noite, ele veio me perguntar o que eu queria beber, e respondi ingenuamente, "uma Coca-Cola", com o que ele se revoltou: "brasileiro selvagem! Coca-Cola? Aqui não entra essa bebida. Eu vou te ensinar a beber", e me deu bordeaux. Aí aprendi a beber vinho, vinho branco, champanhe, eu metabolizo mal, mas tinto não tem problema, depende da uva. Aprendi a apreciar. Mas não posso beber muito porque me dá sono. Tenho que beber bochechando, cheirando, depois engolindo. Na garganta não há papilas gustativas, quando se inspira, as papilas abrem, então bebo bem devagar.

Além disso, o Pélicier me ensinou francês. Foi ele quem me forçou a falar francês, já que eu sabia ler, escrever e entendia, mas não falava.

Jorge ainda destaca que:

Pélicier era das maiores culturas que eu conheci na minha vida, dois dos maiores médicos que eu vi na minha vida. Ele escreveu duas enciclopédias. Em uma escrevi um artigo sobre o candomblé, a convite dele, na outra sobre o Carnaval. Ele também escreveu um livro que se chama *La nuit* e me convidou para participar, meu tema era *La nuit tropical,* já que eu sou brasileiro, ou seja, a noite nos trópicos. Foi muito interessante porque estudei o interior, as fazendas, onde as pessoas ficam do lado de fora à noite pelo calor, e vão dormir com muitos ruídos de animais, insetos, o que acabou provocando lendas como a do Saci Pererê e outras. Com esse estudo, fui descobrir essas coisas, a influência que teve a noite nos trópicos no imaginário do homem e na criação de mitos e lendas.

Outra figura queridíssima, que conheceu mais tarde, e se tornou um amigo foi o Eric Kandel.[9] O Eric se casou

---

[9] Eric Richard Kandel é um neurocientista austríaco, naturalizado estadunidense. Foi agraciado, juntamente com o sueco Arvid Carlsson e com

com a Denise, que não foi encontrada pelos nazistas durante a guerra porque ficou escondida num convento de freiras no interior da França. Os nazistas não invadiam convento de freira, normalmente. Ela foi para os EUA, se conheceram, ela virou psicóloga e hoje trabalham juntos.

Uma vez, veio ao Brasil para vários compromissos, entre eles para receber o tírulo de Membro Honorário da Academia Nacinal de Medicina. Ele começou a conferência dele falando: "Estou aqui graças ao dr. Jorge Alberto Costa e Silva, que é um dos maiores psiquiatras que existem, reconhecido no mundo inteiro, mas ele é mais do que isso" – aí a plateia fica curiosa –, "ele é deus." Todo mundo achou aquilo estranhíssimo. Aí, ele conta a história.

"Imagina que ontem tinha que embarcar com a minha mulher, chego ao Brasil, e descubro que não tinha o visto de que precisava..."

Uma pausa para o contexto. Essa história é de muitos anos atrás. Como Jorge viajava muito, conhecia muita gente nas companhias, nos aeroportos. Tinha conseguido patrocínio para o Kandell vir, primeira classe, e ele acabou sendo barrado.

A primeira pessoa para quem liguei era o secretário de Segurança do Rio, no tempo do Sérgio Cabral, não lembro o nome. Eu falei com ele, que me disse que isso era só em Brasília, tinha que falar com o chefe da Polícia Federal que

o estadunidense Paul Greengard, com o Nobel de Fisiologia de 2000, por descobertas envolvendo a transmissão de sinais entre células nervosas no cérebro humano. Escreveu importantes livros sobre a memória.

controla os aeroportos, já este me avisou que eu tinha que falar com o ministro da Justiça. Então fui falar com o ministro da Justiça porque era norma entre os governos não recorrer nessa situação muito complicada. Aí ele me disse: "Não adianta procurar ninguém, tem que procurar o presidente da República, o Lula." Aí eu liguei para o chefe de gabinete do Lula, expliquei a situação, ele não me conhecia, mas por sorte estava perto e foi falar, e me disse: "Professor, não me incomoda com isso não, fulano resolve isso, autoriza." Assim mesmo. Nesse ínterim, eu estava com a mulher da Varig na linha. E o mais engraçado é que estava com paciente na minha frente. Tive que mandar por fax. Em vinte minutos, resolvi isso tudo. Resultado: conseguiram embarcar. O paciente na minha frente falou: "Doutor, se o senhor não resolver meu problema, ninguém resolve, porque ouvi você falar com a República inteira em vinte minutos, e botou um homem sem visto pra dentro do país. O senhor deve ser muito bom." Eu morri de rir. Sou um homem de sorte, dei sorte já que todo mundo atendeu o telefone.

Kandel contou essa história no início da palestra ANM. "E aí eu embarquei e isso foi uma missão impossível, sou um homem de 80 anos e nunca vi isso. Um negócio das Arábias."

Sobre António Damásio,[10] também seu amigo, ele conta:

Sou amigo de António e Hanna Damásio há vários anos. Ele me convidou para ser membro do Conselho Científico do Instituto de Neurociências que ele criou. Na época, as reuniões

---

[10] António Rosa Damásio (Lisboa, 25 de fevereiro de 1944) é um médico neurologista, neurocientista, que trabalha no estudo do cérebro e das emoções. O seu livro *O erro de Descartes* sobre a relação entre razão e emoção foi um grande sucesso internacional.

eram em NY e faziam parte deste Conselho os grandes doadores, como o dono do Café Illy, um italiano. E Yo Yo Ma (violoncelista), para atrair a atenção dos mecenas da música clássica. Ele estava em Iowa e depois ganhou o endwoment chair na USC University, hoje uma das universidades mais ricas do mundo onde há o grande instituto universitário de cinema cujo diretor é o Steve Spielberg. Dei a ele o título de membro honorário estrangeiro da Academia Nacional de Medicina no Brasil. Trabalhamos juntos durante muitos anos, mas depois acabei ficando distante, pois ele estava na USC e eu já tinha um mandato de dez anos na NYU e me dediquei a outros projetos. Ele é uma pessoa extraordinária de ideias originais e sem sombra de dúvida um dos maiores neurocientistas no mundo e muito conhecido no Brasil.

Uma vez fez uma apresentação no Metropolitan e ele e a mulher dele, especialista em imagem cerebral, e um grande cineasta fizeram em imagens cinematográficas, um filme em que juntavam a neurociência, o som das imagens no aparelho de RM funcional com as emoções e uma música que foi composta especialmente para a ocasião. Foi uma noite espetacular.

Conheceu também Deolindo Couto[11] que foi da Academia Brasileira de Medicina, presidente três vezes, uma pessoa excepcional, um dos grandes nomes da Academia, junto com o brilhante Miguel Couto.[12]

---

[11] Deolindo Couto (Deolindo Augusto de Nunes Couto), médico neurologista, professor e ensaísta, nasceu em Teresina, PI, em 11 de março de 1902, e faleceu no Rio de Janeiro, RJ, em 29 de maio de 1992. O Instituto de Neurologia Deolindo Couto é uma unidade de ensino, pesquisa e extensão que compõe o complexo médico-hospitalar da Universidade Federal do Rio de Janeiro. Está situado no campus da Praia Vermelha, atuando nas áreas de neurologia e neurocirurgia.

[12] Miguel de Oliveira Couto (Rio de Janeiro, 1º de maio de 1865 – Rio de Janeiro, 6 de junho de 1934) foi um médico clínico geral, político e profes-

Hoje, o Silvano Raia[13] é um amigo que Jorge admira muito. Em 1988, realizou pela primeira vez na literatura o transplante de um segmento do fígado de um doador sadio para um receptor pediátrico (Lancet, 1988) denominado transplante de fígado intervivos, comentado pelo Paulo Niemeyer no seu livro "No labirinto do cérebro". Atualmente já foram realizados mais de 60mil procedimentos adotando essa técnica, principalmente no Oriente Médio onde é proibido o uso de órgãos provenientes de doador falecido. Se considerarmos que ainda não existe sistema de suporte para a função hepática, análogo a hemodiálise para o rim, podemos deduzir que essa técnica salvou 60mil vidas. Hoje trabalha com xenotransplante. Ele cria *mini pigs,* que são porquinhos modificados geneticamente para não crescer e ter um fígado do tamanho certo para possibilitar transplantes de fígado, como também de outros órgãos. Silvano Raia é um ícone da medicina brasileira. Esse sim merece uma biografia.

---

sor brasileiro. Um dos principais hospitais do Brasil leva o seu nome e fica na cidade do Rio de Janeiro.

[13] Silvano Raia (São Paulo, 1930), médico cirurgião, foi também o primeiro a realizar um transplante de fígado na América Latina em 1985. Foi também diretor da Faculdade de Medicina da USP.

PARTE II
MEMÓRIAS E REFLEXÕES

4

AS PERIPÉCIAS DE UM MÉDICO VIAJANTE

Jorge Alberto teve em seu currículo, além de cargos, títulos, prêmios, uma vantagem preciosa para um viajante inveterado: dois vistos de trabalho que o acompanharam por décadas, o visto o-1 pelo governo dos Estados Unidos e o passaporte talento pelo governo francês. Ambos os vistos são concedidos a pessoas com habilidades extraordinárias, tais como cientistas, pesquisadores, professores, especialistas em tecnologia, inventores, músicos, artistas etc. Tinha também o visto enquanto foi diretor da OMS, que era equivalente ao diplomático.

Jorge passou a vida viajando a trabalho. Assim como não veio ao mundo a passeio, Jorge não era um turista andando por aí e aproveitando as férias. Viajou, como o próprio sempre diz, "materialmente, espiritualmente e emocionalmente", por seis continentes e mais de cem países. Os carimbos no passaporte e os relatórios que precisava fazer para o trabalho indicam que foram cento e quarenta e dois.

Diante desse número de viagens, com a disposição que tinha em viver plenamente cada uma, seria impossível não colecionar histórias. Andou de camelo, elefante e canoa, enfrentou riscos diversos, inclusive em situações de guerra, teve que se esconder num *bunker* durante um bombardeio durante a guerra na Ioguslávia, entre Croácia e Sérvia. Ao mesmo tempo, viveu o curioso caso da "vaca na palestra" que ficou na primeira fila e assistiu com gosto a toda a sua fala.

Na Índia, em Jaipur, cidade imperial, uma vaca, animal sagrado nesse país, derrubou a porta da sala da palestra e ficou lá parada olhando aquilo. As pessoas ficaram fascinadas com a vaca assistindo à palestra. Jorge conta: "Vieram me cumprimentar por ser a primeira vez que a vaca tinha entrado na Universidade para assistir uma conferência. Eu realmente deveria ser um ser muito espiritualizado, um espírito elevado. No final, se formou uma fila para me dizer 'Obrigado pela vaca!'". Até hoje, Jorge não sabe se a plateia, inclusive a vaca, gostou da palestra.

Outra história na Índia se passou em Nova Delhi, em 1992. Naquele ano, ele acumulava as presidências da WPA e da WASP, estava terminando o mandato da primeira e tinha sido eleito para a segunda. Ele chegou ao hotel e foi normalmente para a sua suíte. No dia seguinte, quando voltou do Congresso, a moça do balcão não lhe deu as chaves, disse que ele precisava falar com o gerente, e ele ficou apreensivo, imaginando algum problema. O gerente lhe disse que não sabia que ele era o presidente da WPA, pediu desculpas, e avisou que daria a ele a suíte presidencial. Jorge falou que não precisava, já estava instalado, mas eles insistiram e fizeram a mudança das malas. Foi ele para a suíte presidencial. Mais um dia de palestra, volta para o hotel e é a mesma coisa, tem que falar de novo com o gerente. Chega o gerente pedindo desculpas por não saber que ele era tão importante, descobriu que ele era o presidente da outra Associação também, a de psiquiatria social, e que ele teria que se mudar para a suíte do marajá. Lá foi ele para uma suíte que era um imenso apartamento. Por fim, todas as reuniões de grupo passaram a ser feitas na sua suíte e ainda fecharam o Congresso com chave de ouro, uma festa para mil pessoas na suíte do marajá.

Nem tudo foi tão agradável, pois teve que lidar com conflitos políticos graves na África, por exemplo, com enormes problemas entre grupos que brigavam entre si. E na antiga Iugoslávia, na guerra entre sérvios e croatas, prestava assistência médica e psicológica a combatentes.

Na China, viu uma rua inteira iluminada por velas com pessoas nas calçadas jogando cartas, e tinha dificuldade de atravessar as ruas dado o número de bicicletas.

No Japão, precisou se adaptar e descobrir como se comunicar para que fosse realmente compreendido.

No final dos anos 1980, fui falar sobre o conceito de depressão no Japão. Para o japonês da época, a depressão não era vista como uma doença, e sim como cansaço, insônia, desinteresse, como era tratada dentro do budismo.
Existe a necessidade de se conhecer os elementos culturais dos povos, para que eles entendam as mensagens técnico-científicas produzidas pelas instituições, principalmente ocidentais. Nesse caso particular, o elemento cultural se expressa na forma como se percebem os sintomas da depressão que eram vistos como alterações que implicariam orações ou cânticos que restabelecessem uma harmonia espiritual com a alma do indivíduo, com aquela religião, com aquela crença.
Há também o aspecto da linguagem. A linguagem ideográfica, pelo simples fato de ter o hemisfério direito como seu cen-

tro de atuação no cérebro, que tem funções diferentes, mais holísticas, mais afetivas, e na linguagem ocidental, a linguagem alfabética, por ter mais expressão analítica, matemática, mais localizada no hemisfério esquerdo – um mais racional e o outro mais emocional. Eles funcionam bem quando juntos, mas quando se estimula mais uma função ou outra, que é mais característica daquele hemisfério, a compreensão passa a ser diferente. Nesse caso, na linguagem ideográfica, você tem que entender a fala dentro de um contexto, de uma compreensão global, holística do fenômeno, pois, neste caso, uma frase pode não ter sentido algum.

E ele cita um exemplo:

Eu estava fazendo uma série de conferências e saí do Rio para fazer uma conferência no Japão. Fiquei um dia ou dois em NY e depois peguei um voo direto para Tóquio. Preparei os meus *slides* e passei dois dias no Hotel Imperial, no Japão, um hotel excelente, o que mostra uma deferência dos japoneses com seus convidados. Fiz a conferência e depois fui com um grupo no trem-bala para fazer outra conferência em Kyoto. Num terceiro dia, mandaram um táxi para me levar para uma nova conferência em Jakarta. Na véspera, me ligou uma japonesa me perguntando a que horas eu queria chegar ao aeroporto. Pedi que o carro chegasse às 8 horas, mas vi que ela não havia entendido. Ela me perguntou se eu tinha vindo do Brasil e se tinha pego voo direto, expliquei que havia viajado via NY, cheguei a Tóquio, fiz uma conferência, depois segui para Kyoto de trem. Ela me perguntou para onde eu ia no dia seguinte e expliquei que iria para Jakarta. Disse que meu voo saía às 13 horas e me perguntou a que horas eu queria chegar ao aeroporto. Eu tive que contar toda uma história, com todos os detalhes, desde a minha saída do Rio até chegar ao Japão, para que a japonesa entendesse o porquê de pedir o carro às 8 horas, contando a que horas queria estar no aeroporto, para onde iria depois etc. Uma frase solta não fazia sentido para ela. Se eu falasse em japonês, seria mais fácil para ela entender, mas em inglês era importante explicar com detalhes, de forma holística e não analítica. Duas palavras formam uma sílaba, três sílabas formam uma palavra, duas palavras formam uma frase, uma frase faz uma sentença e uma sentença faz um pensamento. Quando se faz uma conferência em inglês para um público japonês, você precisa entender os dados da cultura deles.

A partir daí passei a ser frequentemente convidado para dar meus cursos no Japão e fui homenageado pela Sociedade Japonesa de Neurologia e Psiquiatria. O Japão é um país muito interessante, eles têm respeito à hierarquia, à organização, obsessão pela perfeição, é um país impressionante.

E ele conta uma curiosidade para arrematar: "Quando fui ao Japão, me levaram a uma casa de gueixa. A gueixa mais nova tinha sobrevivido à Primeira Guerra Mundial, e eu achando que gueixas eram sempre mulheres lindas. Não é bem assim. Eu bebia e falava tim-tim, todo mundo começava a rir. Eu não entendia nada, aí me explicaram que tim-tim era fazer sexo, e eu expliquei que no Brasil não era nada disso, não era para ninguém se animar!" Estas são alguma das centenas de exemplos que demonstram a variedade cultural das sociedades humanas.

* * *

Diante de tudo isso, Jorge se sentia em casa em aeroportos, dentro dos aviões estava basicamente dentro do seu quarto. Era tratado feito rei pelas companhias aéreas, o cliente vip do vip, e distribuía milhas para a família inteira. "Eu sei que sou um dos passageiros número 1 da Air France, uma das pessoas que mais viajaram. Desde que ganhei cartão de fidelidade, são 20 milhões de milhas, é coisa que não acaba mais, muito piloto não tem." Como viajava muito, fazia sempre *upgrade* para primeira classe ou executiva. Certa vez, viveu o luxo da 1ª classe da Emirates, companhia aérea de Abudabi. Suíte fechada, banheiro com chuveiro: "Fiz questão de tomar banho, tinha que aproveita a oportunidade."

A ideia de contar o que estou chamando de "histórias de avião" não estava no programa inicial do livro, mas nos divertimos tanto com as histórias, ele contando e eu ouvindo, que, em comum acordo, fizemos questão de incluí-la.

Visitas a diferentes países serão contadas também, não se preocupem, sempre relacionando o motivo profissional e as circunstâncias que fizeram daquela visita algo significativo. Cada uma aparece em diferentes momentos do livro.

Neste capítulo, vamos começar com os caminhos pelo ar.

AS HISTÓRIAS DE AVIÃO

- VOO SÃO LUÍS, MARANHÃO — ESCALA NO RIO DE JANEIRO — COM DESTINO FINAL EM PARIS. FINAL DOS ANOS 1970

Jorge estava em São Luís do Maranhão para ser parte da banca examinadora de um concurso para professor. Ele participava muito dessas bancas. Tudo terminado, foi pegar o avião de volta com escala no Rio para chegar a Paris, onde tinha compromisso marcado.

De repente, no guichê, esperando o voo que estava atrasado, ouviu o anúncio de que o avião não ia decolar por problemas técnicos. Os passageiros lamentaram, reclamaram, mas não pensaram que haveria nada que pudessem fazer. Como poderiam? Jorge, claro, tinha outras ideias.

A primeira coisa que ele faz é amizade, ou melhor, procura estabelecer uma relação com a pessoa que está resolvendo ou deve resolver o problema. Então, foi logo conversar com a equipe da companhia aérea para entender a questão em mais detalhes. Um funcionário explicou que o avião não decolaria, porque o freio de uma das turbinas estava aberta e travou, não conseguiram fechar de jeito nenhum. Para o avião sair teriam que fechar a turbina. "Entendo", ele pondera, "mas não há uma pessoa aqui para resolver isso, um engenheiro?" Responderam que sim, havia, mas que o engenheiro estava em São Paulo. "Está bem, mas ele não tem telefone?" "Tem". "Posso ligar para ele?" "Pode."

Nessa hora, ele já pulara para dentro do guichê e virou funcionário da companhia aérea instantaneamente. Como permitiram? Vai entender. O fato é que ele ligou para o engenheiro responsável e explicou o problema, nem falou quem era, apenas o seu nome, e foi perguntando como deveria resolver a questão. O engenheiro parece que não estranhou e foi perguntando: "Está com o manual tal?" Claro que ele não estava, mas não hesitou: "Espera aí". Em seguida se dirigiu ao funcionário: "Busca o manual tal." Dali a pouco, o rapaz voltou com um manual gigantesco. Jorge avisou ao engenheiro que estava com o manual e ele seguiu ditando as orientações: "Abre na página tal." Em seguida, pediu que ele lesse as instruções para um técnico. A essa altura, já tinham chamado um técnico que estava bem na sua frente, na expectativa. E o engenheiro mandou que o técnico fosse para debaixo da turbina, enquanto Jorge, através de um rádio, ia lendo as instruções de manobra. Assim foi feito. Infelizmente, a primeira manobra não funcionou.

O engenheiro pediu novamente: "Abre agora na página tal, vamos tentar outra manobra." Jorge abre na outra página, e fica lendo o manual para o técnico. Eis que, em meia hora, a turbina fechou. A pane foi desfeita. O técnico falou com o piloto que foi lá e verificou a situação. Problema resolvido.

Pronto, o avião vai decolar! Anunciou aos passageiros que esperavam na fila, certamente estranhando aquela movimentação. De qualquer modo, todo mundo aplaudiu. Mas aí foram direto fazer a pergunta que não queria calar: "O senhor entende de avião, é engenheiro?" Jorge respondeu que não, era psiquiatra. O dilema colocou-se. Ninguém queria embarcar em um avião consertado por um psiquiatra. Jorge se defendia: "Não importa o que eu sou, deu certo. O avião está consertado. Eu sou um sujeito prático, se o piloto disse que o problema foi resolvido, eu que não vou dizer que não e perder o voo. Apenas tomei a iniciativa de ser o porta-voz da angústia de todo mundo."

Resultado, havia cento e tantos passageiros para embarcar, mas foram no avião somente uns trinta corajosos. Jorge pegou o avião, que era da Varig, deu tempo ainda de pegar o outro na escala do Rio, um da Air France para Paris.

Ele chegou ao seu compromisso sem atraso.

• O ATENTADO NO AVIÃO DA PAN AM

Lembra do avião da Pan Am que saiu de Londres para Nova York e sofreu um ataque terrorista? Foi uma tragédia. Supostamente foram terroristas líbios que foram presos muitos anos depois.

De acordo com fontes de jornais e revistas da época, o atentado de Lockerbie foi um ataque terrorista ao voo 103 da Pan Am em 21 de dezembro de 1988, e era apenas o terceiro voo transatlântico da empresa. O avião Boeing 747-121 partira do Aeroporto de Frankfurt e fez uma escala no Aeroporto de Heathrow, em Londres, com destino a Nova York. O avião explodiu no ar 38 minutos depois da decolagem em Londres. Na hora da explosão, estava no ar acima da cidade escocesa de Lockerbie, por essa razão o nome do ataque ficou conhecido como Atentado Lockerbie. A detonação de uma bomba com explosivos plásticos provocou a destruição da aeronave, cujos destroços se espalharam por uma área de 130 quilômetros na região escocesa. A explosão do avião em pleno voo provocou a morte das 259 pessoas que viajavam a bordo – em sua maioria, cidadãos dos EUA – e mais onze moradores de Lockerbie em terra.

Uma investigação conjunta apresentou acusações contra os agentes líbios Al Megrahi e Lamin Jalifa Fhimah em 1991, concluindo que o atentado havia sido planejado pelo governo líbio.

Embora inicialmente tenha se negado a entregar os agentes, Khadafi acabou aceitando fazer isso, como ele disse na época, "pela paz", em 1999, em troca do fim das sanções impostas pela ONU contra a Líbia. Também negociou que os acusados fossem processados sob jurisdição escocesa nos Países Baixos, considerado um país neutro, embora continuasse afirmando que eram inocentes.

Em 2001, os dois ex-agentes foram julgados pelo Tribunal Penal Internacional. Jalifa Fhimah foi absolvido e Al Megrahi condenado a vinte e sete anos de prisão, que cumpriu em uma penitenciária da Escócia. Ainda assim, parentes das vítimas mantiveram suas dúvidas a respeito dos culpados, especialmente Al Megrahi, que foi condenado. Novas investigações suspeitaram que o ataque teria sido ordenado pelo Irã – como uma resposta ao ataque ao voo 655 da Iran Air pelo navio *USS Vincennes* em julho de 1988, que matou duzentas e noventa pessoas – e executado por um grupo terrorista palestino baseado na Síria.

Mais tarde, em outubro de 2015, dois suspeitos do atentado foram identificados por uma equipe de procuradores americanos e escoceses. São eles: Abdullah al-Senussi, cunhado do antigo líder da Líbia Muammar Khadafi e ex-chefe dos serviços secretos durante o regime de ditadura no país, atualmente detido numa prisão na Líbia, e Nasser Ali Ashour, acusado de fornecer explosivos e armas ao IRA (Exército Republicano Irlandês) nos anos 1980.

Por que mencionar esse evento trágico? Jorge viajaria no dia seguinte, no mesmo voo. Os amigos não acreditaram que ele ia pegar o avião. "Você vai num avião que explodiu ontem?", Jorge ponderava: "Não, vou em outro, o de hoje é outro avião."

O fato é que ele apareceu no aeroporto para embarcar. O incrível da história é que ele se meteu no maior esquema de segurança que já viu no aeroporto. Foi revistado de baixo para cima e dos lados. A polícia, muito desconfiada, o escoltou o tempo inteiro.

O melhor (ou o pior), o avião saiu com um único passageiro, que era ele. Não sei como não cancelaram o voo. Jorge foi sozinho sentado com os seguranças em torno dele. "Devem ter imaginado que eu era maluco, podia ter uma crise e me enforcar ou enforcar o piloto, ou eu era terrorista com um plano secreto! O que não faltava era segurança para me impedir de explodir o avião."

No dia seguinte de uma explosão, quem se aventura exatamente no mesmo voo com o mesmo trajeto? Ele era suspeito: Terrorista ou louco?

Na verdade, somente uma pessoa que acreditava que "Um raio não cai duas vezes no mesmo lugar." Descobriu depois que esse ditado não é tão verdadeiro. Cai, sim.

• A GREVE DENTRO DO AVIÃO DA ALITALIA

Jorge estava em Roma, dentro do avião, esperando a decolagem, num voo noturno, após uma reunião com o comitê executivo da WPA. O avião não saía. O tempo passava.

De repente, começaram a servir drinques, coquetéis, ele nunca tinha visto servirem nada com o avião no chão, a porta aberta. O certo é fechar a porta primeiro. Estava acontecendo alguma coisa estranha.

À uma hora da manhã, anunciam que o avião não podia seguir porque faltou um tripulante, e, de acordo com o sindicato, não podia sair, e não acharam ninguém para substituí-lo. Anunciaram também que os passageiros não podiam sair do avião. Alguém gritou: "Como não pode sair? Vamos ficar aqui a noite inteira sentados?" Tudo indicava que sim, porque tinham que esperar os policiais. E os policiais deviam estar dormindo, porque não apareciam também. Isso sem falar que ninguém entendia o motivo de terem que esperar os policiais. Uma confusão absurda.

Como não poderia deixar de ser, começou uma discussão. Todos falando ao mesmo tempo, e ninguém se entendia. Um passageiro pediu a palavra e invocou a razão: "Precisamos eleger um representante nosso, representante dos passageiros para negociar o problema." Ao que outro passageiro questionou: "E por que o senhor não fica de representante?". "Se todo mundo estiver de acordo, eu fico." Todo mundo levantou as mãos elegendo o sujeito, ali, na hora.

Houve uma nova conversa acalorada para decidirem qual seria a posição, se os passageiros iriam esperar, ou se sairiam no peito e na raça do avião em conjunto. Fizeram uma votação. A decisão foi a seguinte: "Vamos ficar dentro do avião e não vamos deixar ninguém sair, nem o piloto, nem ninguém, até encontrarem uma solução." Depois disso, conseguiram negociar um acordo. Chegaram à conclusão, Jorge não sabe mais por que tortuosos caminhos, de que o avião não poderia ir até destino previsto, mas que poderia ir até Natal.

Resumo: Jorge presenciou até eleição, negociação e greve no avião.

• EXISTE ALGUM MÉDICO A BORDO?

Antigamente, ele não lembra bem quantos anos atrás, por volta do final dos anos 1990, sempre que chamavam um médico a bordo, logo se prontificava a atender. Hoje não precisa mais, porque existe sempre muito médico, como ele diz, "o sujeito provavelmente vai receber atendimento de uma junta médica", então ele não se mete porque "parte do avião levanta". Uns vinte e cinco anos atrás ou antes, era mais raro, e Jorge acabava sendo acionado. "Depois eu era informado sobre o estado do paciente, me davam milhas, a companhia presenteia de algum jeito o médico nesse tipo de situação, com bilhete ou milhagem, então hoje eu deixo o pessoal mais novo atender, eles gostam quando são chamados. Só vou quando não há ninguém."

Certa vez, ele estava no voo Genebra – Rio, da Companhia Aérea Swissair. Era o melhor voo para ele, usava muito porque era o direto, já que ele se dividia justamente entre o Rio e Genebra.

"Sou conhecido dentro do avião pelo número de viagens. Então, a aeromoça veio direto me acordar, sabia que eu era médico, pediu desculpas pelo incômodo e avisou que havia um passageiro muito mal na classe econômica." Era um rapaz jovem, jogador de vôlei, ele não se lembra o nome. O rapaz integrava o time de vôlei do Brasil que tinha disputado os Jogos Olímpicos em Pequim, em 2008. Criou duas fundações para a OMS, uma para Crianças de rua e outra para a pesquisa em neurociências, além de dezenas de programas educacionais. Ele estava indo para o Rio e se sentia péssimo.

Ele examinou o paciente, que estava com muita febre, e também tinha uma dor terrível no abdômen. Jorge verificou que o abdômen do jogador estava uma pedra, o que os médicos chamam de abdômen tábua, provocada por irritação no peritônio, isto é, viu que era peritonite. Avisou à aeromoça qual era o quadro. Vieram outras pessoas da tripulação, perguntando: "E o que podemos fazer? Como resolver isso?". Jorge respondeu que era "operando, não tem outro jeito, e se não fizer a cirurgia rápido, a pessoa pode morrer, é muito grave".

Ficaram todos assustados: "Mas estamos no meio do oceano Atlântico!". "Bom, pergunta ao piloto onde é o lugar em que existe um hospital completo. Precisamos de um hospital com tudo, pronto para uma operação."

O piloto informa que existe uma base aérea americana com hospital equipado na ilha do Sal, uma ilha que fica depois da ilha da Madeira. Toda base americana tem um hospital completo, é uma exigência para o funcionamento da base. O problema é que já tinham passado por lá uma hora atrás. Como não havia outra saída, precisariam dar meia volta, viajar por uma hora, e avisar à base que se preparassem para uma cirurgia de emergência.

Chegaram à base, viram que era peritonite mesmo, e o jogador foi para a cirurgia, felizmente. No entanto, surgiu outro problema, o avião ia precisar de mais combustível para decolar de novo e chegar ao Rio. Na hora da decolagem é quando o avião mais gasta combustível. Tudo estava acontecendo de madrugada, eram 2 da manhã.

A base tinha combustível, mas os americanos disseram que o avião tinha que pagar *cash*, em dinheiro, não queriam aceitar o cartão da Swissair! Claro que ninguém tinha aquele dinheiro no bolso. Os americanos queriam que mandassem alguém trazer o dinheiro. Seria uma loucura. Imagina todo mundo esperar outro avião chegar com o dinheiro! Felizmente, entraram em contato com um banco suíço que deve ter oferecido alguma garantia, ou então eles convenceram os americanos de que bancos e companhias aéreas suíços não costumam dar calote em bases militares americanas.

Conseguiram resolver o impasse, botaram combustível e o avião foi liberado para seguir viagem.

O jogador foi operado e passa bem.

Jorge contou outra situação em que foi chamado para ver um paciente. Era uma escala. O avião mal tinha decolado, portanto apenas um breve tempo de viagem se passara quando foi atender uma pessoa desacordada. A esposa informou que o marido tinha medo de avião e que tomou vários calmantes para dormir. Já tinham passado por duas escalas, em cada uma delas tomava mais um calmante, ou dois.

Jorge examinou os reflexos do paciente, e viu que ele não estava desmaiado, mas em coma. Avisou à mulher do paciente que precisavam deixar o avião e ir a um hospital.

A mulher pareceu não se espantar com o fato do marido estar em coma. O avião teria que voltar para descerem, mas ela apenas repetia que não sairia da aeronave sem as suas malas. Falava somente da bagagem, fez uma confusão. De fato, o avião não pode decolar com a bagagem de quem sai do avião, é proibido, explicaram isso para que ela se acalmasse, mas a esposa queria garantias. Tinha feito muitas compras.

Ambos saíram do avião. Ela foi na frente para recuperar as malas, depois voltou para ver o marido.

A companhia anota tudo no diário de bordo e dá um retorno para o médico. Jorge soube que o paciente saiu do coma e ficou bem. No entanto, não sabe se ele e a esposa continuam casados.

AS CIDADES EM QUE MOROU

Jorge viveu a infância em Vassouras, estado do Rio, e depois seguiu para a capital do estado, sua cidade de origem e sempre a sua base, onde manteve a clínica. Nunca quis se retirar completamente, mesmo em meio a temporadas em outras cidades, à frente de cargos e tarefas conseguiu manter um pé firme no Rio de Janeiro, mais especificamente na rua Getúlio das Neves, 22, onde hoje é o Inbracer, Instituto do Cérebro, que dirige. Além da sua vida familiar que se constituiu e se estabeleceu, sobretudo, no Rio.

Já formado Jorge foi para Estocolmo fazer um curso de especialização e lá descobriu a civilização sueca. Foi uma revelação. Ele conta que foi como fazer uma viagem a outro planeta. O estilo de vida completamente diferente, o frio extremo, a nudez completamente natural, o que lhe rendeu a experiência de dividir o quarto com duas suecas, como contado anteriormente, que andavam sem roupas como se ele não estivesse presente, e ele lá muito presente, ainda jovem, entre a surpresa e o fascínio.

Descobriu também o estudo levado sempre muito a sério, mais do que tinha visto até então, ainda que tenha vindo de uma Faculdade Pública de Medicina com alunos que se desdobravam entre livros. Estocolmo foi a primeira cidade que lhe revelou um outro mundo maior do que conhecia ou suspeitava.

Depois veio Paris, onde morou por períodos relativamente curtos, alguns meses, em várias épocas. O seu amor pela França será descrito a seguir no discurso que fez quando recebeu a Legião de Honra. Aqui, é importante destacar a Paris que aprendeu a amar. Para começo de conversa, ele concorda com a declaração de Ernst Hemingway de que "Paris é uma festa". A vida cultural e artística parisiense o mobilizava profundamente, as exposições, os concertos, o teatro, a convivência entre vários artistas e intelectuais nos bares e cafés.

Jorge esteve em Paris em 1968, durante o Movimento de 1968 liderado pelos jovens e marcado por greves e ocupações estudantis. Estavam ali amalgamados os cartazes com punhos cerrados, um levante pela renovação de valores, liberdade sexual, feminismo, e ampliação dos direitos civis.

Jorge parece ter esse dom de estar onde o novo está, onde o acontecimento mais importante explode, para o bem e para o mal – ele também estava morando em NY durante o ataque ao World Trade Center de 11 de setembro.

Em Paris, gostava de frequentar a Gaumont e Brasserie, perto da *Opera*, onde os irmãos Lumière apresentaram as primeiras cenas de cinema. Um local dividido em dois, com um espaço de teatro e outro de bar e café. Também costumava ir ao *Café de Flore* onde conheceu Sartre, Simone de Beauvoir e Claude Lévi-Strauss. Participava de muitos lançamentos de livros, eram as oportunidades de se conhecer os autores e até de bater um papinho. Sem falar no hábito de *soupé*, tomar uma sopa depois dos concertos.

Outra característica francesa que o surpreendeu no início da sua estadia, e aprendeu a apreciar, é a maneira como os franceses acadêmicos e intelectuais discutem. Os debates são travados com muita veemência, muita briga, o desafio é pensar rápido para argumentar e se defender, um grande exercício, e não levar nada para o lado pessoal, ainda que um ou outro xingamento possa ser bem pessoal. O caso é que, depois da discussão acalorada, todos riem e se falam normalmente, sem nenhum mal-estar. Aqui no Brasil, os acadêmicos têm mais dedos, não são de criticar tão diretamente, não é hábito, mas lá, se alguém discute com você com entusiasmo, é sinal de respeito. Ninguém vai querer perder tempo discutindo com alguém de quem não se valoriza a opinião.

Nos anos 1990, mais especificamente em 1993, veio Genebra, onde fica a sede da OMS, quando foi aprovado para o cargo de diretor da Divisão de Saúde Mental da OMS. Ele tinha sido convidado para ocupar um cargo na Unesco, em Paris, no lugar do Antônio Houaiss, durante o governo Fernando Henrique Cardoso. Não era o que desejava. Na verdade, seus planos eram ficar no Rio, com seus pacientes e família. Já tinha trabalho demais.

De repente, liga o José Aparecido de Oliveira que também estava no governo, e avisa que tinha uma posição na OMS a ser disputada, era uma posição de diretor para a segunda divisão mais ativa da OMS que cuida de doenças não transmissíveis, doenças mentais, era o tipo de possibilidade que não há como recusar. Aceitou disputar, mas no fundo não acreditava que fosse ser selecionado. Eram trinta e poucos candidatos do mundo inteiro, um cargo altamente cobiçado, e ele estava muito tranquilo com o fato de que não iria ser escolhido. Mandou seu currículo sem expectativas. Pouco tempo depois, recebeu a notícia de que tinha entrado para a *short list,* uma lista composta de três nomes. A lista era composta por uma alemã extraordinária, de acordo com Jorge, a Kikibush Ilona, uma alemã, excelente pesquisadora. Após entrevistas com quatro comitês diferentes, estava confirmado: era o novo diretor.

Foi para Genebra com o plano de ficar somente um ano, mas o trabalho o fisgou, viu-se completamente envolvido e oito anos se passaram. Em Genebra, tudo funcionava perfeitamente, uma cidade limpíssima, organizada, silenciosa, ocupada por belos jardins, e uma vista dos Alpes suíços. Estava perto de tudo, bem no centro da Europa, em duas horas de carro já estava no Norte da França, pegava o TGV, o trem rápido, e em duas horas e meia estava em Paris.

Foi o período de maior quantidade de viagens, quando visitou uns cem países. Tinha muitas reuniões por dia, às vezes uma de manhã numa cidade, outra de tarde em outra cidade, e um jantar na terceira. Conta que ficou craque em começar e terminar reuniões e em receber autoridades.

Além disso, os amigos que fez na ONU eram cada um de um país diferente, embora estivessem todos juntos trabalhando no mesmo local. Era um congraçamento de culturas, línguas e regras.... sim, regras. Os suíços são rígidos no cumprimento das regras. Jorge lembra que um amigo alemão, Gulbinath, nascido e criado em Munique, também funcionário da ONU, resolveu dar uma festa em seu apartamento regada a cerveja alemã que começou às 8 da noite, e, quando soaram 11 horas da noite, tudo em Genebra deve parar e ficar em silêncio, reza a lenda que não se pode nem dar descarga. Portanto, os suíços que estavam na casa do alemão, dois deles vizinhos de prédio, foram embora exatamente às 11h da noite. Às 11:15, os próprios amigos suíços que tinham saído da festa deram queixa para a polícia aparecer lá e a festa acabar. Um suíço pode perder o amigo, mas não o horário.

Ao longo dos anos 2000, pleno século XXI, Jorge morou em Nova York por nove anos. "A cidade é uma miniatura do planeta Terra", diz Jorge. O mundo inteiro se encontra no mesmo lugar, é a mais cosmopolita de todas as cidades e a que nunca dorme. Jorge conta que certa vez ouviu em Manhattan um rapaz falar *"mucho merci, sir"* e todo mundo entendeu e achou natural. Essa característica da cidade oferece aos seus moradores "plasticidade mental", nada menos.

Durante a sua estadia, foi professor da NYU e era cientista sênior do Institute for Mental Health. Sobre as aulas e o trabalho na Universidade, falaremos no capítulo que conta o seu percurso como professor. O fato é que o Instituto tinha uma sala de reuniões no World Trade Center onde os professores se encontravam para reuniões, ou podiam marcar reuniões com pessoas de fora. Jorge tinha uma reunião agendada no dia 11 de setembro de 2001 às 8:30, e daria uma entrevista para duas jornalistas. Porém, por acaso e sorte, surgiu um outro compromisso, o de acompanhar a delegação brasileira à ONU, em Nova York, com os ministro Celso Lafer, e o presidente da câmara na época, Severino Cavalcanti e outros.

Ele tentou, mas nada de conseguir desmarcar o compromisso anterior pela manhã, até que a sua assistente e aluna Raquel entrou em contato e adiaram a entrevista para 12 horas na sala do World Trade Center. A ONU foi confirmada de manhã. Quando estava na sede da ONU, a sua mulher ligou apavorada, na sua cabeça Jorge ainda estaria no WTC. Contou sobre o atentado. De repente, sobreveio um alvoroço geral. Pessoas telefonando, ligando a televisão, buscando notícias, assustadas. Dava para ver a fumaça preta na 1ª avenida com a 46.

Jorge saiu para a rua e tinha um monte de gente andando, em estado de choque. O transporte público parou. Ele se sentiu num filme pós-apocalíptico. Fumaça negra, pessoas atônitas pelas ruas. Em seguida, o atentado do Pentágono. Correu para casa.

Ele conta que aquele foi um ano difícil, ninguém mais saía nem se encontrava. As pessoas tinham medo. Era um cenário desolador. Toda aquela efervescência da cidade desapareceu.

Mais tarde, foi chamado para fazer um trabalho em Miami e ficou lá por dois anos. Uma mudança de ares, não especialmente marcante, mas agradável. Nem ama nem odeia Miami. Gostou de uma mudança para um local solar, com a praia, e uma rotina de trabalho sem atropelos.

Hoje em dia, mora em sua querida Lisboa. Adora a história que emana por todos os poros da cidade, com museus de norte a sul, especialmente no Centro Histórico. Também os amigos portugueses e os restaurantes fantásticos onde encontra os melhores peixes. Portugal é o segundo país mais seguro do mundo. Em Lisboa, se sente em casa e dirige o centro de pesquisa de um grupo farmacêutico, a Holding Germed.

Recebeu o título *honoris causa* na centenária Universidade de Lisboa, em Portugal em setembro de 2021 o da UFRJ em setembro de 2022.

ENTRE TODOS OS PAÍSES, O AMOR PELA FRANÇA

Em seu discurso de agradecimento por ocasião do recebimento da Legião de Honra (*Legion d'Honneur*), Jorge conta como foi construindo esse forte vínculo afetivo com a França desde a juventude. Assim como o grande impacto que a literatura francesa teve em sua formação, sobretudo Victor Hugo, não apenas pelo brilhantismo como escritor, mas pela aguda observação e crítica da vida social. Portanto ele fez questão de enfatizar essa referência literária que, por minha vez, também ressalto aqui:

> Meu primeiro contato com a França data da minha adolescência quando viajei por ela através dos livros de Victor Hugo, Proust, Molière, Voltaire e tantos outros. Aprendi o francês lendo *Os mi-*

seráveis de Victor Hugo com um dicionário francês/português. Jean Valjean, personagem central desta obra, virou para mim um modelo de homem a ser imitado. A Victor Hugo devo muito quem sou. Nascido em 1802 no ano dez da Primeira República, entre a revolução e o império, escreveu a Legenda de um Século do qual ele se fez testemunha, ator e motor. Ele foi a lenda viva deste século que o elegeu como modelo do dramaturgo romântico, do romancista prolixo, do poeta exaltado e do sábio *"bien faisant"*, imagem móvel, monumental, contraditória, legendária, mas que possuiu sua unidade neste projeto duplo: ver e ser visto. Este homem múltiplo foi singular. Única é sua obra. A poesia pode ser a legenda de um desenho. O desenho pode ser o anexo da página de um romance. A carta é o laboratório do panfleto, ao qual ele dá frequentemente sua forma. Victor Hugo deixou o mundo em 22 de maio de 1885 para repousar no Pantheon em Paris junto com outros célebres que construíram a grandeza da França.

Na sequência do discurso, Jorge reitera que a França foi o país que mais moldou o seu espírito. Com exceção do seu país natal, a cultura francesa foi a que mais influenciou o seu pensamento. Assim explica:

> Minha especialidade, a psiquiatria, teve o seu berço na França com Philippe Pinel no século XVIII. No Brasil, o primeiro hospital psiquiátrico criado pela Santa Casa, na Praia Vermelha, foi construído sob a influência de Pinel e seu discípulo Esquirol. Tive o privilégio, há vinte anos, de presidir a primeira Jornada dedicada a Philippe Pinel, em Toulouse, na França, e agora no ano 2005, ano do Brasil na França, terei mais uma vez esta honra de organizar e presidir a segunda Jornada em homenagem a Pinel em Toulouse.
> Conheci a França de norte a sul, de leste a oeste, visitei todas as pontas do hexágono. Recebi muita atenção, carinho, ajuda e ensinamentos de inúmeros franceses ilustres e de muitas de suas

instituições científicas e culturais. Em memória do professor Yves Pélicier, que foi membro honorário estrangeiro desta Academia, um dos homens mais cultos, um dos humanistas mais respeitados que conheci em minha vida, quero expressar o meu muito obrigado a todos os meus mestres franceses.

A França vem me concedendo inúmeras honrarias. Membro Honorário da Societé Médique Psicologique, a primeira associação psiquiátrica do mundo com quase dois séculos de existência. Há doze anos me concedeu a Ordem Nacional do Mérito. Ano passado, me elegeu membro associado da Academia Nacional de Medicina Francesa e hoje me concedeu a *Légion d'Honneur*. Não posso ocultar a imensa emoção que sinto por receber tal distinção.

Abade Gregoire, quando definiu em 1795 a missão do célebre Institute de France, conclamou que o Institute de France, ao promover as ciências, estaria procurando proteger a liberdade e gerar felicidade, não somente do povo francês, pois a felicidade só existiria se fosse compartilhada com outras nações. E conclui dizendo que esses sentimentos são dignos de um povo que ao defender seus direitos luta pela causa do gênero humano. Por isso é que o que se faz pela França, em realidade se faz por todos os povos do mundo. Esta é talvez uma das razões que fez a Légion d'Honneur se tornar a mais conhecida, a mais respeitada e talvez a mais importante condecoração existente no mundo.

A *Légion d'Honneur*, que foi criada por Napoleão para reconhecer as contribuições cultural, científica, artística e militar que cidadãos franceses ou estrangeiros fizeram pela França, na realidade estaria reconhecendo o que fizeram pela humanidade. Este, inclusive, é um ano importante para a *Légion d'Honneur*, pois Napoleão Bonaparte, a 15 de julho de 1804, inaugurou oficialmente, no Hotel Des Invalides, a instituição da Légion d'Honneur e fez a primeira condecoração ao cardeal Caprara. Estamos, portanto, celebrando o bicentenário da Legião de Honra.

Ao receber as insígnias da *Légion d'Honneur*, o faço com o olhar voltado para o futuro. Salomão Keiser, ilustre acadêmico desta casa, em seu discurso de posse como membro titular, disse:

"A aventura humana, em verdade, é a caminhada ao longo do desconhecido em companhia da esperança." O homem precisa do sonho e da esperança para continuar lutando para criar o futuro.

A fluência do tempo, que corre em direção ao futuro e a conservação desse futuro pela memória, na forma de passado, de experiência de vida, tornam a história não só prospectiva e retrospectiva, mas também progressiva. Se o passado é algo a que não se pode retornar ou e que não se pode modificar, o futuro, ao contrário, é possibilidade, abertura, horizonte da imaginação criadora e da liberdade. Esta noite percebo como um chamado a realizar algo novo, a enfrentar a terra de ninguém, a penetrar numa floresta onde não há trilhas feitas pelo homem e da qual ninguém jamais voltou é algo que nos possa servir de guia. Viver no futuro significa um salto para o desconhecido.

Os seres humanos conseguem valor e dignidade pelas múltiplas decisões que tomam diariamente. Excelência, esta insígnia que agora carrego, é um chamado a este compromisso de ajudar a construir um futuro melhor.

5

A METAFÍSICA DA DOENÇA

Caros leitores, o que você vai encontrar aqui é um capítulo resumido da tese de doutorado "A doença e o doente mental: os limites da psiquiatria", de Jorge Alberto, defendida em 1976, e atualizada para este livro. Na tese, o capítulo se chamou, exatamente como esse: "A metafísica da doença". Os créditos deste e demais trechos selecionads encontram-se nos livros, artigos e discursos escritos por Jorge Alberto.

* * *

Letamendi estudou o significado de doença para os povos no modo pelo qual eles davam nome ao sofrimento corporal. Estudou o problema em mais de cento e vinte línguas. Em grego, se dava a este sofrimento diversos nomes como *nósos* (dano), *pathos* (padecimento, paixão, afecção, doença), *asthéneia* (debilidade). Em latim, este se chamava de *morbus* (aquilo que faz morrer), *passio* (padecimento ou paixão), *aegrotatio* (o que geme) e *infirmitas* (debilidade, falta de firmeza). Em espanhol, *enfermedad, mal, dolência* e *afección*. Em francês, se chama de *maladie, infirmité* e *afeccion*. Em inglês, *illness, sickness, disease.* Em alemão, se chama *krank* e *siech.* Em português, *doença, enfermidade e afecção.*

Este autor afirma nos que três predicados universais do fenômeno doença vêm sugeridos pela observação e pela experiência dos povos: primeiro, que seria a deficiência (*asthéneia, infinnitas*), segundo, que seria o dano positivo (*nósos, morbos*) e terceiro, o dano sentido (*páthos* e *dolência*). Em todos, vemos a oposição entre o fato do sofrer, que seria a doença com ausência de sofrimento, ou o estado de saúde ou de rigidez. Estes conceitos de saúde e doença constituiriam a base da existência da medicina e da atividade do médico, mas temos que chamar a atenção para o fato de que o contrário de sadio é doente e, portanto, o que apresenta uma patologia, tendo, assim, uma doença. O normal não é o contrário de doente e sim de anormal. O contrário de doente é sadio e se diz de um indivíduo que ele é normal quando está sujeito a uma norma: tanto se está sadio como se está doente. Os termos *anormal* e *anômalo* podem ser considerados sinônimos e a doença é, muitas vezes, uma anomalia ou anormalidade, mas nem toda anormalidade é uma doença. O anormal não significa que não tem norma, e sim que tem uma norma distinta da que se considera típica ou característica, indicando a ausência da norma específica, ou seja, a correspondente à espécie a que pertence o indivíduo.

Este assunto foi muito bem estudado por Georges Canguilhem, no seu *O normal e patológico,* – e fiz a supervisão da primeira edição brasileira do livro –, e vamos fazer aqui uma breve referência a estes conceitos de normal e patológico, referidos por esse autor e por Piulachs, entre outros. Cada organismo, individualmente considerado, tem propriedades, segundo as quais, colocado no seu meio ambiente, possui o máximo de potencialidade e execução, e que, quando o atinge, se diz deste organismo que é normal, e do comportamento ordenado para a atualização dessa potencialidade, diz-se ser o comportamento ordenado normal. O organismo normal, na normalidade de seu comportamento, segue normas que não são, no entanto, fixas e imutáveis, estando sujeitas a importantes variações. Este conceito de norma não pode ser um conceito abstrato aplicado às constantes da espécie e sim deve responder às exigências particulares e concretas do indivíduo. O conceito de normalidade e de norma pode ser considerado de um ponto de vista realista, em que o indivíduo normal seria o que se ajustasse a um tipo ideal, inexistente ou de uma forma perfeita. Ou, de uma maneira estatística, em que se buscaria uma interpretação objetiva.

As variações das normas estariam vinculadas à extraordinária imprecisão do conceito de normalidade. Se existissem leis da vida, seria fácil a sua definição. Nos fenômenos vitais constatam-se, no entanto, uma ordem e essa ordem é indeterminada, é uma ordem de adaptação e, por conseguinte, a consideração de normalidade há de ter a mesma imprecisão que a consideração desta ordem. O que nos permitiria, também, levantar a hipótese de que a normalidade estaria em relação com os ritmos inerentes a todo sistema. Na medida em que esses ritmos estivessem em relação harmoniosa com os ritmos dos demais sistemas com os quais se colocasse em contato ou do meio que sobrevivessem, diríamos que estariam seguindo uma norma e isso seria normal. Mas, a conclusão a que se chega, seja qual for a definição que se dê, é a de que o termo *normal* não pode ter um sentido absoluto ou essencial, pois há sempre um sentido relativo. De um ser isoladamente não se pode dizer que é normal, o que só se pode afirmar considerando-o em sua relação com os demais e com o meio que o cerca. A respeito da doença é mais fácil estabelecer os critérios pelos quais o indivíduo a possui, apesar de hoje em dia haver uma reação contrária nesse sentido e um afrouxamento dos limites do fenômeno da doença. Contudo, maior dificuldade se apresenta quando se trata de estabelecer o conceito de saúde. Tanto na saúde quanto na doença vão implícitas as peculiaridades do indivíduo que as possui. Kant já afirmava que cada homem tem um modo particular de estar sadio, e é certo acrescentar que cada homem tem um modo particular de estar doente.

Alguns autores consideram que os conceitos de normal, sadio e doença são conceitos puramente convencionais, portanto, não podem ser definidos atendo-se a seu conteúdo objetivo.

Assim, através dos tempos, a doença veio sendo definida de modos diversos, segundo se tenha colocado ênfase sobre suas causas, sobre suas manifestações ou consequências, ou sobre o comportamento do organismo.

Porém, em todas as definições de doença, vemos sempre implícita a referência funcional. Entre um organismo sadio e um doente não existe nenhuma diferença quanto ao conteúdo, já que o fato de existir uma doença não implica uma modificação substancial, mas a diferença entre vida sadia e vida doente vem estabelecida na forma. A referência funcional diz respeito não à essência do fenômeno, e sim à manifestação objetiva do mesmo. O comportamento desordenado, em suas relações com o meio ambiente faz com que o organismo comece a funcionar de uma maneira alterada, que tem sua expressão nas manifestações clínicas através dos sintomas e sinais. A modificação do conteúdo não é necessariamente doença, mas pode estar em sua origem quando se manifesta por um transtorno das funções orgânicas, que torne inadequadas para o organismo assim modificado as relações antes adequadas entre o organismo normal e seu meio ambiente.

Pode ocorrer uma alteração do conteúdo em relação com a norma sem que exista doença. Esta não aparece até que a alteração do conteúdo abale a existência e comova a totalidade do organismo. Tendo em conta que põe em perigo também a existência, a doença não deve ser considerada debaixo de um conceito apenas de essência, mas precisa também ser vista de um aspecto existencial, enfocando o indivíduo real e concreto cuja existência está ameaçada pela doença. Assim, destacamos a importância da doença no doente. O enfoque será sempre debaixo do binômio doença-doente. É impossível a compreensão de um sem o outro, o enfoque de um sem o enfoque do outro. Então, a doença surgiria sempre que houvesse um perigo à existência do sistema humano, não somente na sua dimensão biológica, mas também na sua outra dimensão psicológica e existencial. O importante aqui é não encarar a existência apenas do ponto de vista biológico. Não concordamos com Goldstein quando diz que o perigo que ameaça o organismo se radica num compromisso com seu rendimento e não com a sua existência. Isso porque o rendimento, para nós, teria um compromisso com a existência; só conseguiria existir um organismo, que tivesse um rendimento ideal. O outro aspecto, importante também, a ser salientado em relação à doença seria a perda do equilíbrio do sistema por ela afetado. Em relação a isso, vamos discutir mais adiante ao abordarmos os ritmos. Podemos dizer, como Piulachos, que a saúde perfeita implicaria uma plenitude das possibilidades funcionais.

Estas possibilidades não deveriam estar limitadas às funções biológicas vegetativas e animais e sim abranger todas as funções com repercussão no âmbito social e histórico em que vive o homem, mantendo-se, porém, dentro de determinados limites, para se evitar o risco da medicalização da sociedade. Foi esse exagero que levou a se considerar, como doença, o ser gordo, o ser magro, o ter pé chato, o ser míope etc. Para que o conceito de doença se ajuste agora de modo preciso ao de uma resposta defeituosa, não devemos nos limitar a considerar o organismo apenas no momento presente e sim no desenvolvimento de toda a sua vida, julgando cada fenômeno não de um modo isolado e momentâneo, e sim vinculado ao desenvolvimento global do organismo e projetado em sua relação com o futuro.

Para haver uma resposta perfeita, no caso da saúde, o elemento indispensável é a capacidade do organismo de poder se comportar de modo ordenado, integrado, portanto, vibrando em harmonia com o ritmo dos sistemas que o cercam e, em última instância, com o ritmo cósmico.

Outro conceito importante para a compreensão do fenômeno da saúde é a adaptação ao meio pessoal, individual. A saúde seria, também, adaptação, habilidade essa que exigiria uma ampla disponibilidade de possibilidades. Como diz Canguilhem: "O homem não é verdadeiramente sadio, senão quando é capaz de ter várias normas, quando é mais do que normal." Adiante afirma que "a saúde é o luxo de se poder cair doente e de se recuperar". Já em relação à doença, ele diria que "seria a redução do poder de remontar outras doenças". Assim, a medida da saúde viria dada não pela ausência de crises, mas pela capacidade de superá-las para instalar uma nova ordem funcional.

Quando define-se a substância – "o que existe de e por si" – a doença não pode ser considerada como um ente substancial. A doença humana só tem existência no homem vivo, daí se falar de doença como um conceito. A doença tem realidade de essência, o que tem realidade de existência é o homem doente.

A doença é, pois, algo abstrato, conceitual, algo inacessível à captação sensorial e que não pode ser estudada isoladamente e sim inserida no homem doente, que é o sustentáculo concreto que a suporta.

A doença não é um ser autônomo, substancial, mas um acidente, uma categoria, no sentido aristotélico.

A filosofia buscou responder qual seria a realidade própria da doença humana. Nesta análise filosófica, que só pode ser feita por uma metafísica da doença, ela pode ser examinada do ponto de vista do que vem a ser a doença em si e do ponto de vista da experiência da doença na existência humana. No prmeiro aspecto, o da doença no que ela é, Entralgo, nos diz que o conhecimento da história do pensamento filosófico nos fez ver que foram possíveis muitas respostas como a aristotélica, a cartesiana, a leibnitziana, a kantiana, a hegeliana, a positivista, a bergsoniana, a marxista, entre as mais importantes. Assim, vemos que os médicos medievais aplicaram o pensamento aristotélico, segundo elaborou e ensinou a filosofia escolástica do século XIII.

Em relação à reflexão metafísica em função da experiência da doença na existência humana, vamos ver a grande influência dos pensadores fenomenologistas existenciais e entre esses destacamos Husserl, Scheler, Heidegger, Sartre, Merleau-Ponty.

Seguindo a ideia de Pedro Laín Entralgo, médico e filósofo espanhol, vamos fazer apenas uma exposição sucinta da ontologia aristotélica escolástica da doença, conforme expôs este autor, por ter sido desta que nasceu o pensamento filosófico médico dominante do mundo ocidental. A posição dos patologistas orientados por esta ontologia pode ser ordenada de acordo com os seguintes pontos principais:

1º) A doença é realidade, não é "ser de razão". Pertence, como um dos seus possíveis modos, ao domínio do *ens reale;*

2º) A doença, enquanto tal, não possui uma realidade substancial, "não é substância", isto é, a doença em si mesma – o *ens morbi* – não é um parasita invisível do sujeito que a padece. A nosologia do aristotelismo não é ontológica como mais tarde o serão a de Paracelso, a de Von Helmut e a de Jahn sob a influência da *Nature Philosophie;*

3º) Se não possui realidade substancial, se não é substância, a doença tem que ser "acidente";

4º) A doença é, do ponto de vista das categorias aristotélicas, "acidente predicável", isto é, modo não primário de realização da substância primeira. A doença não seria os acidentes denominados primários, aqueles que Aristóteles chamou de categorias e os aristotélicos da Idade Média chamaram de "predicamentos ou acidentes predicamentais", que compõem a série das nove categorias aristotélicas. A doença não é acidente predicamental;

5º) A doença é um "acidente modal".

Como afirma Entralgo, o conhecimento ontológico da doença exige necessariamente sua referência à fisiologia, já que a *physis* ou *natura* é, entre outras coisas, a realização concreta do ser. Só mediante esta referência poderá ser estabelecida a diferença entre ela, enquanto acidente modal da substância individual e os restantes modos de ser desta, formalmente equiparáveis ao acidente mórbido. Dentro da metafísica aristotélica escolástica, a doença, acidente preternatural de um sujeito humano, oferece as seguintes características:

1º) O acidente mórbido é sempre de alguma maneira habitual. Galeno chamou de *diáthesis* ao gênero próximo da doença, palavra que os galenistas medievais traduziram por *dispotio*, isto é, ainda que a desordem da doença seja fugaz, ela se estende no tempo, tem uma duração. A desordem mórbida, diria um escolástico, não pode ser *motus instantaneus*, tem que pertencer ao domínio do movimento material ou cosmo, isto é, do *motus saeli*. E assim, é porque a doença pertence, por essência, ao que no homem é a natureza corpórea, isto é, pertence ao corpo. Galeno dizia que fora do corpo não existe doença, mas sim causas de doença;

2º) O acidente mórbido é *pàr physin* ou preternatural, tirando o indivíduo da ordem estrutural e operativa que o corresponde na sua espécie;

3º) O acidente mórbido é lesivo, lesando a natureza, perturbando suas funções.

Já hoje consideramos a propriedade de adoecer como inerente a todos os sistemas que existam dentro do universo, passíveis de se desestruturar e reagir à desestruturação com uma tentativa de reorganização do equilíbrio perdido. Então, seria uma propriedade inerente, em primeiro lugar, aos sistemas vivos e, possivelmente, a todo o sistema do universo. Para Entralgo, a visão metafísica da doença ficaria incompleta se, com ela, não se colocasse nenhuma resposta à questão da individualidade do acidente mórbido, isto é, como este adquire a sua realidade individual. Então, o segundo aspecto é de como tal individualidade poderia ser filosoficamente explicada.

A EXPERIÊNCIA DA DOENÇA NA EXISTÊNCIA HUMANA

A metafísica buscaria agora saber o que diria da minha realidade, do meu ser existente, a experiência da doença de que eu padecesse. Isto é, o que me diz acerca da existência humana – acerca da realidade do homem enquanto tal – a experiência da doença. Isso pode ser visto segundo Entralgo:

1º) Sobre a existência corporal. O homem na sua condição corpórea, portanto, na sua mundanidade cósmica à sua colocação na ordem cósmica do mundo. A doença torna, com efeito, a condição corpórea da existência humana, porque todas as vivências que revelam o estado de doença nos levam inexoravelmente ao corpo. Entre outras coisas, o estado mórbido é uma "sucção para o corpo" e, por conseguinte, uma "fixação da existência no aqui e agora" que traz consigo a expressão psicossomática da doença;

2º) Pelo que dizem a doença e a sua existência na relação com o "outro". Na análise da existência em Heidegger e Sartre, se vê que a existência humana é "coexistência". O homem é sempre um ser que se realiza e se amplia em outro e não em si mesmo. A vivência da doença coloca, com maior intensidade que qualquer outra experiência humana, esta necessidade da nossa realização no outro, esta abertura para a coexistência. A doença nos faz viver, de modo exacerbado e penoso, nossa condição essencial de coexistentes.

3º) Pelo que diz respeito à fragilidade existencial, isto é, à vulnerabilidade, à permanente suscetibilidade da existência humana, à destruição. O homem é um ser para a morte, nos dizem os existencialistas. E, a doença nos mostra, mais que qualquer outra experiência, esta realidade também. A vivência da doença acentua nossa vulnerabilidade;

4º) A vivência da doença, em relação à capacidade do homem de introjetar-se, suas experiências, nos diz que o homem pode fazer e faz de forma pessoal e instransferível a sua própria experiência, inclusive quando esta é dolorosa. A vida pessoal de um homem consiste em se apropriar do próprio viver, em torná-lo real e verdadeiramente seu. A doença não está fora disto e, assim, frente a ela, o doente se chama de "minha doença", da mesma forma que fala de a "minha vida". Assim, a nossa existência é capaz de fazer "sua" a experiência da doença; em definitivo, ela é capaz de apropriação, e assim, a doença adquire uma individualidade de caráter muito pessoal, muito distinta da que lhe concedia a simples adesão de sintomas quantitativamente individualizados;

5º) A vivência da doença traz a existência de uma forma dolorosa de vida. Pertence à existência humana a suscetibilidade à dor física. A doença faz o homem vivenciar fortemente essa sua dimensão da existência, a dimensão do sofrimento. Queremos notar, aqui, que nem todo sofrimento resulta de uma doença; há evidentemente sofrimentos decorrentes de outras dimensões da existência, situações aflitivas, existenciais, perda de entes queridos etc. Cabe à medicina somente a busca do alívio do sofrimento decorrente de um processo patológico, isto é, de uma doença. Somente nesses casos se aplica o célebre tripé hipocrático do papel do médico: "curar, quando possível; aliviar quase sempre;

consolar sempre". Somente a dor da doença cabe ao médico, através do modelo médico, buscar aliviá-la. O médico poderá consolar, diante de qualquer perda, um paciente seu, mas não estará atuando conforme o modelo médico, mas através de sua dimensão afetiva, empática, humana. Não se deve buscar cura médica para uma dor que não seja devida a uma doença.

6º) À vivência da doença o homem dá um valor, também. E, assim, vou atribuir um valor positivo ou negativo à minha experiência da doença de acordo com o que dela lucre ou não a minha existência.

7º) A vivência da doença nos traz sempre algum ensinamento. Então, a capacidade de aprender com as experiências, principalmente com as dolorosas e entre elas a doença, pode trazer um enriquecimento à existência.

Conclui Entralgo, que, do ponto de vista do que "o que sou", a doença é um modo de viver que me faz patente a corporalidade, a coexistencialidade, a dor, a capacidade de apreciação da vida e o valor da existência humana.

O QUE NOS FAZ ADOECER?

Jorge, em sua tese, faz uma observação sobre os fatores de adoecimento dizendo que:

Temos como elementos formais na biografia de um indivíduo a sucessão de fases e de ritmos da sua vida, e como seu conteúdo toda a história do indivíduo como espécie, como formação e desenvolvimento biológico, formação e desenvolvimento psicológico e a sua inserção dentro da família, da cultura e da história. Dentro destes elementos, formadores da biografia de uma pessoa, poderemos ter os elementos facilitadores da possibilidade de adoecimento. Todos os fatores que alterem a sucessão fásica ou a sucessão rítmica do desenvolvimento, seja biológico ou psicológico, de uma pessoa estarão contribuindo nesse sentido.

O estado psíquico pode ser um fator determinante de aparecimento de doenças não somente mentais, mas físicas também. É através do que Laborit chama de sistema límbico-somático que o homem mantém a sua unidade biopsicológica e o equilíbrio do seu funcionamento como totalidade. Assim, todos aqueles fatores que possam gerar frustração no ser humano, com a sua não elaboração ou dificuldade de elaboração, irão funcionar como elementos formadores de tensão, que poderão ter a sua descarga por via psíquica ou por via orgânica, quebrando as resistências deste homem. Vivemos numa sociedade de culpa, toda construída em cima da repressão do instinto sexual. Dentro desse esquema, o homem ocidental sempre se reprimiu e nem sempre encontrou mecanismos compensadores dessa sua repressão na construção da sua história, seja em nível pessoal ou coletivo. Assim, não é muito difícil para o homem ocidental acumular as frustrações que, geradas ao longo da sua história ser provocadas. Sabe-se hoje que doenças graves, como o câncer, frequentemente surgem após uma grande tristeza, uma grande depressão ou grande perda, quando se quebra o equilíbrio psicológico. Supõe-se que isto esteja ligado em níveis neuroquímicos a uma redução das aminas biógenas cerebrais e, consequentemente, a uma redução dos sistemas de vigilância imunológica. Estes podem também estar ligados ao aumento da adrenalina circulante, ocasionada por estresse permanente. Também se tornam mais vulneráveis às infecções as pessoas portadoras de depressão. Uma questão muito estudada em psiquiatria e medicina interna hoje são as relações entre depressões e doenças internas.[1] Muitas das doenças até agora chamadas de psicossomáticas, como gastrites, doenças do cólon, artrites, asmas, e outras podem ser perfeitamente depressões que dão uma "saída somática" num primeiro plano, em vez de uma saída psíquica mais clara, como pela tristeza e apatia. Nem toda depressão é triste no plano psicológico. E, também, secundariamente, os estados emocionalmente conturbados podem conduzir o indivíduo a uma quebra do seu ritmo de sono, vigília, a uma alteração dos seus hábitos acima citados e que irão, portanto, fragilizá-lo, assim como levá-lo a se descuidar na condução da sua vida e de sua inserção no mundo. Podem ser, portanto, elementos que aumentem a possibilidade de adoecimento.

No que diz respeito ao estado psíquico, temos que falar da importância da formação da personalidade e do desenvolvimento psicológico do ser humano. Freud sabia, assim como nós que aprendemos com os seus estudos, que a criança é o pai do homem, psicologicamente. Assim, de acordo com a sua história psíquica, esta pessoa estará desenvolvendo um psiquismo mais ou menos sadio, mais ou menos equilibrado, e, por consequência, mais ou menos vulnerável às doenças psíquicas ou orgânicas que estão intrinsecamente relacionadas.

---

[1] Os estudos só aumentaram com o tempo devido à importância também crescente do tema. Um exemplo é o estudo da OMS e outros posteriores.

VI
A RELAÇÃO MÉDICO-PACIENTE

"O primeiro remédio é o médico."

BALLINT | médico inglês

UMA NOVA PATOLOGIA: DA DOENÇA
AO DOENTE, DO VISUAL AO AUDITIVO

Foi fundada a base de uma nova patologia – de transversal para horizontal.

Da doença para o doente. De visual para auditivo. Jorge atribui essa mudança de paradigma ao trabalho de Sigmund Freud, que criou as bases de uma nova patologia. Freud foi quem entendeu que a história do paciente, aquilo que ele conta ao médico, as suas queixas, são tão ou mais decisivas do que os exames clínicos ou laboratoriais. Infelizmente, lamenta, os médicos hoje se pautam imensamente pelos exames de laboratório e nem todos têm a paciência, a sensibilidade, ou o tempo de consulta necessário para deixar o paciente falar. Em todas as especialidades, ouvir o paciente é fundamental. Essa é a máxima: ouvir o paciente, escutar com atenção, entender a sua história. Isto é, deixar o paciente falar. Sem julgamentos prévios. Ainda que o paciente esteja falando coisas que não parecem fazer sentido para o médico, ou que ele as considere um monte de bobagens. Como afirma Jorge, "não existe bobagem, existe alguém que precisa ser escutado".

Normalmente, essa escuta do paciente se chama de *anamnese* do paciente, o nome dado à entrevista inicial feita pelo médico. Para que a anamnese seja bem-sucedida, é preciso aprender também a fazer perguntas. As perguntas não podem ser indutoras das respostas, ensina Jorge. As perguntas devem ser as mais abstratas possíveis. Não pergunte algo como "você sente dor de cabeça ou azia?", imediatamente pois, o paciente começa a achar que sente dor de cabeça e azia. Você já deu a resposta. A pergunta tem que ser aberta. São uma técnica e uma arte a serem aprendidas.

É importante ter em mente que os sintomas das doenças em geral são construídos com o médico. É preciso tomar muito cuidado com a interpretação. O médico deve lembrar que a relação médico-paciente é uma relação de poder, o paciente acredita no que o médico diz, ele é a figura de autoridade na relação, e isso é muito sério. É uma relação de poder que tem em si a capacidade de criar doenças e curar doenças, ou, no mínimo, de criar e curar sintomas. Isso porque qualquer doença tem um componente corporal e mental.

O poder da palavra é imenso.

A RELAÇÃO DE CONFIANÇA ENTRE MÉDICO E PACIENTE

Como dita a frase que abre este capítulo: "O primeiro remédio é o médico." No entanto, isso é verdade apenas se houver confiança entre médico e paciente. Se o doente acredita no médico é meio caminho andado. Uma história que ilustra bem essa máxima é a do Antônio Austregésilo.

Antônio Austregésilo Rodrigues de Lima (Recife, 21 de abril de 1876 – Rio de Janeiro, 23 de dezembro de 1960) foi um médico neurologista brasileiro, considerado um dos precursores da neurologia e da psicanálise no Brasil. Foi presidente da Academia Nacional de Medicina, eleito por aclamação em 1912, tornou-se o primeiro professor catedrático de neurologia da Faculdade Nacional de Medicina, hoje Faculdade de Medicina da Universidade Federal do Rio de Janeiro. Acompanhou alguns dos serviços de neurologia mais consagrados em todo o mundo, como os de Pierre Marie, Babinski e Dejèrine. Foi sucedido pelo professor Deolindo Couto, de quem também falaremos adiante.

Foi um dos fundadores do Sanatório Botafogo. Teve sua carreira muito influenciada por ideias psicanalíticas e, em 1919, publicou seu primeiro livro, intitulado *Sexualidade e psiconeuroses*. Trabalhou com psicoterapia por mais de quarenta anos.

A história de Austregésilo sobre a relação médico e paciente é a seguinte:

Uma senhora viajou de uma cidade do interior muito distante, daquelas que tem que se pegar trem, mais dois ônibus, andar quilômetros, quem sabe até um jegue tenha entrado na história, com um único propósito: ser atendida pelo famoso médico Antônio Austregésilo, que atendia em consultório importante no Rio de Janeiro.

Após toda essa saga, chegou finalmente ao consultório, aliviada. Austregésilo examinou-a, conversou com ela, até que terminou a consulta e passou uma receita. A senhora olhou surpresa o pedaço de papel e protestou: "mas doutor, esse é o mesmo remédio que o médico da minha cidade me passou e não funcionou." Ao que ele, impávido, respondeu: "Não tem problema nenhum, pode tomar tranquila porque agora quem receitou foi Austregésilo e vai funcionar!"

Outro médico, Luís Lima, desses antigos, do Hospital Souza Aguiar, deu ao Jorge outra lição. É a seguinte, quando ele recebia chamados à noite, não tinha dúvida, ia de pijama atender o paciente. Explicou que o pijama surtia um efeito excelente, porque o paciente e sua família já ficavam agradecidos naquele momento por perceberem a presteza e a atenção do médico que saiu correndo sem nem trocar de roupa.

Poucos anos atrás, a mãe de um rapaz ligou para o Jorge pedindo que ele atendesse o seu filho. Jorge estava em Lisboa, não voltaria tão cedo, e indicou um outro médico da sua equipe. Não adiantou. A mãe falou que o filho tinha pesquisado a vida do Jorge e que só admitia ser atendido por ele, nem que fosse por telefone, videochamada, o que desse. Ele concordou, porque entendeu a necessidade daquele paciente. Então é assim, quando o paciente chega acreditando e querendo ouvir aquele médico em particular, a relação de confiança se dá mais naturalmente e facilita a vida de ambas as partes.

"Falo sempre para o estudante, faço questão de alertar que o paciente muitas vezes acredita em tudo o que o médico diz, é a palavra sagrada; mas você, médico, não pode acreditar nem que sabe tudo nem que sabe tanto assim, tem que se manter humilde, ciente de que vai errar."

Jorge faz, frequentemente, exame clínico em seus pacientes, embora seja psiquiatra. Tira pressão, escuta o coração, tudo como um clínico geral, além de ouvir o paciente, claro. É um cuidado para minimizar as chances de um diagnóstico errado, pois o paciente pode estar deprimido porque tem um quadro de hipotiroidismo, por exemplo, que faz um quadro depressivo. Uma inflamação também pode causar destruição neuronal e um quadro demencial. É preciso descartar essas causas, ou não vai haver terapia que resolva.

A IMPORTÂNCIA DA RELAÇÃO MÉDICO-PACIENTE

Em um dos seus discursos, o que apresentou quando assumiu o cargo de direção da Universidade do Estado do Rio de Janeiro, Jorge defendeu de forma incisiva a relação médico-paciente, um tema que lhe é caro desde que estudou a fundo os ensinamentos de Hipócrates – e mesmo antes disso, por sua própria índole e formação –, e ele chegou a passar um mês inteiro indo à biblioteca diariamente para estudar os aforismos do pai da medicina. Então o vejamos o que Jorge enfatiza:

Necessitamos, também, recuperar para a medicina a importância da relação médico-paciente. Hipócrates já dizia que a medicina é ciência na elaboração e arte na execução. Para Leriche, a medicina é um ato de intimidade entre médico e paciente, extrapolando o puro formalismo de uma relação, direcionada para o indivíduo, despojado da realidade pessoal, para dimensões outras que consideram a pessoa que sente, que sofre e nos confia o seu íntimo, esperando uma palavra de conforto e uma palavra de esperança. Para Hipócrates, o pai da medicina, esta se baseava em um tripé: curar, quando possível; aliviar, quase sempre; consolar, sempre. Tudo aquilo que conduz à despersonalização do paciente ou do médico mistifica e prostitui a comunicação entre os dois únicos protagonistas da realidade patológica: o doente e o médico, a pessoa que sofre e a que se esforça para suprimir ou aliviar este sofrimento.

Chega-se, deste modo, a uma dupla condição, em que o homem enfermo, ser concreto que sofre, é substituído pela doença, abstração fria e conceitual, e na qual, igualmente, o médico, conhecido e amigo, é superado pelo médico desconhecido, anônimo e distante. Formando médicos que aprendam a respeitar o diálogo íntimo com os doentes, estaremos delimitando o papel da medicina.

Sabemos da medicalização da sociedade contemporânea e dos danos que tem trazido para a saúde, sendo a iatrogenia[2] um capítulo cada vez mais amplo e vasto na medicina. É necessário, pois, que o médico e a medicina assumam sua responsabilidade na prevenção e no tratamento das doenças e dos doentes.

Conscientes de nossas limitações, frente à resolução dos problemas do homem, participamos, no entanto, do importante exército que a humanidade, através do tempo, criou para ajudar a humanidade em sua jornada histórica, na perseguição de uma sociedade mais justa, menos desigual, mais equilibrada e feliz. Se conseguirmos conduzir o currículo de nossa Faculdade de Medicina nesse sentido, estaremos, de fato, formando médicos para os doentes reais.

---

[2] O termo *iatrogenia* vem do grego e refere-se a qualquer alteração patológica provocada no paciente pela má prática médica.

A RELAÇÃO MÉDICO-PACIENTE: NOVOS DESAFIOS

No seu discurso de posse como presidente da Academia Nacional de Medicina, em 2017, Jorge Alberto falou sobre as mudanças na relação médico-paciente, nos novos desafios, ou seja, esse é um tema que não o abandona, e diria que se estivéssemos falando de música, certamente seria um refrão. Não por acaso, retoma o tema em vários momentos, por isso considerei necessário e oportuno ouvir alguns desses momentos com a sua própria voz:

> O que essa judicialização pode trazer de bom e de ruim para o médico e o doente? Hoje em dia, há casos em que o cliente só consegue um remédio se entrar na Justiça. O médico passou a ter um outro *player* entre ele e o paciente. O que era uma relação de segredo, de intimidade, hoje tem advogado de um lado, advogado do outro, e o médico tem que tomar cuidados que antes não estavam em sua linha de preocupações.
> Como é que essa judicialização se reflete no ato médico hoje em dia? Será que o médico, por lidar com uma profissão que não é exata, tem direito a uma liberdade que outros, que lidam com uma ciência exata, não têm? Ao construir uma ponte, um engenheiro não pode errar um cálculo. Lidar com a vida humana não é uma tabela matemática sujeita a leis imutáveis da física. Ela obedece a leis que nós nem conhecemos em toda a sua complexidade.

Jorge segue, então, seu discurso tratando de questões recentes e prementes que continuam em pauta, ainda com mais força do que no momento do discurso proferido. Sempre de olho no futuro, ele antecipou questões que se tornaram a pauta do dia, como a telemedicina, além dos recursos dos *medical devices* e dos impressionantes avanços da tecnologia. Jorge é daqueles que gosta de olhar para a frente, imaginando futuros possíveis. Essa é uma característica marcante que encontramos em tudo o que ele se dispões pensar e fazer, como se lê na fala abaixo.

Quando d. Pedro criou a Academia não existia Ministério da Saúde. Foi exatamente para aconselhar o país no enfrentamento de seus problemas de saúde que surgimos. O papel da Academia hoje é ainda mais complexo. Continuamos presentes na assistência das velhas necessidades, ao mesmo tempo em que nos mantemos atentos diante da urgência de adequar o pensamento e os projetos da medicina a um mundo em transformação. As novidades acontecem em proporção exponencial. Quando falo em ciência, hoje, posso já estar sendo passado.

Vivemos na medicina a época do *transhumanismo*. O homem está virando um ser híbrido. Uma parte dele, de carbono perecível, de curto prazo, e uma outra parte que prolonga sua vida a prazos cada vez mais elásticos. É a era dos *medical devices*, das próteses, dos *stents*, dos implantes de microchips que se fazem pelo corpo inteiro. Há empresas em condições de produzir 150 mil tipos desses *medical devices*. Substituem qualquer peça do seu corpo. Olho, ouvido, nervo, quadril, ombro. Colocam nanomoléculas dentro do cérebro pra corrigir depressão, nanomarcapasso para corrigir Parkinson – e todo um imenso arsenal de milagres tecnológicos que garantirão uma idade média de vida acima de 100 anos. Como nos comportar, sabendo que a idade média da população brasileira estava em 35 anos no século passado e hoje beira os 70? Quais são os limites do homem para ampliar esses prazos de vida?

O médico moderno precisa estar cientificamente informado dos recursos revolucionários, ao mesmo tempo em que não pode prescindir de velhas questões filosóficas: E se o doente não quiser viver tanto?

É um mundo de preocupações absolutamente inéditas onde, muitas vezes, o paciente chega ao consultório mais informado do que o próprio médico. Ele fez o diagnóstico, já chega com o tratamento, pois consultou na internet dezenas de sites dos maiores especialistas do mundo. Como lidar com isso? Como lidar com a telemedicina que está sendo normatizada no mundo? Você pode, do Rio de Janeiro, operar alguém no Japão e pode também dar consulta a distância, mas o Brasil ainda não regulamentou isso. E o prontuário eletrônico? Era mantido sob sigilo, sob guarda única do médico, e agora, como preciso dividi-lo com o cliente, é preciso ter mais cuidado com o que escrever nele.

O médico já foi o senhor absoluto de toda decisão do seu processo profissional. Agora ele não pode mais prescindir da interação com o doente e com a sociedade.

As perguntas substituem as respostas. É um dos nossos trunfos. Somos brasileiros. Vivemos fazendo perguntas em busca de respostas para nossos problemas e curiosidades. Será sempre assim, e isso é bom. Eu me defino com um homem do mundo e em seguida como um homem que faz perguntas sobre este mundo. Não paro de fazê-las. A ciência também é assim.

Segue a reflexão de Jorge sobre a ética (não só médica). Reflexão filosófica que foi inspirada em vários autores e mencionada em seus discursos. Um tema que carrega consigo por toda a sua vida, a questão da justiça social, da liberdade humana, da igualdade de oportunidades, dos direitos. Ele pensa sobre essas questões não como o filósofo que não é (e faz questão de dizer), mas como o médico que é, um médico leitor, um médico escritor, um médico voltado para a ética e para reflexão, sobretudo, do presente, do momento histórico que está sendo vivido, mas, como foi dito, sempre fazendo questão de sonhar um futuro mais justo e feliz para todos. A seguir, alguns trechos selecionados do seu discurso que ilustram esse aspecto.

O momento histórico por que passamos me preocupa, em que a visão humanista do homem não se faz presente como deveria, com afrouxamento do comportamento ético e moral, violação dos direitos humanos e suas repercussões sobre o indivíduo e a sociedade.

Os homens não só agem moralmente, mas também refletem sobre este comportamento prático. Dá-se assim a passagem do plano da prática moral para a teoria moral. Quando se verifica esta passagem, que coincide com o início do pensamento filosófico, já estamos na esfera dos problemas teóricos, morais ou éticos. A ética revela uma relação entre o comportamento moral e as necessidades e interesses sociais e nos ajuda a situar no devido lugar a moral efetiva e real de um grupo social que tem a pretensão de que seus princípios e suas normas tenham qualidade universal, sem levar em conta as necessidades e interesses concretos. O ético transforma-se assim numa espécie de legislador do comportamento moral dos indivíduos e da comunidade.

No entanto, a ética não cria a moral conquanto seja certo que toda moral supõe determinados princípios, normas ou regras de comportamento. A ética é a teoria ou ciência do comportamento moral dos homens em sociedade. Ou seja, é ciência de uma forma específica do comportamento humano. A ética é a ciência da moral, isto é, de uma esfera do comportamento humano. A moral só pode surgir quando o homem supera sua natureza puramente natural, instintiva e possui uma natureza social, isto é, quando já é membro de uma coletividade.

Como regulamentação do comportamento dos indivíduos entre si e destes com a comunidade, a moral exige, necessariamente, não só que os homens estejam em relação com os demais, mas também com uma consciência desta relação para que se possa comportar de acordo com as normas ou prescrições que o governam. A moral nasce com a finalidade de assegurar concordância do comportamento de cada um com os interesses coletivos e para preservar, portanto, a sociedade. Assim se estabelece uma linha divisória entre o que é bom e o que é mau, uma espécie de tábua de deveres, obrigações baseadas naquilo que se considera bom e útil para a comunidade. Sem a moral e a ética, a sociedade se inviabiliza.

O conceito de justiça corresponde também ao mesmo princípio coletivista.

O homem é um ser prático, criador, que transforma a natureza. O homem, no entanto, não produz apenas materialmente, mas também espiritualmente. A ciência, arte, direito, educação etc. são também produtos da criação do homem. Na cultura espiritual como na cultura material afirma-se como um ser produtor, criador e inovador. O progresso histórico resulta na atividade produtiva, social e espiritual dos homens. Nesta atividade cada indivíduo participa como ser consciente, procurando realizar seus próprios projetos e intenções.

Uma sociedade é tanto mais rica moralmente quanto mais possibilidades oferece aos seus membros de assumirem a responsabilidade pessoal ou coletiva de seus atos, isto é, quanto mais ampla for a margem proporcionada para aceitar, consciente e livremente, as normas que regulam as relações com os demais. Neste sentido, o progresso moral é inseparável do desenvolvimento livre da personalidade.

O que me levou a essas reflexões são os fatos que ocorrem ao meu redor, ao nosso redor e que são fatos preocupantes. O populismo no lugar do trabalho sério e competente, em que as posições são alcançadas pelo apadrinhamento e pelos artifícios da lei, e a todo momento o saber, a competência e a conduta honesta são burlados.

Porém vemos ao mesmo tempo, emergir uma consciência cada vez maior destes problemas que nos afligem. Há, pois, esperança. "Bons tempos, maus homens, maus tempos, bons homens." Filosofia popular que pode nos dar esperança de tempos melhores. Busca-se a direção de um sentido subjacente a uma relativa mudança histórica. A interpretação do sentido na atualidade deve ser feita a partir de sua origem com vistas ao futuro. O presente é substancialmente resultado do passado e prelúdio do futuro. Neste sentido, ele é ainda presente do pretérito e já presente do futuro. O esforço por uma resposta exige coragem, não só para a crítica, mas, sobretudo, para um sacrifício pessoal. O caminho para o futuro não se abre nem com um pensamento temeroso de segurança que evita tudo e qualquer risco, nem com a ousadia totalmente irracional e por isso temerária e sem possibilidade de resposta, mas sim através da ousadia racional formulada pela filosofia existencial cristã de Peter Wust que, por um mínimo de compreensão do sentido, arrisca o máximo de sacrifício. O que nos cabe, porém, não é somente ter a consciência e apontar os erros e as dificuldades. Nossa tarefa é, antes de tudo, prospectiva e de construção, mostrando soluções, corrigindo nossos erros e reconstruindo a partir daí. José Inginieros no *El hombre mediocre* nos alerta que "a incapacidade de construir impele o homem a destruir".

O homem, além de natureza, é ciência, é liberdade, superação constante de si mesmo. O homem não é apenas natureza ou necessidade, mas também, e principalmente, consciência de si mesmo, imaginação criadora.

Parece que vivemos neste momento dentro de um limbo. Estamos vivendo a morte de algo que já existiu e dentro de uma nova era que ainda não nasceu. Somos chamados a realizar algo novo, a enfrentar terra de ninguém. Ao penetrar na floresta, não há trilhas feitas pelo homem e ninguém jamais voltou que nos possa servir de guia. Viver no futuro significa um salto para o desconhecido e isso exige coragem. Uma coragem sem precedentes imediatos e compreendidos por poucos. A coragem do que falamos não é o oposto do desespero. Muitas vezes, teremos que enfrentar o desespero. A coragem não é ausência de desespero, mas a capacidade de seguir em frente, apesar do desespero. Os seres humanos conseguem valor e dignidade pelas múltiplas decisões que tomam diariamente. Estas decisões exigem coragem. E a coragem é ontológica, essencial ao nosso ser. E é assim que poderemos construir um futuro, um mundo novo, mas para isso precisamos de coragem, comportamento ético, criatividade, conciliando sentimento e razão.

Temos que construir a emergência futura de uma sociedade feita, não sobre o homem, mas por e para ele. Estamos no início do conhecimento e da melhor forma estamos no início da consciência. Estamos, não no momento de um possível desabrochar de sociedades históricas, mas sim no anúncio de uma verdadeira história. Temos a consciência precisa dos perigos iminentes e a certeza de que as forças enumeradas não são nem invencíveis nem imutáveis. Possuímos uma visão clara daquilo que deve ser mudado, já fazendo um plano concreto para realizar esta mudança. Assim como Homero conseguiu transformar a violência da Guerra de Troia na poesia que orientou a ética da civilização grega, assim também conseguiremos transformar a violência e o aparente caos em que vivemos numa ética para a construção de um mundo mais justo e mais feliz para todos.

PARTE III

O PSIQUIATRA

clínica, pesquisa, gestão

7

O GESTOR DE POLÍTICAS PÚBLICAS DE SAÚDE MENTAL

Jorge faz questão de repetir sempre: "Há várias medicinas do mundo, quer dizer, há várias formas de curar, várias maneiras de identificar o que está trazendo sofrimento ao indivíduo, várias maneiras de atuar sobre o sofrimento para aliviar esse sofrimento."

O médico Jorge foi formado e guiado pelos ensinamentos hipocráticos, curar quando possível; aliviar, quase sempre; consolar sempre. Cada um desses pilares da medicina hipocrática tem um papel importante, muitos se especializam em apenas um deles, mas o ideal é que o médico tenha os três sempre na cabeça, inclusive quando o médico não tem mais nada a fazer, a terceira medicina é a mais complexa, a mais difícil, porque é quando temos que lidar com a dimensão, não mais material, mas a dimensão espiritual, que é a única a que temos acesso quando não é mais possível interferir na matéria.

Mas como se aprende a lidar com as várias medicinas? Ao que Jorge responde:

> Como é que funciona a cabeça do homem de negócio, do industrial, como é que funciona a cabeça do político, como é que funciona a cabeça dos administradores públicos, dos gestores, a

145

nível público e privado, como é que funciona o universo das diversas nações do mundo, a geopolítica que foi sempre e continua a ser uma paixão minha, como foi lidar com tanta gente diferente, o que nos faz entender muita coisa, não é? E como é que o ser humano promove a união dessas diversas culturas, dessas diversas maneiras de viver, em coisas que possam ser comuns a todos, como maneira de se divertir, praticar esportes, campeonatos com diversos tipos de modalidades esportivas, diversos tipos de atividades musicais, culturais e isso porque são coisas que são da sociedade como um todo. Quer dizer, você tem pontos de união, e, por mais diferentes que as pessoas sejam, têm algo em comum. É muito importante na vida descobrir o que une esse universo – cultural, político, econômico e religioso – tão diverso, em sua forma, como o que vivemos. Por exemplo, na hora que você dirige organismos internacionais é fundamental meditar sobre isso, e quando você lida com um paciente também: Onde está o ponto de união entre o médico e o paciente? O que eu e ele temos em comum? Porque nós somos todos unidos, é uma ilusão que somos separados, no universo é tudo interligado.

Aquela frase que: "O simples bater de asas de uma borboleta no Brasil pode provocar um terremoto no Japão", o efeito borboleta[1], entende? Quer dizer, não importam as distâncias e diferenças, tudo é unido.

O DIRETOR DA DIVISÃO DE SAÚDE MENTAL DA OMS

Em abril de 1992, Jorge Alberto Costa e Silva, então com 50 anos, foi eleito diretor da Divisão Geral de Saúde Mental da Organização Mundial de Saúde, a prestigiada OMS. O orçamento que a divisão de saúde mental admi-

---

[1] "O bater de asas de uma borboleta num extremo do globo terrestre pode provocar uma tormenta no outro extremo no espaço de tempo de semanas." Essa é a teoria de Edward Lorenz, um dos pensadores do efeito borboleta que faz parte da Teoria do Caos.

nistrava era de 100 milhões de dólares por ano, fornecida em boa parte pelo Banco Mundial.

Esse orçamento robusto e de imensa responsabilidade era usado na formação e na atualização de profissionais da área, na publicação de revistas e folhetos educativos e na realização de grandes pesquisas ao redor do mundo.

Alguns desses programas estão listados a seguir:

- Criou um programa de saúde mental para populações desfavorecidas chamado "Nations for Mental Health". Um programa pioneiro e atento às injustiças sociais, que pretendia diminuir a desigualdade de acesso à saúde mental em áreas mais carentes, principalmente em países da África, e mesmos nos Estados Unidos, pois muitos cidadãos não têm sistema de saúde que os cubram.
- Na OMS, liderou o grupo "Tobaco and Health", uma iniciativa fundamental e muito celebrada até hoje. Um marco em relação ao programa antitabagista no mundo. O grupo era dedicado a reduzir, a longo prazo, o impacto do fumo sobre os fumantes e não fumantes. Um dos principais enfoques do grupo foi a proibição do fumo em ambientes fechados, começando pela proibição em aviões. Para impulsionar ainda mais esta iniciativa, foi concedida condecoração ao primeiro diretor de companhia aérea que levou a cabo a proibição em todos os voos operados pela empresa. Este trabalho culminou na Convenção Quadro contra o Tabaco no Mundo (2003), da qual praticamente todos os países do mundo são signatários. Em 1994, a OMS conseguiu junto ao COI

(Comitê Olímpico Internacional) proibir usuários de cigarros nos Jogos Olímpicos.

- Na Universidade de Nova York, participou da criação do Centro Internacional para Saúde, onde, além de outros projetos, desenvolveu um programa de tratamento da miopia na puberdade, que atingiu principalmente jovens de países como o antigo Zaíre (atual República Democrática do Congo) e Zimbabwe, onde estes jovens, excluídos da sala de aula, se tornavam grupo de risco para a cooptação pelas forças de guerra do conflito protagonizado pelos dois países. Neste mesmo mote, Jorge desenvolveu uma série de programas sobre transtornos de aprendizado escolar, levados a cabo no Instituto Brasileiro do Cérebro, do qual é fundador.

- Por meio da parceria entre a Universidade de Harvard e a Organização Mundial da Saúde, dirigiu o Programa "Mental Health for Underserved Population", que encara problemas de saúde mental para populações carentes e que ainda hoje beneficia milhares de pessoas. A convite do então presidente do Paquistão, desenvolveu um programa voltado para a identificação da epilepsia nas regiões rurais daquele país.

- Foi responsável pela criação de diversas Fundações Internacionais nas quais trabalhou com membros da realeza, como as rainhas da Espanha e da Suécia, respectivamente o Programa "International Foundation for Mental Health and Neurosciences" e o "International Foundation for Street Children". Com a ex-primeira-Dama dos Estados Unidos, Rosalynn Carter, desenvolveu um programa de lideranças femininas (primeiras-Damas de vários países) contra doenças mentais e também um programa mundial contra a epilepsia e a doença de Parkinson.

O RELATO DE UMA DAS PRINCIPAIS PESQUISAS E AS SUAS CONCLUSÕES

A Divisão de Saúde Mental da OMS coordenou uma pesquisa realizada em quinze cidades de quatorze países, custou 15 milhões de dólares e abordou o universo das pessoas que procuram clínicas gerais apresentando sintomas como dor de cabeça, insônia, dor de estômago e manchas na pele, entre outros. Durante seis anos, um exército de pesquisadores ligados à OMS entrevistou 25 mil pacientes com base em questionários formulados pela Organização. A conclusão foi impressionante, já que uma em quatro pessoas que se queixam de sintomas físicos sofre, na verdade, de distúrbios mentais.

Jorge Alberto surpreendeu-se com um número tão alto. Entre as desordens mais comuns estão a depressão e a ansiedade, males associados à vida moderna que, alerta Jorge, podem ser tão incapacitantes quanto a psicose. No caso do Rio de Janeiro, que foi a cidade brasileira participante da pesquisa, as notícias foram ainda mais alarmantes. Das quase 3 mil pessoas entrevistadas no Hospital Universitário Pedro Ernesto, 35,5%, apresentaram indícios de desordens mentais, número maior que a média geral de 24%. Foi ainda detectado, entre os cariocas, um distúrbio típico de soldados que voltam de batalhas, consequência da violência na cidade, o estresse pós-traumático, SPT, que causa fobias e síndromes de perseguição, entre outros sintomas.

A pesquisa concluiu que duzentas e quarenta e cinco das pessoas que procuram clínicos gerais se queixando de dores e de outros sintomas não detectados por exames, na verdade sofrem de transtornos psíquicos.

Jorge Alberto comenta que vivemos num mundo de ansiosos e de deprimidos. Juntos, esses dois grupos representam 18% do universo de 25 mil pessoas ouvidas pela pesquisa. É um número impressionante. Os outros 6% são compostos, basicamente, de neurastênicos e alcoólatras. O paciente aparece com dor de estômago, manchas na pele e muitas vezes isso não passa de neurose ou de pura tensão.

Sobre essa pesquisa, em entrevista com Fábio Sanchez para a Revista *Veja*, 28 de junho, de 1995, Jorge Alberto Costa e Silva contou que foi possível diagnosticar transtornos mentais em um número tão grande de pessoas porque uma equipe passou dois anos elaborando dois questionários que pudessem fornecer a incidência desses distúrbios. No primeiro, com doze perguntas, detectaram o grau de desconforto psíquico do paciente. Perguntavam se ele dormia bem ou não, se tinha dificuldade de concentração, coisas assim. A partir das respostas a esse questionário, e caso o exame clínico posterior revelasse que o seu problema não estava relacionado a uma causa orgânica específica, o paciente era selecionado para responder a um segundo questionário, com cerca de uma hora e meia de duração. Nessa fase, partiam para questões mais amplas, para saber o tipo de vida que a pessoa estava levando naquele determinado momento.

Perguntavam, por exemplo, como era sua rotina e, dependendo da resposta, por que havia desistido de fazer as coisas de que gostava, por exemplo. Se a pessoa dizia que uma atividade que a agradava havia perdido a graça, isso poderia indicar uma possível depressão. No final desse questionário, cada paciente ganhou uma pontuação que determina seu tipo de problema, sempre tendo em vista que o nível de gravidade do distúrbio depende do nível de incapacitação que ele causa. Depressão e ansiedade, por exemplo, ainda que circunstanciais, podem ser tão comprometedoras quanto uma psicose.

Os problemas dessas pessoas não são atendidos pela clínica geral. O resultado dessa pesquisa revelou uma situação extremamente grave. Todos esses pacientes, não importa de que classe social, vagam pelos consultórios e clínicas do mundo inteiro sem que ninguém seja capaz de lhes dizer qual a verdadeira origem de seus males. O sujeito passa por uma série interminável de consultas e exames, pagos com dinheiro público ou do seu bolso, com dificuldade, e acaba entrando nas estatísticas de certa doença, mas não tem seu problema resolvido. Três quartos das pessoas com distúrbio mental não estão onde deveriam estar, no psiquiatra ou no psicólogo. Estão nas mãos do cardiologista, do neurologista ou de outro especialista qualquer. É uma multidão que não trata a sua doença de forma adequada.

Esses números vêm aumentando progressivamente. Vivemos numa época de mudanças muito rápidas, que acabam gerando ansiedade e tensão em níveis nunca vistos antes na história da humanidade. Os continentes da África, da Europa e da Ásia, por exemplo, foram extremamente afetados com o desaparecimento da bipolaridade Leste-Oeste, surgiram guerras e tensões inesperadas que geram altos níveis de perturbação mental. Além disso, o final de século teve focos de violência muito intensos e persistentes. É o caso do Rio de Janeiro, onde foram ouvidas 2803 pessoas, das quais 35,5% apresentaram indícios de distúrbios mentais, uma média bem maior do que a geral. Um dos distúrbios produzidos pela violência carioca é o chamado estresse pós-traumático, um problema comum entre os soldados americanos que lutaram na Guerra do Vietnã.

O estresse pós-traumático atinge pessoas que, de alguma forma, correram o risco de morrer. Durante o dia, eles demonstram insegurança em relação a tudo. À noite, sofrem pesadelos em que o episódio que colocou sua vida em perigo é revivido. É um misto de medo e exaustão física que mina o organismo. No Rio, ainda não há bons estudos estatísticos a esse respeito, mas muitos casos estão registrados no Hospital Pedro Ernesto, da Uerj, e em várias clínicas particulares.

O deprimido apontado pela pesquisa é alguém que perdeu o interesse e/ou prazer pelas coisas que fazia habitualmente (anedonia). O deprimido típico é mal-humorado, pessimista e tem sua atividade sexual e sono alterados. Uma característica marcante, a que poucos dão atenção, é que ele demonstra mal-estar quando acorda e custa a esquentar os motores. O grande problema da depressão é que, se ela não for tratada a tempo, pode se transformar numa ameaça para a própria vida da pessoa. Já está provado que a depressão abala fortemente o sistema imunológico. Uma pessoa que passa por períodos de tensão prolongada tem um aumento do funcionamento da glândula suprarrenal, o que inibe os mecanismos imunológicos naturais, como a produção de linfócitos. Isso faz a pessoa ficar extremamente vulnerável a vírus e bactérias com os quais ela normalmente não teria que se preocupar. Além disso, a depressão é progressiva. Uma pessoa que vive uma situação pessoal ou profissional de grande tensão por períodos contínuos chega facilmente a um quadro de alteração de comportamento que pode incapacitá-la para a vida social.

Um estudo publicado recentemente pela Faculdade de Medicina da Universidade de Harvard mostra um aumento do número de doentes mentais nos países em desenvolvimento. Os pobres sofrem mais do que os ricos. A OMS assume totalmente o discurso de que a pobreza é causadora de doentes mentais. O morador de uma favela em qualquer país latino-americano é muito mais vulnerável do que o morador de Genebra. Ele muitas vezes nasce sem a devida assistência médica, o que pode levar a traumas do parto ou a contusões cerebrais. Isso faz com que tenha muito mais chances de desenvolver psicoses e esquizofrenia. As meningites e encefalites que, comprovadamente, ocorrem mais em países pobres também podem causar sérias sequelas na saúde mental. Segundo um estudo do Banco Mundial, os casos de oligofrenia são pelo menos três vezes mais frequentes nos países pobres do que nos ricos. Estima-se que, no ano de 2025, se nada for feito, três quartos dos casos de demência estarão nos países em desenvolvimento. Um dos grandes méritos dessa pesquisa junto às clínicas gerais é o fato de ela derrubar, com critérios científicos, o estereótipo de que o distúrbio mental é um problema de ricos. Pode não parecer, mas essa constatação é importantíssima para convencer os governos a investir no tratamento e na prevenção desse tipo de problema.

Há muitos outros fatores importantes que levam à doença mental. As imigrações, por exemplo, têm relação direta com o problema. Algumas patologias, como depressão, alcoolismo, dependência de drogas e violência, são três vezes maiores entre imigrantes do que na média geral, o que eleva consideravelmente o número desses problemas em países de grande migração interna, como o Brasil. A perda de identidade cultural e a rejeição por parte da sociedade do novo local em que a pessoa escolheu morar – coisa que se vê em todos os lugares do mundo – geram insegurança e perda da autoestima, o que causa desequilíbrio emocional.

É importante ressaltar que a instabilidade econômica tem relação direta com a saúde mental. Todos os fatores que podem gerar insegurança quanto ao futuro próximo, ou a médio prazo, afetam emocionalmente o indivíduo. Se tal situação se torna duradoura, a instabilidade psíquica gera doenças, a busca de drogas, o álcool. Entre os desempregados, a ocorrência de depressão e da dependência química é duas vezes maior do que em pessoas empregadas.

Os governos investem pouco em saúde mental, por ignorância, principalmente. Numa sociedade que enaltece a razão e execra quem está fora do processo produtivo, é comum que os distúrbios mentais sejam interpretados como simples fraqueza de caráter. Isso acontece até mesmo no plano estritamente pessoal. Quando um sujeito está deprimido, é comum que os seus parentes e amigos o aconselhem a reagir, a ser forte, como se isso dependesse exclusivamente da sua vontade. Se ele tem uma fobia, como medo de túneis, os amigos limitam-se a dizer que ele tem de enfrentar o problema. Ou seja, além de sofrer com o mal que o aflige, o doente não tem a solidariedade dos amigos.

Não há uma média de custo para a sociedade de um doente com distúrbio mental. Não há uma média porque a variação de tipos de doença é enorme. O Banco Mundial analisou cento e trinta doenças graves atentando para suas sequelas, quanto tempo ela obriga um doente a se ausentar do trabalho e o empenho da empresa em curá-lo. Ficamos surpresos com o resultado, pois nada menos que 10% do tempo de vida perdido devido a problemas de saúde se deve a distúrbios mentais. O capitalismo tem na doença mental um grande inimigo, pois ela é extremamente incapacitante muito mais que outras doenças físicas mais notáveis, como a diabete ou a artrite.

O perfil de um doente mental muda com o tempo e com a cultura de um povo. O psicanalista Erich Fromm dizia que a Revolução Industrial criou as cidades modernas, que criaram a multidão, que desfez o homem. Faz sentido. Não há dúvida de que algumas doenças mentais são bem modernas, como a síndrome do pânico ou alguns distúrbios do sono. Mas há outras que são as mesmas em vários lugares do mundo e parece que desde sempre. A Bíblia e outros livros sagrados estão recheados de casos de distúrbios mentais.

No estudo da OMS, Santiago do Chile e Rio de Janeiro são as cidades com maior incidência de distúrbios mentais, enquanto Nagasaki e Shangai figuram como as últimas. Isso porque, no Oriente, os distúrbios mentais ainda não são reconhecidos completamente. Na Ásia, uma pessoa com esse tipo de problema vai a um templo budista, faz algum tipo de meditação. Um japonês não vai dizer que está triste, vai dizer que está cansado. O viés religioso e cultural dá a esses povos uma postura muito mais estoica diante do sofrimento. Já nos povos com formação judaico-cristã, vivencia-se muito mais o corpo, que vai somatizar todo tipo de problema que a pessoa venha a ter. Qualquer médico bem treinado identifica rapidamente esses sintomas.

Infelizmente, muitos distúrbios passam despercebidos pelos clínicos gerais porque há um problema gravíssimo na formação do corpo médico em muitos países, inclusive no Brasil. O currículo ainda está formando médicos para trabalhar nos anos 1950 e 1960. O resultado desse despreparo é que os médicos recorrem cada vez mais aos aparelhos, aos exames. Valorizam-se pouco o tato, a audição, o olho no olho. Os equipamentos médicos nas clínicas podem até ser de última geração, mas a relação entre médico e paciente e a identificação da patologia mental são coisas que ainda estão nos anos 1950. Quanto menos um médico analisa um paciente, mais exames ele pede. Os médicos passaram a usar a tecnologia porque ela é mais fácil, mais concreta e rápida. Mas ela nunca vai substituir o trabalho básico do médico, que é analisar com atenção o doente. Medicina não é negócio.

Engana-se quem pensa que é muito complicado ou caro tratar saúde mental nas redes de saúde públicas. O tratamento de um esquizofrênico, por exemplo, necessita apenas de que ele tome uma pílula por dia e faça visitas esporádicas ao médico. A segunda etapa da pesquisa que realizamos é exatamente iniciar um programa de treinamento em vários países. A maior parte das doenças mentais se resolve com medicamentos e psicoterapias de curto prazo. Seguramente, se gasta muito mais com diagnósticos errados dos pacientes.

É importante frisar que a OMS recomenda psicoterapias breves. Há pessoas que vão para psicanálise para se autoconhecer e melhorar sua qualidade de vida e podem ficar nisso até vinte anos ou a vida toda. Mas se a pessoa tem uma depressão grave, algum distúrbio de pânico, coisa que a impeça de trabalhar, não pode ficar anos se tratando. Vai para a psicoterapia breve, que resolve o problema e dá alta. A polêmica em torno desse tipo de tratamento existe porque alguns psicanalistas de formação mais clássica são contra, Jorge diz sobre isso: "Eu respeito isso, mas a OMS calcula que há no mundo 500 milhões (quantas seriam hoje?) de pessoas afetadas por algum tipo de transtorno mental. Elas pedem uma solução rápida, barata e eficaz."

Diferentemente do que se poderia pensar, o Brasil está mais avançado no tratamento das doenças mentais do que alguns países desenvolvidos, como a Alemanha e a Áustria, com alguns projetos pioneiros. O estado de São Paulo tem um projeto que vai pegar o dinheiro gasto em internação de pacientes e utilizá-lo num atendimento extra-hospitalar em ambulatório e dar uma ajuda de custo para a família, para que ela se sinta estimulada a ficar com o paciente em casa. O doente ganha em socialização, o que seguramente auxilia no combate à doença, e ao mesmo tempo não abandona o tratamento psiquiátrico. É o tipo de projeto que deve ser estimulado.

A ASSOCIAÇÃO MUNDIAL DE PSIQUIATRIA E A CRISE DA PSIQUIATRIA SOVIÉTICA

A sua carreira na Associação Mundial de Psiquiatria (WPA) teve início na Diretoria como secretário executivo (1983-1988) e, em seguida, foi eleito presidente da Associação, se tornando o primeiro psiquiatra do Hemisfério Sul a presidir a WPA (1988-1993).

A sua candidatura à presidência começou com o apoio de Israel e do Japão. Em seguida, veio a França, que tinha seis Associações de Psiquiatria que se não concordavam em praticamente assunto nenhum, cada associação tinha um voto. Pois estas associações, que não chegavam a um acordo se reuniram num jantar na Torre Eiffel e decidiram, por unanimidade, apoiar Jorge.

De maneira semelhante, a psiquiatria latino-americana também não se entendia. No entanto, numa reunião em Buenos Aires, Jorge também conseguiu o voto unânime da Associação, um feito inédito. Nessa reunião, estava Roger

Montenegro, psiquiatra argentino que se tornou tão amigo do Jorge que foi padrinho do seu filho caçula, o Gabriel.

Se existe uma qualidade que Jorge carrega de forma clara e incontestável – e cultiva o máximo que pode – é o de ser um agregador. Ele não tem dúvida de que foi a sua intenção constante de procurar aquilo que há de comum em todos, aquilo que une, e não o que separa, que fez com que ele trilhasse os caminhos que percorreu.

Evidentemente que nem tudo são flores. O desafio de um brasileiro que se torna presidente de um órgão internacional é imenso. Uma história, para ilustrar os meandros dessas relações.

> Harold Visotsky tinha uma posição importante na Diretoria da Associação Mundial de Psiquiatria, e como era ele era americano e os EUA sempre foram muito poderosos dentro da WPA, logo depois das eleições ele começou a escrever cartas, dar instruções, ordens, como se fosse o presidente da República. Então, eu enviei um fax para ele lembrando quem era o presidente da Associação Mundial de Psiquiatria e assinei: Prof. Dr. Jorge Alberto Costa e Silva, presidente da Associação Mundial de Psiquiatria. Ele me respondeu imediatamente me pedindo desculpas, dizendo que, na ansiedade de resolver os problemas sérios que tínhamos naquele momento, ele se precipitou. Ele pegou um avião em Chicago e veio ao Rio só para me pedir desculpas pessoalmente. A partir deste momento, tudo ficou mais fácil para mim dentro dos EUA.
>
> Acabei ganhando o maior título da Associação Americana de Psiquiatria, o *Honorary Fellowship*. Adquiri credibilidade e respeito nos Estados Unidos. Fui também escolhido o diretor para o Centro Internacional de Saúde Mental em NY onde fiquei dez anos e me aposentei. Hoje sou *Scientist Senior* deste Centro Internacional.

O americano sempre teve uma relação de poder com o mundo e, após a Segunda Guerra, fica decidido que a moeda lastro do mundo (antes era o ouro) seria o dólar. Ao existir uma moeda no mundo que controlava todos os negócios, isso reforça o poderio americano. O americano tinha como política uma relação de poder e como a eleição da WPA tinha um aspecto geopolítico forte, que era aliança do americano, o apoio à antiga União Soviética, era importante para eles controlarem essa situação. Mesmo eu tendo feito um acordo de que eu também tinha interesse em recuperar um país importante, como a União Soviética, ao mesmo tempo eles achavam que, como brasileiro, eu não teria condições de levar adiante o acordo. Eu entendi, mas eu precisava demonstrar que eu fazia um trabalho de equipe em que o americano teria um papel importante, mas que a WPA tinha o seu presidente, que era eu.

Durante a sua gestão, criou inúmeros programas educacionais internacionais, que hoje se transformaram em uma das principais ferramentas da WPA, com conteúdos que levam em consideração as diferentes realidades socioculturais, educacionais e linguísticas e que inspiraram a criação de outros programas análogos em diversos países do mundo. Durante o seu mandato como presidente da WPA, aumentou o número de membros associados, e criou um programa de bolsa de estudos. Também criou várias seções especializadas dentro da Associação, foi vice-presidente da seção de Metodologia de Pesquisa Psiquiátrica e presidente da seção sobre Cérebro e Dor.

Durante a sua presidência na Associação Mundial de Psiquiatria, houve um caso de destaque: o embate entre a Associação e Psiquiatria Soviética. A URSS foi suspensa da Associação Mundial de Psiquiatria no Congresso de Hono-

Jorge Alberto aos 3 anos (1945)

Jorge e Etelvina,
pais do autor,
no dia de seu
casamento, em
junho de 1941

Com o pai Jorge, a avó Isabel Carvalho e a irmã Sueli (1950)

Formatura no Colégio São José, Rio de Janeiro (1959). Jorge Alberto é o terceiro da esquerda para a direita, com as mãos sobrepostas. Em primeiro plano, ao centro, o então governador de São Paulo, Jânio Quadros.

Formatura na faculdade de medicina, UERJ (1966)

Bodas de Ouro de Jorge e Etelvina, pais do biografado (1991)

Jorge Alberto em sua posse na Academia Brasileira de Filosofia. Rio de Janeiro (2005)

lulu, Havaí, em 1977. E foi readmitida em 1989/90, após todo um trabalho de negociação política e reforma da psiquiatria dentro da antiga URSS, que tem seu fim marcado com a queda do muro de Berlim em 1989.

O artigo "A saúde mental da psiquiatria soviética" que foi publicado na revista *Manchete* de 1989, de Zevi Ghivelder, explica bem qual era a questão:

No dia 12 de julho de 1989, a Secretaria de Direitos Humanos do Departamento de Estado dos Estados Unidos recebeu o relatório de uma delegação norte-americana que fora à União Soviética com a missão de investigar as condições dos tratamentos psiquiátricos naquele país. Por trás dos rótulos e das cortesias de praxe, o que a representação americana pretendia, mesmo, era confirmar as denúncias, sempre negadas pelas autoridades de Moscou, segundo as quais as clínicas psiquiátricas soviéticas serviam a fins políticos, com a internação forçada dos contestadores do regime.

Essa viagem só se tornou possível depois de os Estados Unidos e a União Soviética terem assinado um protocolo oficial. A concordância dos russos serve para reafirmar que a *glasnot* empreendida por Gorbachev se faz mais através de medidas concretas, como esta, do que com retórica ou relações públicas. O relatório norte-americano é altamente profissional e minucioso, estendendo-se por mais de cem páginas. A principal dificuldade que os visitantes encontraram foi no sentido de compatibilizar os critérios médicos e os critérios legais da psiquiatria e da Justiça soviéticas. Em suma, o que a legislação russa prevê é que qualquer pessoa que se manifeste contra o regime constituído perdeu o controle sobre a própria razão. Assim, fazia sentido pegar os dissidentes e submetê-los aos tratamentos reservados aos pacientes de doenças mentais. Ou seja: o Ocidente não tinha fundamento ao denunciar a internação de presos políticos em clínicas psiquiátricas, pois tudo se processava de acordo com a legislação vigente no país.

Tratava-se, porém, de um artifício que os cientistas ocidentais se recusavam a engolir e o resultado é que, em janeiro de 1983, a União Soviética acabou sendo expulsa do convívio psiquiátrico internacional. Naquela ocasião, foi emitida a seguinte declaração: "A Associação Mundial de Psiquiatria acolheria o retorno da Sociedade de Neuropatologistas e Psiquiatras da União Soviética, mas aguarda, de antemão, uma sincera cooperação e a evidência concreta de melhoria do abuso político da psiquiatria na União Soviética." Do ponto de vista dos entrechoques das superpotências, a expulsão dos russos daquela Associação parece não exceder a dimensão de um grão de areia. Para os médicos psiquiatras russos, entretanto, o banimento da comunidade científica internacional adquiriu o peso de um enorme desprestígio. E mais: eles devem ser levados ao julgamento da história como coniventes de um crime irreparável contra os direitos humanos. Num transplante histórico, eles se veriam na mesma situação dos magistrados alemães que, subservientes ao nazismo, prestaram sua formação profissional e seu saber jurídico à redação das leis racistas de Nuremberg, em 1933.

A delegação norte-americana que visitou a União Soviética foi constituída pelo vice-secretário de Direitos Humanos do Departamento de Estado, Robert W. Farrand, mais quatorze psiquiatras, um psicólogo, dois advogados, dois especialistas em direitos humanos e seis intérpretes, tendo trabalhado de 26 de fevereiro a 12 de março deste ano. No final de seu relatório, há nove recomendações que visam a traçar um limite definido entre os processos criminais e as internações psiquiátricas, como medida imediata e eficaz para eliminar as transgressões dos direitos humanos por parte do Estado soviético.

Esse relatório foi respondido por dois membros da Academia de Ciências da URSS, ambos do setor jurídico, chamados Borodin e Polubinskaya. Sua conclusão está no claro parágrafo final: "Avaliando o relatório da delegação de psiquiatras e juristas norte-americanos como um todo, devemos encará-lo como um importante documento, contendo valiosos comentários, observações e recomendações que devem ser discutidos e, em diversas áreas, levados em conta pelos departamentos interessados. Ademais, devemos também estudar em detalhes as recomendações de futura cooperação entre os dois países no campo dos tópicos legais que se referem à psiquiatria."

Toda essa questão referente à psiquiatria soviética foi afunilar-se, duas semanas atrás, no Congresso Internacional promovido pela Associação Mundial de Psiquiatria, realizado em Atenas, e que contou com a presença de doze mil especialistas na área de saúde mental, vindos de noventa e um países. Os russos pediram para serem readmitidos na Associação e, perante a assembleia geral reunida, o psiquiatra soviético Morozov reconheceu que "condições políticas previamente existentes haviam concorrido para a prática de abusos psiquiátricos, a partir de motivos políticos". Enfim, os russos simplesmente reconheceram que passaram anos e anos mentindo sobre este assunto. Em Atenas, eles foram aceitos a título provisório por 291 votos contra 45 e, em breve, uma comissão internacional deverá empreender nova viagem à União Soviética. De seu relatório resultará, ou não, a admissão definitiva.

O grão de areia adquiriu volume, a ponto de inserir-se na linha vermelha entre Bush e Gorbachev. Os dois líderes concordaram sobre a necessidade de uma inspeção produtiva. Para isso, era necessário que o novo presidente, a ser eleito pela Associação Mundial, reunisse notórias qualidades científicas e um posicionamento nacional à margem das duas superpotências. Foi nessa moldura que, pela primeira vez, em quarenta anos, um psiquiatra do Hemisfério Sul, o professor Jorge Alberto Costa e Silva, titular da Universidade do Estado do Rio de Janeiro e consultor da Organização Mundial de Saúde, ascendeu à presidência da Associação. A ele competirá chefiar a missão que irá à União Soviética. Sua posição, por enquanto, é no sentido de "dar um voto de confiança aos colegas soviéticos". O resto, depois saberemos.

(Revista *Manchete*, 11 de novembro de 1989)

QUAL FOI A CONCLUSÃO DESSA HISTÓRIA?

Uma delegação chefiada pelo inglês Jim Birley, membro do Royal College of Pshychiatrist e grande defensor dos direitos humanos, foi escolhido pelo presidente Jorge Alberto para ser o responsável pelo comitê de investigação, não sem controvérsias internas, porque ele era considerado um dos maiores críticos e detratores da psiquiatria soviética. Por outro lado, era um dos maiores conhecedores do problema e um homem sério e íntegro. Jorge entendeu que não haveria melhor escolha.

A delegação que incluía psiquiatras, advogados, agentes sociais, entre outros, passou três meses avaliando o uso, abuso e mau uso da psiquiatria da URSS para fins políticos. Uma questão problemática desde os anos 1970, isto é, foram quase vinte anos de desvios. Foi uma luta grande, mas na época do comitê, em 1989, com o processo de abertura, a Perestroika e a queda do muro, já não havia presos políticos, todos tinham sido liberados. Ainda assim, a investigação foi profunda e levou três meses.

Por fim, houve a reincorporação definitiva da Associação Psiquiátrica russa à Associação Mundial de Psiquiatria.

ASSOCIAÇÃO MUNDIAL DE PSIQUIATRIA SOCIAL (WASP)

A WASP foi fundada por Joshua Bierer,[2] em 1946. O principal propósito da psiquiatria social, dito de forma

---

[2] Joshua Bierer (1º de julho de 1901 – 22 de novembro de 1984) foi um psiquiatra austro-britânico. Fundou o Instituto de Psiquiatria Social e a primeira clínica psiquiátrica social no Marlborough Day Hospital.

simples, é entender e investigar o papel que a sociedade tem na saúde mental das pessoas, isto é, a dimensão social na construção da saúde mental.

Jorge trouxe o Congresso Mundial de Psiquiatria Social para o Brasil, Rio de Janeiro, Hotel Nacional. Foi eleito presidente da Associação no Congresso. O presidente anterior, que lhe passou o cargo, era o psiquiatra Jules Masserman.

Ele presidiu a WASP por 4 anos, onde desenvolveu programas internacionais no campo da psiquiatria social.

ACADEMIA BRASILEIRA DE MEDICINA

A Academia Nacional de Medicina nasce em 30 de junho de 1829, sob o reinado do imperador Pedro I, hoje com 194 anos de existência e segue o modelo da Academia Francesa de Medicina, que tem duzentos e três anos. Desde a sua fundação, seus membros se reúnem toda quinta-feira às 18 horas para discutir assuntos médicos da atualidade.

É preciso apresentar um trabalho como parte do ingresso à Academia. Na ocasião de sua candidatura a membro titular da Academia Nacional de Medicina, Jorge Alberto apresentou o trabalho intitulado "Depressão: Diagnóstico e teste da supressão da Dexametasona". Foi duas vezes vice-presidente da Academia Nacional de Medicina no Brasil e, em 6 de julho de 2017, foi eleito presidente da instituição para o biênio 2017-2019.

Abaixo, um trecho do seu discurso de posse, que trata dos seus objetivos e desafios como presidente da ANM, o que é importante para nos trazer o contexto em que se vivia no passado recente, apenas alguns anos atrás.

Além disso, Jorge nos guia pela história da instituição, os seus predecessores, homenageando e elogiando aqueles que admira, como costuma fazer. Por último, nos fala da importância de se pensar na saúde de todos.

A Academia precisa cada vez mais sair para o mundo. Precisa derrubar os muros e se deixar consolidar como instituição científico-cultural na área médica para o país e para o povo brasileiro. Ela mantém seus objetivos pioneiros, de contribuir para a pesquisa, a discussão e o aperfeiçoamento das práticas da medicina, cirurgia, saúde pública e ciências afins. Serve ainda como órgão de consulta do governo sobre questões de saúde e de educação médica. Estamos bem, estamos fortes, mas queremos ir além.

Jamais seremos a instituição apenas de uma elite importante em busca da satisfação de seus projetos pessoais. A comunidade científica tem uma responsabilidade em todo o papel de justiça social. Na medicina, isso se traduz em acesso à saúde para todos.

A Academia é um desses organismos que, pelo seu papel histórico e sua representatividade no meio científico, no meio político, no meio cultural, no meio profissional, tem que ser cada vez mais consciente da necessidade de não atuar somente intramuros. Ela precisa sair extramuros também. Pode exercer esta tarefa através dos mecanismos que já possui: a sua representatividade em órgãos de aconselhamento a governos, a representatividade em órgãos científicos e de pesquisas. Sem falar na extraordinária importância das pessoas que a compõem, líderes de opinião e formadores de recursos humanos para a saúde.

Não somos só o chá das quintas-feiras, mas aquilo a que o imperador nos convocou: um núcleo importante para pensar a medicina. Podemos ajudar a Universidade, às vezes bloqueada por questões burocráticas, a complementar seu currículo. Podemos ajudá-la a pensar onde vai dar essa civilização de especialistas da ciência, essa geração produzida pela associação da Universidade e do mercado.

Temos realizado com méritos essa missão que o imperador nos delegou há cento e noventa e quatro anos. Pensar a medicina. Atualizá-la. Recentemente, a Academia propôs posturas relevantes ao governo em relação ao combate às epidemias de dengue, zika e chikungunya. A Academia tem participado, em parceria com agências de fomento à pesquisa, do desenvolvimento de estudos que possam servir à população brasileira. Somos atuantes no aconselhamento a projetos de saúde pública que afligem o Brasil, assim como levamos nosso pensamento crítico a um recente e importante simpósio sobre a judicialização da medicina.

Chego à presidência da Academia com muitas perguntas e ansioso para coletar as respostas, avaliá-las e praticá-las com a ajuda de todos. Eu me transformei, neste momento, em presidente não por um desejo. Sempre achei uma glória, houve momentos em que seriamente pensei nessa possibilidade. Cogitei da honra do cargo. Afinal, por esta casa já passaram gênios nacionais como Carlos Chagas, Miguel Couto, Ivo Pitanguy e tantos outros nomes da ciência. Pensava na presidência, sim, mas, sempre em silêncio, declinava humilde das minhas pretensões. Em função das ocupações de uma intensa vida de compromissos nacionais e internacionais, eu não tinha como me organizar até mesmo para uma campanha. Acalentava o sonho, ao mesmo tempo em que sempre adiava o dia de declarar a todos o meu interesse em realizá-lo.

Desta vez não pude mais postergar.

Aceitei, fui eleito e quero fazer aqui uma confissão. Sempre que me ocorre algo desse tipo, eu penso que é o universo conversando comigo. Jacques Monod, o grande Prêmio Nobel Francês, escreveu um célebre ensaio, *Le hasard et la nécessité* (*O acaso e a necessidade*, como foi publicado no Brasil pela Editora Vozes). Nele, como vários outros cientistas, defende a tese de que o universo todo é fruto do acaso. Hoje, a ciência está mostrando que não. É fruto de leis extremamente rígidas e, caso saíssem um milímetro daquela ordem, nada disso em que estamos envolvidos teria sido possível. Também estou de acordo. Nada acontece por acaso. Jung estudou isso, chamou de sincronicidade, os fenômenos que coincidem. Aldous Huxley foi no mesmo caminho e escreveu as razões da coincidência, mostrando que não existe coincidência coisa nenhuma.

Eu aceitei a convocação para presidir a Academia em meio a essa sincronicidade misteriosa de acontecimentos, e fui eleito. Isso me trouxe uma responsabilidade enorme. A convocação para essa missão traz, entre outras dificuldades, a de substituir no cargo um presidente exitoso.

Eu herdo a Academia das mãos do dr. Francisco Sampaio. Vou suceder um presidente extraordinário, um reconhecimento que se faz unânime entre os pares desta casa. Parto para esse desafio enorme de tentar uma gestão pelo menos igual.

O dr. Francisco Sampaio modernizou a Academia. Fazia de tudo. Trata-se de um grande cientista, como já era sabido, mas revelou-se um grande gestor, um *entrepreneur* moderno. Rendo-lhe esta homenagem neste dia em que tenho a honra e a coragem de sucedê-lo. Aproveito também para saudar seus antecessores imediatos, o dr. Pietro Novelino e o professor Marcos Moraes, aqui presentes, que pavimentaram este processo para o sucesso da gestão que hoje termina.

Pretendo continuar todos os projetos já em andamento, todos muito bem executados. Se possível, aumentar-lhes o alcance. Estou comprometido em inaugurar o Centro da Memória Médica, um projeto extramuros, moderno, voltado para o compartilhamento de informações com a sociedade e o consequente aperfeiçoamento do país. O desafio desse Centro da Memória Médica é ser mais um fator de ligação entre a história da medicina e a que continua a ser feita. Queremos chegar a multidões de usuários, compartilhar um acervo precioso.

Digo isso com objetividade, não como quem faz um discurso *black-tie*. Isto é uma convocação ao trabalho. Eu me defino como um chefe de orquestra. Eu pretendo fazer uma gestão tipo parlamentarista.

168

Sei que todos os membros são muito ocupados e a Academia é uma agremiação sem fins lucrativos. Mas, como novo chefe dessa orquestra, quero convocar todos para que doem uma parte do seu tempo em prol desta instituição que tanto consideramos. Temos uma centena de mentes brilhantes. Dentro do meu sistema de gestão, em que o compartilhamento é essencial, gostaria de ver essas inteligências privilegiadas colaborando.

O Brasil é um país em construção. É um país que tem populações vivendo em distintas eras do desenvolvimento da civilização. Há necessidades de saúde muito heterogêneas. De alguma maneira, cada cidadão tem a obrigação de participar desse processo. Não é só o governo. As instituições científicas e culturais da área de saúde têm uma participação maior ainda. A nossa Academia Nacional de Medicina, a mais antiga de todas essas instituições, tinha como missão assessorar o imperador em todos esses temas, como se fosse um Ministério da Saúde. Era um país que surgia. Não havia sequer Faculdades de medicina naquela época e a Academia, autorizada pelo Imperador, tomou para si este papel. Hoje o país e o mundo mudaram.

Aqui, Jorge define e defende o papel e a missão da Academia, o que nos leva, como consequência, a enxergar a sua visão da Academia Nacional de Medicina e, novamente, o seu comprometimento com a questão social. Ressalta, ainda, a necessidade de sonhar, de carregar em si a utopia de um mundo melhor, e a convicção de que nunca se deve desistir desse sonho.

Estamos naquele momento que Edgard Morin definiu em sua *Autocritique* como "civilização global". Os problemas e seus desenredos só podem ser compreendidos nessa escala. O Brasil mudou, virou esse gigante, e tudo poderia dar a entender que a Academia perdeu o papel. Não, não perdeu. Não perde o papel um velho chefe de família, que, estando lúcido, tem obrigação de participar, não mais com o trabalho físico, a energia de um jovem, mas com a capacidade mental, psicológica. Não somos seres só de carbono. Há quem transforme essa crença em religião. Eu prefiro argumentar do ponto de vista científico. O médico de uma Academia de Medicina tem essa missão, que não é uma missão somente material, mas uma missão intelectual, psicológica, científica e cultural. Temos uma responsabilidade fundamental, com a justiça social. E não haverá nunca justiça social no mundo enquanto não houver o direito ao acesso à saúde igual para todos.

Estamos sonhando? Sim, estamos. Temos que sonhar, precisamos sonhar. Se não sonhamos, a realidade não passa. Pode ser que às vezes, como agora, o sonho pareça impossível. Mas eu já tenho idade suficiente para saber – nada o é. Tudo aquilo em que pensamos é possível.

Uma gestão de dois anos talvez seja apenas mais um tijolo desta construção, mas vamos colocá-lo. As pirâmides levaram séculos para serem feitas. Quem botava uma pedra numa delas, já tinha morrido há muito quando de sua conclusão. Não há pedras mais importantes quando se está diante de uma grande obra. A Academia tem como missão colocar suas pedras nessa pirâmide que pretendemos monumental no futuro, para que seja por todos admirada, visitada e respeitada pelos séculos afora.

Estamos, nós da Academia, em pleno processo de participar dessa obra – difícil, custosa, mas da qual não desistiremos. Ajudar a construir nosso país, e é dessa pirâmide que estamos falando, é nossa missão. Temos um povo maravilhoso, e eu digo isso depois de passar a vida dirigindo organismos internacionais e ter trabalhado com e para duzentos países, um povo maravilhoso formado a partir da graça da mistura de raças e culturas. Precisamos participar com ele, e para ele, da transformação científica para a qual o imperador nos destinou.

Jorge registra, sobretudo, a admiração pelos brasileiros e pelo país que, embora seja tão minado em diversas frentes e viva enfrentando crises, tem pessoas extraordinárias que merecem a oportunidade de fazer o que podem e sabem.

Tenho orgulho de nossa gente, e não me espanto com as infindáveis notícias de crises. Elas chegam, passam, chegam novamente, e novamente serão combatidas. O universo foi feito de crises, de violências – afinal, começamos com a explosão do Big Bang. Pode parecer violento para o ser humano, mas as crises mostram de alguma maneira que às vezes são necessários o inusitado, o inesperado, para se criar alguma coisa para superá-las. Nietzsche dizia que é necessário viver a angústia de algum caos para se criar uma estrela. Desde criança e adolescente, descobri viver num país em constante crise. O Brasil vai em frente.

Precisamos das pessoas, e as temos, extraordinárias.

É uma nação de gente extraordinária e quero reafirmar aqui a minha esperança. Já foi o país do futuro, chegou a ser o país do presente e hoje é o país da crise. Vencerá esta, como venceu outras e tornar-se-á um dia um dos maiores do mundo. Não me perguntem quando. O que importa é dar razão ao poeta: "O caminho faz-se caminhando."

A Academia pode parecer a alguns apenas um caminho confortável ao passado, para se prender nele e dizer "nós fomos Academia Imperial". Somos uma Academia de Medicina, temos uma história e é importante que reflitamos sobre ela, porque, como dizia Martin Luther King: "Se não sabemos quem fomos, não sabemos quem somos e não sabemos quem seremos." Santo Agostinho, em suas *Confissões*, completa: "O tempo é um só – o presente do passado, o presente do presente, o presente do futuro."

Eu e minha diretoria assumimos a Academia Nacional de Medicina, essa obra magnífica de quase dois séculos, para o esforço que a todos nós enche de júbilo, o de colocar mais uma humilde pedrinha em sua construção. Ela tem que ser colocada com muita responsabilidade, com muito conhecimento, com muita abnegação. Será o nosso objetivo. Deixarei de lado compromissos importantes, sei que terei a agenda profissional abalada pelas novas funções que agora assumo – mas não titubeio. Sigo os ensinamentos de Albert Schweitzer: "Não há heróis da ação e sim da renúncia. A verdadeira grandeza do homem não está naquilo que ele faz, mas sim naquilo que ele é capaz de deixar de fazer."

Não estamos num filme de duas horas de duração. Fazemos parte de um processo que nem conhecemos, de um processo cósmico, de um projeto de uma eternidade misteriosa que não conheceremos jamais em sua plenitude – mas nós temos que ter consciência de que participamos dele em todas as dimensões.

O Brasil é um país que, por ser jovem, ainda é tímido no respeito à história. Aos poucos, no entanto, percebemos que se destruirmos a história, nós perderemos nossa identidade, perderemos nossas raízes. As Academias são exemplos de que as raízes são fundamentais para a árvore crescer, dar flores, dar frutos. É o que pretendemos. Alimentar pessoas e dar sementes de esperança para que, da árvore do futuro, nasça uma humanidade mais feliz.

* * *

Além dos órgãos e cargos citados com histórias acima, Jorge Alberto Costa e Silva foi presidente do Comitê Internacional de Prevenção e Tratamento da Depressão, presidente do Conselho Internacional de Saúde Mental, presidente da Associação Mundial de Psiquiatria Social, presidente da Fundação Internacional para Saúde Mental, presidente da Associação Internacional de Psicoterapia Médica, dentre outros importantes cargos desempenhados em instituições de destaque.

Criou o Serviço de Psiquiatria no Hospital Geral Pedro Ernesto (HUE) e também o da Faculdade de Ciências Médicas, Uerj. E criou o Serviço de Psiquiatria da Santa Casa de Misericórdia, que leva o seu nome.

Foi membro do Conselho Internacional para o Progresso da Saúde Global junto a Unesco; senador e embaixador da Organização Mundial dos Estados para a Segurança e a Paz (W.O.S.) junto à ONU. Durante quatro anos, foi senador da área de Saúde do Parlamento Internacional.

Convidou o então presidente da Federação Mundial de Sociedades de Neurocirurgia, prof. Armando Basso, para junto com a OMS criarem o Programa de Neurocirurgia e Saúde Pública, que alcançou reconhecimento global em sua atuação na captação de recursos para a compra de equipamentos e para o desenvolvimento de técnicas cirúrgicas, em especial nos países do continente africano. Este programa foi criado em 1995, pela Organização Mundial da Saúde, e continua ativo até hoje.

Em parceria com Neves Manta criou a disciplina de psiquiatria do Curso de Pós-Graduação Médica da PUC.

Escritor médico, membro da Academia Brasileira de Médicos Escritores e do Pen Club do Brasil. Participou de muitos livros como autor, coautor e organizador. Escreveu mais de trezentos artigos.

8

ESPIRITUALIDADE E SAÚDE MENTAL

A religiosidade do paciente parece configurar elemento decisivo em tratamentos médicos. Essa não é uma novidade. A religião foi a primeira forma de tratar e compreender o sofrimento humano, incluindo o padecimento das doenças. Mitos e ritos como formas de tratamento são tão antigos quanto o que conhecemos de história do *homo sapiens*.

O grego antigo fazia a sua peregrinação ao Templo de Apolo, passava dias caminhando, viajando, e acredita-se que a cura não se fazia no destino, mas no caminho, portanto, a cura se fazia caminhando em sua busca, isso porque o doente vai engendrando a construção de uma resposta no caminho. De lá *pra* cá, vimos um número incalculável de peregrinações no mundo todo, pagadores de promessas, ex--votos, rituais na umbanda e no candomblé, reza de terços em roda de oração (até online), retiro de meditação e tantos outros rituais de cura.

Um ritual de cura, sem dúvida, tem o potencial de reverter processos físicos pela mente do doente, ou por qualquer outra explicação que se queira dar, inclusive religiosa. O fato é que acontece com mais frequência do que, muitas vezes, o médico não quer admitir. Por exemplo, a força e

175

a eficácia do placebo não deixam de impressionar e comprovar a capacidade que o corpo tem de se curar quando acredita que pode se curar.

No final dos anos 1980, no Irã, Jorge assistiu a uma palestra sobre psiquiatria islâmica. A fala do psiquiatra iraniano e muçulmano chamou imensamente a sua atenção e o mobilizou emocionalmente e intelectualmente. E por que não dizer espiritualmente? De acordo com a psiquiatria islâmica que ainda vigora, a doença mental tinha que ser tratada em várias dimensões: na dimensão da biologia (medicamento), na da mente (psicológico), na dimensão do ambiente, na vida familiar, e por fim, mas não menos importante, no espírito. Uma condição necessária para esta última dimensão é o fato de que o paciente tinha que orar para compatibilizar o seu espírito com Alá.

O interesse de Jorge pelo tema já existia, possivelmente alimentado, por sua formação em colégio marista, e também, pela prática clínica, mas se intensificou a partir desse momento. Esse novo interesse não ficou na abstração, acabou sendo aplicado na maneira com que conduziu determinados projetos de saúde posteriores, entre eles, um da Uerj do qual falaremos, e o próprio trabalho na WPA.

Apontamos que a religião de um paciente, ou a espiritualidade dele, independentemente da maneira que essa se expressa – se a partir de uma doutrina estabelecida, uma das religiões mundiais, ou se a partir de uma crença mais abstrata na transcendência, no místico, isto é, no divino, espiritual e não material – ajuda a curar. De que maneira ajuda? Em que medida? Essas são questões que estão sendo colocadas em estudos no mundo inteiro, inclusive na Associação Mundial de Psiquiatria (*World Psychiatric Association – WPA*), onde, vale lembrar, Jorge foi presidente entre 1989 e 1992.

Vale um parêntesis para entender o que é a WPA e a sua relevância.

A WPA é a associação global que representa cento e quarenta e cinco sociedades psiquiátricas em cento e quarenta e um países e reúne mais de 250.000 psiquiatras.

Com suas mais de setenta seções científicas, publicações e programas educacionais, promove o trabalho colaborativo em todas as áreas da psiquiatria. A Associação desenvolveu diretrizes éticas para a prática psiquiátrica e declarações de posição sobre tópicos relevantes em relação ao papel dos psiquiatras. A WPA faz parceria com seus membros para hospedar o World Congress of Psychiatry anual, bem como Congressos regionais e temáticos, atraindo líderes globais em saúde mental e fornecendo fóruns para aprendizagem compartilhada e colaboração.

Este foco na educação e na aprendizagem também fez com que a WPA desenvolvesse vários programas educacionais juntamente com uma série de livros e comunicações regulares para os seus membros.

A revista oficial da WPA, *World Psychiatry*, foi mais uma vez nomeada e classificada como a revista número 1 em psiquiatria e classificada também como número 1 no *Social Science Citation Index.*

SOBRE A REVISTA *World Psychiatry:*

World Psychiatry é a revista oficial da WPA. Fundada em 1992 por Jorge enquanto presidente da WPA. Reformada e editada pelo ex-presidente da WPA (2008-2011) e renomado professor de psiquiatria, Mario Maj, assumiu em 2008 o cargo de editor chefe da revista classificada em 1º lugar na categoria de psiquiatria e em 1º (de mais de 3.000 periódicos) no *Social Citation Index* e em 5º entre todas as revistas na categoria de medicina clínica (ver Tabela anexa). Possui um fator de impacto de 79.000. Agora produzida em dez idiomas, a revista é a mais amplamente divulgada no mundo, alcançando mais de 60.000 psiquiatras.

A WPA tem várias seções e su bespecialidades: infantil, geriátrica, abuso de drogas etc. Entre elas, a Seção de Religião, Espiritualidade e Psiquiatria (SRSP) da Associação Psiquiátrica Mundial (WPA) foi criada em 2003. Isso porque, de acordo com a seção: "Existe agora uma base de evidências de pesquisa substancial para demonstrar a relevância da religião/espiritualidade (R/S) para a saúde mental."

Apenas três anos antes, confirmando a tendência e direção nesse sentido espiritual da saúde, o Congresso promovido pela OMS intitulado Saúde para todos que contou com a presença de duzentos países, no ano 2000, falava sobre bem-estar *biopsicossocioespiritual.* Portanto, entraram na definição dois conceitos novos para falar de saúde: o social e o espiritual.

Voltando ao estatuto da Seção, lemos que os objetivos do SRSP são:

- Incentivar e acelerar pesquisas, teorias e práticas na área de religião, espiritualidade e psiquiatria e áreas afins.
- Facilitar a divulgação de dados sobre questões religiosas e espirituais, em relação à psiquiatria e domínios afins.
- Desenvolver e estimular programas e cursos educacionais e de treinamento, a fim de aprimorar conhecimentos, habilidades e atitude profissional em relação à religião e à espiritualidade na prática psiquiátrica.

Embora a seção sobre Religião, Espiritualidade e Saúde Mental da Associação Mundial de Psiquiatria tenha sido inaugurada em 2003, a proposta de um texto de posicionamento foi aprovada e publicada em 2015. Quando presidente da WPA em 1991, junto com o papa João Paulo II, Jorge criou um programa sobre Espiritualidade e Saúde. Foi um grande entusiasta, defensor e divulgador da Seção. Inclusive já tinha incorporado em sua prática alguns de seus princípios e orientações, como veremos.

Eis o posicionamento da Associação Mundial de Psiquiatria sobre espiritualidade e religiosidade em psiquiatria:[3]

"A Associação Mundial de Psiquiatria (World Psychiatric Association – WPA) e a Organização Mundial da Saúde

---

[3] Este posicionamento foi proposto pela Seção de Religião, Espiritualidade e Psiquiatria da World Psychiatric Association (WPA) e aprovado pelo comitê executivo da WPA em setembro de 2015. O texto foi originalmente publicado em inglês na revista *World Psychiatry*. Segue referência original: Moreira-Almeida A, Sharma A, Van Rensburg BJ, Verhagen PJ, Cook CC. WPA position statement on spirituality and religion in psychiatry. World Psychiatry. 2016;15:87-8. https://onlinelibrary.wiley.com/doi/full/10.1002/wps.2030.

A versão em português foi traduzida por Mario F. Peres e revisada por Alexander Moreira-Almeida, e sua publicação foi autorizada pela revista *World Psychiatry*.

(OMS) trabalham arduamente para garantir que a promoção e os cuidados em saúde mental sejam baseados cientificamente e, ao mesmo tempo, compassivos e com sensibilidade cultural. Nas últimas décadas, tem havido uma crescente conscientização da Academia e da população geral sobre a relevância da religião e da espiritualidade nas questões de saúde. Revisões sistemáticas da literatura científica identificaram mais de 3.000 estudos empíricos investigando as relações entre religião/espiritualidade (R/E) e saúde.

No campo dos transtornos mentais, demonstrou-se que R/E têm implicações significativas na prevalência (especialmente em transtornos depressivos e por uso de substâncias), diagnóstico (ex.: diferenciação entre experiências espirituais e transtornos mentais), tratamento (ex.: comportamento de busca de tratamento, aderência, *mindfullness*, terapias complementares), desfechos clínicos (ex.: melhora clínica, suicídio) e prevenção, bem como na qualidade de vida e bem-estar. A OMS já inclui R/E como uma dimensão da qualidade de vida. Embora haja evidências mostrando que R/E estão geralmente associadas a melhores desfechos de saúde, elas também podem causar danos (como recusa de tratamento, intolerância, *coping* religioso negativo etc.). Pesquisas mostraram que valores, crenças e práticas relativos a R/E se mantêm relevantes para a maior parte da população mundial e que pacientes gostariam de ter suas questões em R/E abordadas nos cuidados em saúde. Psiquiatras precisam levar em conta todos os fatores que afetam a saúde mental. Evidências mostram que R/E devem ser incluídas entre estes, independentemente da orientação espiritual, religiosa ou filosófica dos psiquiatras. No entanto, poucas escolas médicas ou currículos de especialidade fornecem qualquer treinamento formal para psiquiatras aprenderem sobre a evidência disponível ou como abordar adequadamente a R/E, tanto na pesquisa quanto na prática clínica. Para preencher esta lacuna, a WPA e várias outras Associações Nacionais de Psiquiatria (como as do Brasil, Índia, África do Sul, Reino Unido e EUA) criaram seções em R/E. A WPA incluiu R/E como parte do currículo básico de treinamento em psiquiatria.

Ambos os termos, religião e espiritualidade, carecem de uma definição universalmente aceita. Definições de espiritualidade geralmente se referem a uma dimensão da experiência humana relacionada com o transcendente, o sagrado ou a realidade última. A espiritualidade está intimamente relacionada com os valores, o significado e o propósito de vida. Pode se desenvolver individualmente ou em comunidades e tradições. A religião é frequentemente vista como o aspecto institucional da espiritualidade, geralmente definida mais em termos de sistemas de crenças e práticas relacionadas com o sagrado ou o divino, realizadas por uma comunidade ou por um grupo social. Independentemente de definições precisas, R/E lidam com crenças fundamentais, valores e experiências dos seres humanos. Portanto, a consideração da sua relevância para as origens, a compreensão e o tratamento dos transtornos psiquiátricos, bem como para a atitude do paciente frente à doença, deveria estar no centro da psiquiatria acadêmica e clínica. Considerações espirituais e religiosas também têm implicações éticas significativas na prática clínica da psiquiatria. Em particular, a WPA propõe que:

1. Uma consideração cuidadosa das crenças e práticas religiosas dos pacientes, bem como da sua espiritualidade, deveria ser feita rotineiramente, sendo, por vezes, um componente essencial da coleta da história psiquiátrica.

2. A compreensão da R/E e sua relação com o diagnóstico, etiologia e tratamento de transtornos psiquiátricos devem ser consideradas como componentes essenciais tanto da formação psiquiátrica como do contínuo desenvolvimento profissional.

3. Há uma necessidade de mais pesquisas sobre R/E em psiquiatria, especialmente sobre suas aplicações clínicas. Esses estudos devem abranger uma ampla diversidade de contextos culturais e geográficos.

4. A abordagem de R/E deve ser centrada na pessoa. Psiquiatras não devem usar sua posição profissional para fazer proselitismo de visões de mundo seculares ou espirituais. Devem sempre respeitar e ser sensíveis às crenças e práticas espirituais/religiosas de seus pacientes, assim como das famílias e cuidadores de seus pacientes.

5. Os psiquiatras, sejam quais forem suas crenças pessoais, devem estar dispostos a trabalhar com líderes/membros de comunidades religiosas, capelães e agentes pastorais, bem como outros membros da comunidade, em suporte ao bem-estar de seus pa-

cientes, incentivando seus colegas multidisciplinares a fazerem o mesmo.

6. Os psiquiatras devem demonstrar consciência, respeito e sensibilidade quanto ao importante papel que R/E podem desempenhar, para muitos funcionários e voluntários, na formação de uma vocação para trabalhar no campo dos cuidados em saúde mental.

7. Os psiquiatras devem estar cientes do potencial tanto benéfico quanto prejudicial das práticas e visões de mundo religiosas, espirituais e seculares, e devem estar dispostos a compartilhar essas informações de forma crítica e imparcial com a comunidade em geral, em apoio à promoção da saúde e do bem-estar."

A partir de uma experiência que teve na Uerj, Jorge acabou por colocar em prática um dos itens do posicionamento da seção, a saber, o item que incentiva que os psiquiatras, sejam quais forem suas crenças pessoais, devem estar dispostos a trabalhar com líderes/membros de comunidades religiosas, capelães e agentes pastorais, bem como outros membros da comunidade, em suporte ao bem-estar de seus pacientes.

A história foi a seguinte. Havia um programa da Universidade que indicava alguns psicanalistas para atender na comunidade perto do Maracanã. Tudo feito gratuitamente. O problema é que se verificou, após alguns meses, que os pacientes abandonavam o tratamento. Simplesmente paravam de comparecer às sessões de análise. Portanto, decidiram procurar os pacientes desistentes para entender o que estava acontecendo. Quando foram encontrados, vários deles falaram que não precisavam mais da análise porque tinham "ficado bons". De que forma?

Havia um pai de santo famoso na comunidade. Os pacientes relataram que tinham ido nele, fizeram o trabalho para o seu orixá, ou o que foi necessário, e a queixa que tinham, independentemente de qual fosse, havia desaparecido. Jorge ficou surpreso com o acontecido, mas entendeu que se tratava de diferentes leituras do mundo, e é importante frisar que a medicina é sempre ligada à cultura de quem está sendo tratado. Ficou claro que o trabalho da umbanda ou do candomblé era mais compreensível e eficaz para aquele sujeito do que o trabalho psicanalítico. O resultado foi que Jorge fez uma parceria com o pai de santo, passou a trabalhar junto com ele em prol do bem-estar dos pacientes e respeitando as crenças que estavam sendo afirmadas ali.

Nada disso foi por acaso, mas como fruto de uma reflexão que vinha sendo feita, afinal, Jorge vinha se empenhando há anos em pensar e discutir a relação entre saúde e fé. A partir dessa questão, ele se embrenhou numa peregrinação entre líderes religiosos de todos os credos. Foi quando conheceu o papa João Paulo II, graças à sua amizade com o cardeal Angelini.

Também conheceu o Dalai Lama, por uma feliz coincidência, dentro do avião. Começaram a conversar e o encontro com, digamos, toda a expressão da sincronicidade junguiana, rendeu frutos. Juntos, eles fizeram alguns eventos. E ainda se encontrou com um grande rabino em Israel,

com um líder taoísta no Japão e com muitos outros pensadores e líderes religiosos. Como ele viam essa questão?

Após tantos encontros e reflexões, Jorge conclui:

> Como médico, já tive muitas experiências que me levaram
> a concluir que o mundo da medicina clínica é verdadeiramente
> imprevisível. Um território onde quase tudo é possível. Creio
> que a maioria de meus colegas concordaria comigo, pois quase
> todos nós, médicos, possuímos uma lista pródiga de estranhos
> acontecimentos inexplicáveis pela ciência como um registro
> desses eventos demonstraria. Estou convencido de que a ciência
> médica não só carece da última palavra, como dificilmente já
> emitiu a primeira de como funciona o mundo, especialmente,
> de como funciona a mente.
>
> A medicina moderna pode estar limitando sua eficiência pela
> insistência crônica em que a realidade localizada do aqui e
> agora é a única que existe, é a única em que pode ocorrer a
> cura. A cura psíquica, pelo próprio fato de sua existência, nos
> dá uma forte evidência de que há uma qualidade anímica não
> localizada no tempo e no espaço de nossa psique. Ela mostra
> que o nosso tempo transcende o momento, transcende mes-
> mo a duração de uma vida. Que o nosso lugar não é apenas
> onde estamos agora, mas em toda parte.

9
O PROFESSOR E O MUNDO ACADÊMICO

No 3º ano de medicina, Jorge deu uma aula para a sua turma sobre o estado de coma. Sabemos que apresentações orais de alunos são comuns, mas o que houve de marcante nessa sua primeira aula, além do elogio dos colegas, é que imediatamente Jorge percebeu a sua vocação para professor. Ganhou aquela faísca do magistério.

No 4º ano, teve como professor Raul Bittencourt, psiquiatra e político gaúcho, que encantava turmas inteiras com a sua oratória e didática e que também se tornou a inspiração de Jorge, o modelo de professor a ser seguido. Como ele queria aprender a dar aulas como ele, entender sua maneira de preparar uma aula e se apresentar para a turma, Jorge tomou a decisão de fazer as apostilas do curso inteiro do Raul. Isso significava copiar o que professor dizia durante as aulas, organizar as anotações, e finalizar de maneira clara e precisa. Ele tornou-se conhecido como o autor das apostilas, aquele que melhor conhecia o seu conteúdo, portanto passou a ser também aquele que tirava as dúvidas dos outros alunos, e, de vez em quando, reunia um grupo e ia explicando a matéria.

Assim, foi naturalmente treinando para se tornar professor. Além disso, como uma coisa leva à outra, se tornou assistente do professor Raul. Com o tempo, foi assumindo mais responsabilidades e dando cada vez mais aulas, substituindo, sempre que necessário, o professor auxiliar. Até que ele próprio virou professor auxiliar na disciplina de psicologia médica.

Quando abriu um concurso para professor livre-docente tinha cinco etapas da Faculdade de Medicina da Uerj, em 1974, Jorge Alberto começou uma preparação intensa da qual se lembra suspirando, ao rememorar todo o esforço empreendido, ainda hoje, aos 80 anos. Estudou obsessivamente, porque a seleção era muito dura, como ele diz, "eram cinco provas massacrantes". Dando o que atualmente um jovem poderia chamar de *spoiler*, adianto que Jorge foi aprovado e iniciou sua carreira docente como professor assistente de psiquiatria na Faculdade de Medicina da Universidade do Estado do Rio de Janeiro, aos 24 anos. Poucos anos depois, fez o exame de Livre Docente na Faculdade de Medicina da UNIRIO em 1974 com a Tese sobre Carbonato de Lítio em 1974, tendo sido aprovado com louvor.

O concurso para professor titular assim como o de livre docente tinha cinco etapas. A primeira era uma prova de defesa de memorial, ou seja, do seu currículo, com slides de 60 minutos. Ele se recorda da dedicação para a prova, chegou a fazer um curso de slide que se mostrou bastante útil em sua vida de professor, porque o slide parece simples, mas tem os seus truques, como melhor cor de fundo de tela, tamanho e fonte de letra, a letra não pode ser pequena porque, "quando você força o olho, você não escuta".

A segunda prova era teórica, em geral bastante extensa.

A terceira era uma prova de defesa de tese em frente a uma banca de cinco examinadores por cinco horas. A tese que ele apresentou foi sobre o lítio no transtorno depressivo unipolar.

A quarta era uma prova de aula que ainda existe, em que a matéria da aula é escolhida e dada ao candidato no dia anterior, que deve preparar uma aula de exatos 60 minutos.

A última etapa era uma prova de exame de doente e diagnóstico. Ele precisava ver um doente, fazer o exame clínico e o exame neurológico, além do exame psiquiátrico, redigir um diagnóstico e defender o diagnóstico em frente a uma banca.

Cinco anos depois, em 1979, prestou concurso público de provas e títulos para professor catedrático, o que equivale atualmente ao cargo de professor titular. O concurso não foi menos rigoroso. Havia a exigência de apresentação de tese que foi avaliada por uma banca examinadora. Jorge deu à sua tese o título de "O doente e a doença mental: os limites da psiquiatria", que foi o resultado de dez anos de pesquisa e prática clínica. Como Jorge sublinha, não tinha google com um mundo inteiro a ser acessado, e o saber era difícil de conquistar. Para concluir a tese, Jorge ficou dois meses em Paris indo à biblioteca todos os dias, lendo e copiando à mão os ensinamentos de Hipócrates. Não era possível xerocar ou fotografar. Foi aprovado com louvor, recebendo a nota máxima.

DIRETOR DA UERJ

Aos 38 anos, era diretor da Faculdade de Medicina, o mais jovem diretor da Faculdade de Medicina da Uerj. Foi presidente do Departamento de Psiquiatria e diretor da Faculdade de Ciências Médicas (1984-1986), sendo responsável pela criação do Serviço de psiquiatria da Universidade e também colaborou na iniciativa e na continuação do Departamento de Medicinal Social. Na Uerj, criou o Programa Internacional de Psiquiatria marcando, assim, o início da participação da psiquiatria brasileira no cenário internacional.

Continuava dando aulas de psicologia médica, e afirma, que "por isso, eu me interessei muito pela relação médico paciente. Era o foco da psicologia médica que lida muito com os patronos da medicina. Depois foi dividida em duas disciplinas".

As responsabilidades de um diretor de faculdade são imensas. O objetivo de Jorge diretor era criar uma ligação entre os Departamentos que ficavam muito isolados e independentes, trazer para a pauta de discussão uma reforma curricular, organizar currículo e carga horária de maneira mais eficiente e, especialmente, reunir populações tão distintas como são o corpo docente e corpo discente para maior troca de ideias e convivência mais harmoniosa. Iniciou um aprendizado, que levaria para a vida toda, de se colocar na posição de agregador, no caso da Universidade, reunindo professores, alunos e funcionários para que trabalhassem pensando juntos, e também aprendeu a buscar a resolução de conflitos, e sendo aquele que faz "gestão de egos". Foi obrigado a usar esse talento de gestor e conciliador ao longo de todos os cargos nacionais e internacionais que ocupou dali por diante.

Jorge, lembra de um episódio ocorrido logo no início da sua gestão. Ele estacionou em sua vaga e viu um grupo de estudantes colando cartazes contra a direção e o diretor. Ele foi perguntar o que eles estavam fazendo. Os alunos explicaram enquanto pensavam onde colocar os cartazes. Jorge ouviu e resolveu ajudar, passou meia hora falando com eles, entendendo as questões, e dando sugestões sobre o local dos cartazes: "Cola ali que fica mais visível", sugeria. "Prega aquele bem no alto." Os alunos, achando Jorge muito ousado, replicavam: "Será que não vai dar problema se a gente colar ali?" "Não, tem que ser bem visível", argumentava Jorge.

Pois, no fim de tudo, Jorge se vira para eles e diz: "Bom, agora vamos para minha sala ter uma reunião." Os alunos, espantados, comentaram: "Ué, mas que reunião? Quem é você?" "Sou o diretor. Vocês não querem fazer críticas à direção? Estão com a pessoa certa." E foram para uma reunião de duas horas. Com essas atitudes, o clima foi melhorando.

Jorge alega que muito do que deu certo na sua gestão se deve também à dedicação e à parceria leal do vice-diretor da época, Jarbas Porto, professor catedrático de dermatologia, que foi posteriormente presidente da Academia Brasileira de Medicina. "A condução do Jarbas na Universidade foi excelente, ele trabalhou muito, e era um grande amigo."

Jorge participou muito ativamente, inclusive da diretoria, do Instituto de Medicina Social fundado por Ezio Cordeiro.

Foi igualmente responsável pela criação do Serviço de Psiquiatria da Santa Casa de Misericórdia do Rio de Janeiro, onde é irmão da mesa diretora e foi mordomo dos prédios, que assiste à população de baixa renda, e que em sua homenagem recebeu o nome de Serviço de Psiquiatria Prof. dr. Jorge Alberto Costa e Silva. Também presidiu o Conselho das Escolas de Medicina no Brasil.

NOVA YORK E MIAMI

Após um período de licença como professor, nos anos 1990, por estar ocupando um cargo público, o de diretor da divisão de Saúde Mental da Organização Mundial de Saúde, Jorge voltou a ser professor, dessa vez em Nova York. Mais precisamente, foi professor e *chairman* do Centro Internacional de Políticas de Saúde Mental e Pesquisa da Faculdade de Medicina da Universidade de Nova York e *Senior Scientist* do *International Mental Health Prevention Center* (NY).

Na Universidade de Nova York, NYU, viveu as vantagens e desvantagens de uma cultura altamente competitiva de trabalho. Alunos competem entre si, professores idem. Vendo pelo lado bom, ele declara que essa competição acirrada faz com que ninguém possa se acomodar. É preciso estar sempre aprendendo.

A cobrança por produção de artigos, tão comentada e por vezes criticada por acadêmicos no Brasil, já deixou de ser o principal fator de avaliação do sistema universitário americano faz anos. A cobrança passou a ser por citações, o *quotation system*. A premissa é a de que não interessa publicar em grande quantidade se ninguém o cita. Quem está lendo e citando o seu artigo? É a circulação do artigo e a respectiva, repercussão que vão atribuir relevância a ele. A questão não para por aí. Após a citação, a grande pergunta passou a ser: a quantidade de artigos e citações resultou em quê? Foi em benefício de quem? *At the end of the day* (no final do dia, literalmente, ou no final das contas, podemos dizer), no que deu? Isto é uma política de resultados tipicamente americana. Qual foi a aplicação daquele estudo, daquele projeto, pesquisa? Afinal, se tornou política pública? Qual foi a aplicação da pesquisa?

Jorge teve que lidar com todas essas nuances da cultura acadêmica americana, sendo brasileiro, o que traz consigo um desafio a mais. Por mais que estivesse qualificado e inserido, é "alguém de fora".

Em Miami, o seu trabalho era um pouco diferente do de Nova York. Além de professor na Universidade de Miami, o seu cargo era de vice-presidente para assuntos internacionais – *Vice chairman of International Affairs*. A sua atribuição principal era a de fazer acordos de pesquisa internacionais e programas de intercâmbio. Teve a sorte de ocupar esse cargo a convite da diretora Dana Chalala, libanesa, que foi ministra da Saúde do ex-presidente Bill Clinton. Jorge considera que foi uma sorte ter participado desse período da Universidade, durante a gestão de Dana Chalala, porque a Universidade cresceu intensamente, e a diretora foi muito eficiente tanto levantando fundos para a Universidade, quanto abrindo programas.

Jorge também foi professor da pós-graduação de medicina da PUC-Rio. Inclusive recebeu o título de professor emérito da Pontifícia Universidade Católica do Rio de Janeiro em 2018. E por mais, de vinte anos foi professor titular da Faculdade de Medicina Souza Marques.

ESPECIALIZAÇÃO EM PSIQUIATRIA

Jorge conta que, na sua época, não havia especialização em psiquiatria. O percurso para se tornar especialista era prestar um exame (como o exame da OAB) para ter a credencial no Conselho Federal de Medicina, os pré-requisitos na inscrição do exame eram ter anos de formado e exercício de psiquiatria comprovado pela Associação Brasileira de Psiquiatria. Hoje, se o médico fizer residência em psiquiatria que dura em torno de três anos, pode automaticamente solicitar o título de especialista, ou se mesmo fizer um curso com carga horária equivalente ao da residência.

No entanto, a procura pela psiquiatria como especialização diminuiu em alguns países, como na França. Isso porque a psiquiatria deixou de dar a remuneração que dava, anteriormente, Diminui o faturamento. Jorge acredita que as mulheres, em geral, fazem medicina porque querem fazer o bem, mas os homens geralmente querem ou priorizam o retorno financeiro. Em parte, essa situação se apresenta porque, por um lado, as psicoterapias como TCC e Terapia Breve estão no campo da psicologia, nas mãos dos psicólogos. Por outro lado, quem quer pesquisa de ponta tem procurado as novas áreas da neurociência.

CONGRESSOS E PARCERIAS

Para nãos sermos omissos – embora com a consciência de que alguns esquecimentos são naturais, principalmente, numa vida repleta de acontecimentos e realizações profissionais –, não podemos deixar de mencionar outras empreitadas relevantes na área da educação. Jorge trouxe profissionais de renome internacional no campo da psiquiatria e saúde mental para dar formação *on-the-job* para psiquiatras e profissionais de saúde mental no Brasil. Também gerou programas de bolsas de estudo que, durante anos, viabilizaram os estudos de jovens médicos em outros países, como os EUA, Portugal, Espanha, França, Itália, Reino Unido, Suécia, Canadá, Suíça, Alemanha entre outros.

Trouxe para o Brasil, presidiu e organizou congressos internacionais como: Congresso Mundial de Psicomotricidade, Congresso Mundial de Psicoterapia (1982); Congresso Mundial de Psiquiatria Social (1986); Congresso Mundial de Psiquiatria (1993) entre outros.

SER PROFESSOR HOJE

Muitos fatos novos surgiram, é muito interessante. Costumo dizer que eu nasci no mundo que já não existe há muito tempo e ele foi mudando. Antes, ele mudava lentamente, quase imperceptivelmente. Mas, hoje ele muda a cada segundo: dormimos num mundo já acordamos num outro. Nasci e cresci, no mundo analógico e hoje vivo no mundo digital. Digo que meu cérebro é híbrido, analógico-digital. É preciso uma coisa chamada plasticidade cerebral gigantesca, uma neuroplasticidade enorme para que possamos nos adaptar a essa mudança. Hoje costumo dizer que ensinar não é ensinar uma verdade eterna porque ela não existe, a verdade muda a cada minuto. Ensinar é ensinar a aprender e a desaprender. Temos que ensinar o aluno que a principal maneira de aprender é saber desaprender aquilo que aprendeu e substituir pelo novo saber que acaba de surgir e que surge a cada momento.

A sua vocação para professor e médico nunca esmoreceu. Jorge declara: "Hoje, as pessoas me dizem, 'você não precisa mais ver doente.' Eu preciso, sim. Foram os doentes e os alunos que me guiaram sempre."

ESPÍRITO DE LUTA E CORAÇÃO ABERTO

No discurso de posse na direção da Faculdade de Ciências Médicas da Universidade do Estado do Rio de Janeiro, 1984, Jorge declara o quanto se sente honrado por assumir o cargo de diretor, ainda mais tendo sido aluno da Universidade onde fez sua carreira universitária, também como professor, mas já acena para os problemas do contexto mais amplo do país, e em particular, as situações de crise institucional, administrativa e pedagógica da Universidade.

Em primeiro lugar, Jorge procura fazer um diagnóstico, uma análise geral do estado de coisas da sua época histórica, e depois convoca todos a pensar, reformular, encontrar soluções. Foram selecionados alguns trechos do seu discurso para que possamos acompanhar e perceber essa dinâmica em seu pensamento.

A automação, a mecanização e a tecnologia, a serviço de uma sociedade que visa lucro, fomentaram a mentalidade de consumo no homem ocidental. A produção em série, e estilo de vida, ditados pelos modernos meios de comunicação, o apelo, a adesão a este modo de ser, que levam o homem a consumir, o foram conduzindo a crescimento desordenado, à aplicação descontrolada e improdutiva do fruto de seu trabalho, gerando frustrações, estilos de vida e hábitos inadequados. A ruptura do equilíbrio do homem com a natureza, daí resultante, anuncia, enuncia, denuncia um projeto de existência que coloca em questão atos, modos de ser e agir, conducentes à quase ausência de valores éticos.

Esta sociedade, no entanto, que coisifica o homem, admitindo o escândalo de um povo silenciado, marginalizado, imerso na passividade, na injustiça e no sofrimento, receberá, sem dúvida, o seu troco. A vida sofre o impacto do tempo, flui e muda, é futuro, possibilidade, o que vai ser e o que todavia não é.

Como dizia Martin Luther King, "não somos o que fomos, não somos o que podíamos, não somos o que queríamos, mas não somos o que seremos". (...) Os conceitos fundamentais de existências são os de liberdade e consciência – a existência será tanto mais autêntica quanto melhores forem as condições de fazer escolhas; e tanto melhores as condições de optar, quanto maior for o grau de consciência da posição no mundo, seja o mundo objetal, seja o mundo das pessoas. (...)

Assim, o homem, lançado no mundo, se encontra ante situações vitais que lhe trazem problemas e que, em sua condição de ser livre, deve enfrentá-los, em função do encaminhamento de soluções. Por isto, para o homem, a vida não se dá por feita, tem que fazê-la por ele mesmo, elaborando-a livremente em cada momento, escolhendo continuar vivendo pelo conhecimento e pela ação. E, aqui nos encontramos, no presente, com nossa herança pretérita, com a responsabilidade de construir o futuro, de fazer um destino. Não devemos lamentar os erros que tivemos, ou os erros que herdamos. Cabe-nos identificá-los e resolvê-los.

Após uma análise mais geral, ele se volta para uma mais específica e, ao mesmo tempo, central. O cerne do discurso é a Universidade e a necessidade de entender a complexidade dos seus quadros formadores, respeitando cada aspecto de seu funcionamento, especialmente as pessoas que ocupam essas funções, para só então procurar as soluções, sempre em conjunto.

A crise, que atingiu o mundo e sufoca o nosso país, se reflete, inevitavelmente, em uma de suas instituições mais importantes: a universidade. Para se entender a crise na universidade, necessário se faz, no entanto, entender a universidade, órgão que se definiria, precipuamente, pelo culto do pensamento desinteressado. É preciso evitar aqui posições demasiadamente simplistas, pois qualquer tentativa de caracterizar a universidade em termos de critério único será, sem dúvida, errônea. Embora definida, provisoriamente, como a instituição que encarna na sociedade os mais altos valores da vida intelectual, onde se conservam suas técnicas e se cultiva o gosto; embora caracterizada como escola de formação da ordem estabelecida, quase que permanentemente, tem estado a universidade em conflito com a sociedade que a cerca. No que diz respeito à reputação pública, afirma Minogue, tem-se apresentado como instituição insatisfatória. O debate público tem se restringido ao aspecto de como reformá-la. E, procurando seguir a linha do conhecimento teórico, em vez da manipulação prática, devemos aceitar este conflito, como possível chave para a verdadeira natureza das universidades. Pressente-se a urgência de seu aperfeiçoamento, orientando-as como instrumento de crítica e busca de soluções.

Necessitamos lutar pela democratização da universidade, ou melhor, nos empenharmos por maior participação e corresponsabilidade de todos os membros da comunidade, em sua organização e condução. A adequação da universidade ao cumprimento da sua função social reclama fórmula em que todos possam participar de forma justa e equitativa. Não se trata, e não se deve tratar, de substituir o poder da qualidade pelo poder da quantidade, mas sim de viabilizar um movimento dialético, no qual a quantidade possa produzir a qualidade, ambos respeitados como dois momentos de um mesmo fenômeno. A busca deste modelo participação e corresponsabilidade – deve ser perseguida com a participação do todo, sem rancor e pressa, pois, como dizia Kafka, "a impaciência e a preguiça são os dois maiores pecados do homem: pelo primeiro, perdeu o Paraíso; pelo segundo, não o recuperou". O risco que se corre é o de as universidades, na tentativa de criarem o seu próprio interesse, serem engolfadas por outros tipos de excitação – política, religiosa, patriótica etc.

A universidade deve se constituir num lugar de desprendimento e ponderação sobre as ideias da época corrente. Deve saber o que ela tem de partilhar com a sociedade que a cerca, e aquilo que possui de singular, com relação a esta sociedade. Somente a partir daí, poderá a universidade superar a crise de identidade em que se encontra. Crise de identidade como a do adolescente que, se não encarada adequadamente pelos pais, poderá conduzir a um distúrbio de comportamento, e, até mesmo, ao aparecimento de uma síndrome de despersonalização, com todos os sérios riscos para a estrutura da personalidade.

Por isso, neste momento, é fundamental o desarmamento dos espíritos, o diálogo, a compreensão, a união de todos aqueles que compõem a universidade, passageiros que somos do mesmo barco em noite de tempestade. O desentendimento gera a catástrofe, o naufrágio de toda a população.

Outros graves problemas existem, reclamando soluções, como a regularização da carreira docente. Não podemos continuar permitindo que a carreira se furte a instrumental de estímulo para o progresso daqueles que nela ingressam. É importante tomar consciência das exigências graves dessa missão, assim como da importância e da urgência de reformas administrativas e pedagógicas.

Jorge então se volta para a Faculdade de Medicina que possui questões próprias, como o debate da reforma curricular, e a obrigação do médico de cumprir plenamente seu papel de cidadão que vai ao socorro dos que sofrem nas mais diferentes e diversas comunidades. Ser médico não tem nada a ver com *status*, é o que declara sempre, ou não deveria ter, e sim com o compromisso assumido nas máximas de Hipócrates: curar, aliviar, consolar.

Em relação à nossa Faculdade de Medicina, pretendemos prosseguir a tarefa pluridimensional, iniciada por nosso antecessor, prof. Fernando Bevilacqua, grande administrador que, em atmosfera de paz e compreensão, conduziu nossa faculdade, organizando e consolidando suas células, seus departamentos, além de haver incentivado o debate da reforma curricular. Informado da complexidade dos problemas a enfrentar, capaz de lúcidas meditações e esclarecido por elevados princípios, nos legou o ilustre diretor seguras diretrizes que encaminharão nossas soluções e nortearão nossas resoluções. A ele e a todos que cogeriram o processo, o nosso aceno de gratidão e admiração.

Uma das sugestões mais fecundas é, a nosso ver, a modificação de nosso currículo médico, procurando adequá-lo à realidade histórica, política, social e econômica do país. O curso médico deve produzir homens capazes de desempenhar plenamente seu papel de cidadãos nas diversas comunidades, no seio das quais se encontram mergulhados, sensibilizando-os para o combate ao sofrimento do homem, decorrente da doença. E para desempenhar com os estudantes esta difícil função educativa, o curso médico não se deve constituir em objeto de sofrimento para aquele que deseja aprender a arte de Hipócrates.

Educação não se deve opor a lazer. Vivemos, ainda, em uma sociedade que confunde prazer com pecado. Novos métodos pedagógicos devem surgir para libertar os alunos de seus trabalhos penosos, sendo fundamental que proponham soluções acessíveis e significativas, partindo de problemas já conhecidos em seus aspectos mais concretos, para deles extrair, indutivamente, considerações mais universais. Nada mais impróprio do que uma sistematização intemporal, partida de princípios desconhecidos e formulada em linguagem esotérica, que não evoca qualquer tipo de lembrança familiar. Convém utilizar, de igual modo, temas atuais que tenham para o estudante valor vital e significação imediata.

A medicina sempre representou o pensamento da cultura, em cada momento de sua história, já que os modelos assistenciais eram, frequentemente, determinados pelo que se pensava da doença pelos recursos que a sociedade punha em disposição da medicina para combatê-la e pelos meios de que a sociedade dispunha para isso. Necessitamos, assim, adequar nosso currículo às doenças que iremos encontrar e aos meios de que dispomos para tratá-las e preveni-las.

Já ultrapassamos a fase da formação positivista, que tanto influenciou a estrutura educacional no nosso país. Não é juntando as partes que iremos formar o todo, já nos ensinaram os formuladores da teoria da Gestalt, Kafka, Koeller e Werteimer. Já ultrapassamos a época da fragmentação levando à compreensão. Chegou o momento da síntese, da captação do ser como totalidade indivisível, para entendê-lo e atuar sobre ele. Dentro desta concepção, considera-se a integração do currículo médico, no que diz respeito às disciplinas entre si, o doente e a sociedade. Dentro desta visão, se destaca o papel de médico generalista, assim como médico de família, desde que o homem está inserido na família e na sociedade. Na medida em que a realidade humana é socialmente construída, muito se poderá apreender da doença de cada um, de suas incoerências e inconsistências, através da compreensão da família, tanto no que respeita ao mecanismo de formação, como na abordagem, tratamento, e prevenção da patologia.

(...)

Estaremos, por outro lado, proporcionando ao nosso adolescente, em sua crise de identidade, a emergência e o desenvolvimento de sua vocação. E, à medida que, como indivíduo em processo de individuação, o jovem se personalize, transcenderá sua dimensão individual, inserindo-se em um todo comunitário, não mais como um indivíduo, mas como uma pessoa capaz de compartilhar.

Assumo a direção da faculdade com o compromisso de, com muito espírito de luta e coração aberto, enfrentar estes desafios e, em especial, tentar modificar nosso currículo médico, que vem se mantendo dentro das mesmas diretrizes, eivado das concepções dominantes há vinte e três anos, quando me sentava nestas salas como aluno. Convoco todos aqueles que compõem esta faculdade, professores, alunos e funcionários, para que, juntos, possamos trilhar o único caminho que realmente importa – o caminho da verdade – sem ter medo de errar.

10
O CIENTISTA PESQUISADOR
E O INBRACER

Jorge sempre se interessou por trabalhos pioneiros. Como ele declara, "é um homem que vai atrás da novidade e do futuro". Foi um dos primeiros a aprender a fazer protocolos clínicos farmacológicos que deram origem ao hoje famoso ensaio duplo cego, comparativo, randomizado para provar o efeito de moléculas para a área de medicamentos. Trabalhou com os primeiros protocolos para estudos clínicos, o que o levou a estudar psicofarmacologia, neurofisiologia e, ainda, conhecer pessoalmente, nesse processo, os construtores da história das neurociências.

Além de protocolos de ensaios clínicos hoje tão solicitados, teve a oportunidade de participar de grupos de pesquisa – e também de liderá-los –, que foram decisivos e pioneiros nas descobertas de substâncias, diagnósticos e tratamentos.

No dia 10 de outubro de 1999, Jorge recebeu o prêmio de líder da psiquiatria mundial pela *World Association Psychiatric,* oferecido aos psiquiatras que mais contribuíram para a psiquiatria mundial. Até hoje, é o único latino-americano premiado com este título.

Aqui, vamos selecionar exemplos, retirados de diferentes momentos da carreira de Jorge Alberto, que apresentam as suas contribuições no diagnóstico e no tratamento dos transtornos psiquiátricos, mentais e comportamentais.

Jorge participou de grupo coordenado pelo dr. Moggen Schou, que identificou o uso de carbonato de lítio como *gold standard* para o controle de transtorno bipolar e seu uso no controle de Depressão Unipolar. Participou desse estudo como P.I. (*Principal Investigator*) que também levou à identificação do papel da supressão da dexametasona no diagnóstico da depressão.[4]

> Eu me interessei muito pelo lítio no final dos anos 1960. E em 1970, trouxe o lítio para o Brasil, mas nenhum laboratório queria fabricar. Eu trouxe a tecnologia, a matéria-prima, meu pai manipulava e eu vendia para os meus pacientes de forma independente. Depois, ensinei meus alunos e colegas. Fiz uma tese de livre-docência sobre o uso do lítio no tratamento e na prevenção do transtorno depressivo unipolar. Depois, evoluiu muito a discussão do uso do lítio no transtorno bipolar um e bipolar dois.

O referido estudo sobre o lítio foi apresentado no concurso para prova de professor assistente da Faculdade de Medicina da Uerj. A pesquisa se debruçava sobre "O lítio em psiquiatria – sua ação profilática nas desordens afetivas endógenas recorrentes." No texto, Jorge aproveita para, ao mes-

---

[4] Outra contribuição foi o Teste da Supressão da Dexametasona para o diagnóstico preciso da depressão. O teste foi deixado de lado, mas contribuiu com muitas lições sobre o papel do eixo hipófise e hipotálamo e adrenal no funcionamento do sistema nervoso central.

mo tempo, traçar a sua visão crítica da psiquiatria da época, como podemos ver na introdução do trabalho, a seguir.

Através da história da psiquiatria, temos assistido, a cada etapa, a uma posição reducionista. O século XVIII reduziu o objeto da psiquiatria ao orgânico, e a doença mental foi encarada como doença do cérebro. A psiquiatria estudou o homem, nesse período, com os mesmos recursos metodológicos das ciências naturais, isto é, encarando o homem como objeto. Já o século XX apresenta sinais de uma ênfase à dimensão social do fato psiquiátrico que, isolado, seria reducionista, embora ofereça também a possibilidade de superação de qualquer posição reducionista.

A nosso ver, o homem não é um animal como os outros, mas não se acha fora da natureza. A história do homem consiste na transformação dos dados naturais biológicos em dados histórico-sociais. Para que a psiquiatria supere o reducionismo metodológico e o dualismo de suas concepções, ela terá que, necessariamente, encarar o homem concreto, quer sadio, quer doente, e entender a doença mental como um fato, a um tempo global e original; consequentemente, a ação terapêutica também será, necessariamente, global e individualizada.

Em princípio, a terapêutica psiquiátrica deverá compor o seu contexto, combinando as armas biológicas bioquímicas psicoterápicas e institucionais.

Em nosso meio, podemos reconhecer que a visão psicologista subjetivista tem forçado a separação entre o psíquico e o orgânico, menosprezando os avanços que a bioquímica e a neurofisiologia vêm realizando a partir de meados do nosso século.

É indiscutível que os psicofármacos ampliaram o campo de ação da terapêutica psiquiátrica, particularmente na área das chamadas psicoses.

É verdade que o uso de substâncias medicamentosas, isoladamente, oferece também o risco de se considerar a enfermidade como entidade autônoma e esquecer o homem enfermo. Pode-se, assim, assistir ao surgimento de uma situação não desejável, de os psiquiatras utilizarem os psicofármacos, sem avaliarem os mecanismos de ação e seu valor psicológico, em cada indivíduo em particular.

Se o subjetivismo é condenável, a posição dos psiquiatras, que coisificam o homem, também o é, e ambos representam certo infantilismo científico.

Somos daqueles que acreditam serem os psicofármacos um instrumento limitado, mas eficiente, quando manejados por mãos que não se esqueçam da inter-relação entre psicoterapia e medicamentos. Assim, não teríamos mais os tratamentos orgânicos ou bioquímicos, os tratamentos psicológicos e os tratamentos sociológicos, teríamos, simplesmente, o tratamento ou um tratamento, uma estratégia, individualmente, que comportaria a inclusão de todas as dimensões acima referidas.

Nosso principal objetivo, tornando público o nosso trabalho com o carbonato de lítio, no tratamento das psicoses maníaco-depressivas, foi o de facilitar aos nossos colegas brasileiros o acesso a uma bibliografia internacional extensíssima, referente ao assunto, enfatizando, ao mesmo tempo, o valor de seu conhecimento e de seu uso, como arma terapêutica.

Em nosso meio, poucos trabalhos sobre o assunto se publicaram, até hoje, quando sabemos que graças à introdução dos sais de lítio em psiquiatria, amplo campo de pesquisa se descortinou, permitindo enormes avanços no conhecimento da bioquímica das desordens afetivas. Fieve R.R., destacou a contribuição do sal de lítio para a reformulação do conceito de doenças afetivas. A bibliografia estrangeira dedica cada vez mais espaço aos trabalhos dos mais importantes centros de pesquisa internacionais, conforme se pode verificar na imensa bibliografia aferida neste trabalho.

Tivemos nossa atenção despertada para o emprego do sal de lítio nas desordens afetivas, no IV Congresso Mundial de Psiquiatria, com os trabalhos de M. Schou em 1965.

Três anos mais tarde, C. Magalhães de Freitas o introduz no Brasil e, juntamente com ele, iniciamos um trabalho, em 1969, cujos resultados preliminares foram apresentados em 1972, no I Congresso Brasileiro de Psiquiatria, em Belo Horizonte.

Continuamos, posteriormente, a utilização do lítio, tanto no tratamento das crises afetivas, como visando, igualmente, à profilaxia destes distúrbios e, após havermos ensaiado várias metodologias, que pudessem nos assegurar da validade científica de tal efeito, apresentamo-lo, neste trabalho, seguindo-se a criteriosa seleção de pacientes que, durante estes anos, vêm utilizando o carbonato de lítio, sob nosso controle clínico e laboratorial.

Resolvemos levar avante um projeto que pudesse nos demonstrar o efeito profilático do carbonato de lítio nas desordens afetivas endógenas; em primeiro lugar, por este fato ser bastante animador para os pacientes portadores destas enfermidade recorrente; em segundo lugar, para os psiquiatras clínicos que veriam recompensados seus esforços no controle destas doenças, e, por fim, pelo fato de Baastrup e Gershon, que até trabalho recente, de 1975, afirmaram ser necessário que se continue pesquisando mais o efeito profilático do lítio para determiná-lo com maior rigor, já que sabemos da dificuldade que há, em medicina, para se estabelecer com precisão o efeito profilático de qualquer droga.

O segundo exemplo é a sua participação na *Task Force* da *American Psychiatric Association* e da Organização Mundial da Saúde (OMS CID-10) que identificou e classificou Transtorno de Pânico na DSM-III, em 1982, e CID-10 como *Panic Disorder* em 1994.

Um grupo de cientistas se reuniu, com apoio de várias universidades americanas, sendo a Universidade de Harvard a principal delas, para estudar os ataques de pânico e identificar o que veio a ser chamado de transtorno de pânico. Além de Jorge, participaram da força tarefa cientistas como Gerald Klerman, Myrna Weissman, Robert Hirschfeld, Yves Pelicier, James Ballenger, Lewis Judd e Matin Keller e Donald Klein.

Verificou-se o efeito das substâncias imipramina e clorimipramina, que já eram usadas no tratamento da depressão bipolar, e que começaram a ser usadas no transtorno de pânico, nesses casos de ansiedade aguda. No entanto, a medicação que foi identificada e reconhecida como a mais eficaz é o alprazolan, no Brasil também conhecida como frontal, que continua a ser receitada atualmente.

Jorge montou um centro de diagnóstico para pânico no Hospital Pedro Ernesto ligado à Universidade Estadual do Rio de Janeiro. Procurou explicar aos médicos o conceito de transtorno, avisando sobre os sintomas característicos, para que assim os clínicos gerais, cardiologistas, endocrinologistas e outras especialidades médicas pudessem encaminhar pacientes quando notassem os sintomas de pânico. Não adiantou. Não aparecia ninguém.

Teve então a ideia de anunciar tal assunto na televisão, no programa *Fantástico* da rede Globo, dentro de um quadro que existia na época intitulado "Meio ambiente e saúde". Explicou no ar do que se tratava o ataque de pânico, enumerando os sintomas e, principalmente, chamando o paciente para se tratar no Pedro Ernesto. Um chamado que dizia: "Se você tem esses sintomas, venha, que tem tratamento!"

No dia seguinte, havia uma fila na porta do Pedro Ernesto. Os pacientes não estavam enganados, de cada dez, em torno de cinco, ou seja, metade, de fato tinham o transtorno de pânico. O próprio paciente pôde identificar aquilo que sentia e descobrir que era uma doença e que existia um caminho de controle e melhora.

Algumas características principais, sintomas e critérios de diagnóstico da doença foram definidos a partir do estudo que seguiu por alguns anos e gerou diferentes publicações. Abaixo, um resumo objetivo que foi escrito para ajudar o médico no diagnóstico.

ESTADOS DE ANSIEDADE (OU NEUROSES DE ANSIEDADE): DISTÚRBIO DE PÂNICO

As características essenciais em ataques de pânico (ansiedade) recorrentes ocorrem em ocasiões imprevisíveis, embora certas situações, por exemplo, conduzir um automóvel, se possam associar com um ataque de pânico. O mesmo quadro clínico que ocorra durante exercícios físicos violentos ou situações de perigo de vida não se designa por ataque de pânico. Os ataques de pânico manifestam-se pelo aparecimento súbito de uma apreensão intensa, medo ou terror, associados frequentemente com sentimentos de catástrofe iminente. Os sintomas que se sentem com mais frequência durante um ataque são os seguintes: dispneia, palpitações, mal-estar ou dores torácicas, sensações de sufocamento ou estrangulamento, tonturas, vertigens ou sensações de instabilidade, sentimento de irrealidade (despersonalização ou desrealização), parestesias, ondas de calor ou de frio, suores, desmaios, tremores ou contrações musculares, e também medo de morrer, enlouquecer ou de cometer um ato descontrolado durante o ataque. Os ataques duram, geralmente, minutos, mais raramente, horas.

Uma complicação usual deste distúrbio é o desenvolvimento de um medo antecipatório de não poder fazer nada para o evitar ou de perder o controle, durante o ataque de pânico, de modo que o indivíduo se torna relutante em ficar sozinho em lugares públicos, longe de casa. Quando um indivíduo evita diversas situações deste tipo, deverá se avaliar para estabelecer o diagnóstico de agorafobia com ataques de pânico, em vez de Distúrbio de pânico.

Entre ataques, é frequente o indivíduo apresentar vários graus de nervosismo e de apreensão que são caracterizados pelas habituais manifestações de expectativa apreensiva, vigilância, tensão motora e hiperatividade neurovegetativa.

Isso costuma começar no fim da adolescência ou início da vida adulta, ou na meia-idade.

Na síndrome de abstinência de algumas substâncias, como barbitúricos, e em algumas intoxicações por substâncias, como as causadas por anfetaminas, podem ocorrer ataques de pânico. Na esquizofrenia, depressão maior ou distúrbio de somatização, podem ocorrer ataques de pânico. No entanto, não se diagnostica distúrbio de pânico se eles forem devidos a estes distúrbios. O distúrbio da ansiedade generalizada pode ser confundido com a ansiedade crônica que se desenvolve frequentemente entre os ataques de distúrbio de pânico. Antecedentes de ataques de pânico recorrentes excluem um distúrbio de ansiedade generalizada. Na fobia simples ou social, o indivíduo pode apresentar um ataque de pânico quando exposto ao estímulo fóbico. No entanto, no distúrbio de pânico, o indivíduo nunca tem a certeza de quais são as situações que provocam os ataques.

CRITÉRIOS DE DIAGNÓSTICO DE
DISTÚRBIO DE PÂNICO:

Pelo menos três ataques de pânico num período de três semanas, em circunstâncias em que não se verifiquem exercícios físicos violentos ou situações de perigo de vida. Os ataques não são exclusivamente provocados pela exposição a um determinado estímulo fóbico. Não são provocados por outro distúrbio mental. Não estão associados com agorafobia.

Os ataques de pânico manifestam-se por períodos discretos de apreensão ou medo. Durante cada ataque, verificam-se, pelo menos, quatro dos seguintes sintomas:

1. Dispneia
2. Palpitações
3. Mal-estar ou dor torácica
4. Sensações de sufocamento ou estrangulamento
5. Tonturas, vertigens, ou sensações de instabilidade
6. Sentimento de irrealidade
7. Parestesias (formigamento nas mãos ou nos pés)
8. Arrepios de calor ou frio
9. Suores
10. Desmaios
11. Tremores ou estremecimentos
12. Medo de morrer, enlouquecer, ou cometer um ato descontrolado.

OUTRAS CONTRIBUIÇÕES:

Jorge também contribuiu para a descoberta das benzamidas substituídas, como a sulperide e tiapride. O grupo químico das benzamidas serviria aos sintomas negativos da psicose, anedonia, apatia, desinteresse. Havia remédios para os estados positivos da psicose, os delírios, surtos, agitação, mas pouco tinha sido descoberto para os sintomas negativos.

Por puro acaso, como costumam ser essas descobertas, Jorge notou uma ação positiva da tiapride no sono do idoso com distúrbios cerebrais: "Reportei a minha suspeita ao dono da empresa de medicamentos Sanofi, na época Delagrange, conseguindo autorização para que um grupo de Lyon verificasse a procedência da observação, o que eles confirmaram. Mais adiante, fiz um grande estudo no Japão onde a psiquiatria geriátrica é alvo de grande interesse. Passei a ser uma pessoa reconhecida no Japão graças ao estudo da tiapride que passou a ser muito utilizada, após a comprovação do efeito no sono do idoso, especialmente os que tinham quadros degenerativos cerebrais, como no Alzheimer."

Outro exemplo: ele também se debruçou muito sobre os circuitos cerebrais. Foi um dos primeiros a escrever com dois colaboradores, Jean Pierre Olié e Jean Paul Marchais, sobre a neuroplasticidade cerebral. Atualmente é um tema que se estuda muito, com várias vertentes. Em sua definição simples, a neuroplasticidade – plasticidade cerebral ou plasticidade neuronal – refere-se à capacidade do sistema nervoso de modificar sua estrutura e função em decorrência de novas experiências e de novos aprendizados.

Um programa do qual Jorge se orgulha muito, por ir ao encontro do seu ideal de justiça social e aumento das possibilidades e recursos para aqueles que não os têm, é o da Educação Continuada. O programa foi adotado na Associação Mundial de Psiquiatria quando Jorge era presidente. Não se acreditava muito que fosse dar certo, por isso mesmo, pediram que fosse chamado de *Presidential Educational Program,* ou seja, programa do presidente, pois, se desse errado, seria responsabilidade do presidente. Anos mais tarde, com o sucesso do programa, pediram que mudasse para Programa de Educação da Associação. É um programa de atualização para psiquiatras feita por módulos, respeitando a língua e a cultura de cada país, para que haja acesso à atualização dos conteúdos da área nos países mais pobres e periféricos.

O trabalho em pesquisa continua presente. Um deles é realizado a partir da tecnologia de imagem funcional. Foi o investigador principal (PI) em inúmeras pesquisas médicas no Brasil e no exterior, em especial no campo do diagnóstico, tratamento e da prevenção das doenças mentais, realizando pesquisas clínicas sobre critérios diagnósticos, desenvolvimento de instrumento de avaliação de sintomatologia psiquiátrica e também no campo da imagem funcional, com destaque para o estudo *"Default Network System"*, utilizando uma plataforma tecnológica de ressonância magnética funcional (fMRI)[5]. Assim como outros que serão citados quando falarmos sobre as neurociências e os avanços recentes na compreensão da doença mental.

---

[5] Artigo sobre o assunto no capítulo 12.

O INBRACER – INSTITUTO BRASILEIRO DO CÉREBRO

Lemos no site do Inbracer na página inicial:

"O Instituto Brasileiro do Cérebro (Inbracer) foi fundado em 2005 pelo prof. dr. Jorge Alberto Costa e Silva com o intuito de integrar profissionais altamente qualificados nas diversas áreas da saúde mental e das neurociências, disponibilizando os mais modernos métodos terapêuticos a seus pacientes. Dedicado ao diagnóstico e ao tratamento dos transtornos mentais e comportamentais pelos mais variados métodos médicos e psicológicos, o Inbracer conta com equipe multidisciplinar e com as mais modernas tecnologias."

A descrição acima, embora correta, não revela as mais de duas décadas sonhadas por Jorge com um Instituto do Cérebro. Nos anos 1980, quando os EUA declararam os anos 1980 a década do cérebro, Jorge pensava que melhor ainda seria se o ano 2000, fosse declarado o século do cérebro, o que acabou não acontecendo.

Nos anos 1990, em Hamburgo, fez parte de um grupo que realizou um grande projeto para o que seria o Instituto do cérebro, inclusive com uma Brain Expo permanente. Viu se estabelecer o *Instituto Nathan Kline* em Nova York e em Israel, com tudo sobre o cérebro. Estimulou também um grupo liderado pelo doutor Majio Sami, em Hanover, a criar o primeiro Instituto do cérebro, que veio depois a se tornar Instituto internacional de neurociências.

Trabalhou para ver se concretizar, em 1996, com apoio da OMS, o primeiro programa de neurocirurgia e saúde pública em Hanover, liderado pelo neurocirurgião argentino Armando Passos, que ensinava e realizava neurocirurgias em países africanos.

Em cada um desses passos e projetos, o desejo de fundar um Instituto do Cérebro, no Rio de Janeiro, com tudo sobre o cérebro, ganhava força. Foi procurar apoio governamental ainda no final dos anos 1990. Trabalhou nessa ideia do Instituto, reunindo pessoas, conversando, ampliando a visão, imaginando e buscando viabilizar o melhor Instituto possível, por quase oito anos. Mas finalmente o governo do Rio mudou de ideia e cancelou o projeto. Evidentemente a decepção foi grande, mas ele decidiu fazer o próprio Instituto, de forma mais simples, de tamanho menor, considerando-se que é uma iniciativa privada voltada para a clínica, e não um grande empreendimento público, como seria o anterior.

Registrou o nome Inbracer e começou a implementar, além da clínica, parcerias com alunos da PUC para que houvesse também uma ligação com o ensino e a pesquisa. Além de realizar, como já vinha acontecendo há muitos anos no local, ainda com outro nome, pequenos seminários com profissionais convidados do mundo todo.

O Inbracer trabalha com tecnologia de ponta para diagnóstico e tratamento. Por exemplo, tem uma parceria com o google na produção de filmes de realidade virtual que são visualizados com os óculos do google para o tratamento de fobias. São exercícios de dessensibilização em relação à experiência causadora da fobia, como altura ou aranha.

Também trabalha com neuromodulação, Estimulação Magnética Transcraniana de repetição (EMTr), com suas mais variadas indicações, especialmente depressão grave que não respondeu a medicamentos. Um dos poucos lugares no Rio de Janeiro onde esse tratamento é oferecido.

Conta também com EEG digital de alta resolução, plataformas tecnológicas para auxílio no diagnóstico e tratamento de alterações cognitivas na criança e no idoso (neuropsicologia), além de atendimento médico na área de psiquiatria para adultos, idosos, crianças e adolescentes; neurologia clínica; e psicólogos especializados em psicologia clínica, psicoterapia breve, terapia cognitivo-comportamental (TCC), psicanálise, psicoterapias de grupo, de casal e de família, terapia de apoio ao luto, orientação vocacional, avaliação psicológica global; além de instrução de *mindfullness* em grupo e individual.

Trabalha no sentido de aperfeiçoar o uso de Inteligência Artificial no tratamento e na identificação de transtornos mentais, com alguns aparelhos já citados, e outros. São eles: ressonância magnética, eletroencefalograma quantitativo de alta resolução, neuromodulação, realidade virtual, neurofeedback e neurorreabilitação cognitiva.

Além disso, desenvolve, continuamente, programas de atualização, acadêmicos e científicos nas mais variadas áreas da saúde mental.

PARTE IV
A MENTE

11

OS AVANÇOS RECENTES NA COMPREENSÃO DA DOENÇA MENTAL

Um depoimento:

A minha história com as neurociências começou com a leitura. Falei sobre a importância de Victor Hugo e Proust para mim. Uma leitura também fundamental foi *O alienista*, de Machado de Assis, um livro pequeno e próprio para a minha idade na época, uns 14, 15 anos. Eu já começava a entender que a vida consciente não era somente aquilo que nós víamos. Havia significados ocultos.

Apesar de ter tido uma infância muito boa, pais amorosos, família nuclear e a mais larga cheias de afeto, uma infância alegre e amorosa, quis fazer psicanálise e meu pai me perguntou por quê. Eu disse que queria me conhecer, o que ia dentro da minha cabeça. Não é somente o que eu vejo, mas também o que não vejo. Fiz uma psicanálise clássica.

Quando terminei a Faculdade de Medicina, eu me interessei muito pela medicina interna, por compreender como o corpo humano funciona, como a matéria repercute sobre a alegria, a tristeza, a felicidade, a infelicidade, a saúde e a doença, a vida e a morte. Fui buscando um caminho, e como o caminho se faz caminhando, passei pela endocrinologia, pela neurologia, e já havia me encantado pela neurofisiologia e até pela anatomia do sistema nervoso, até que caí na psicologia médica e na psiquiatria. Vim a ser professor titular por concurso de provas e títulos das duas disciplinas, da Faculdade de Ciências Médicas da Uerj. Fui um dos primeiros a fazer a divisão de psiquiatria e psicologia médica. Antes de mim ou junto comigo nessa empreitada estiveram o prof. Leme Lopes, Eustáchio Portella Nunes e Adolfo Hoirish, todos infelizmente já falecidos.

Considerei ser psicanalista, mas minha passagem pelo Instituto Karolinska me levou para um outro mundo. A psicanálise quase não mais existia lá e surgiu o mundo das neurociências e a metodologia de pesquisa, que me fisgaram. O sistema nervoso, cérebro e mente, medicamentos, a fisiologia, biologia e a junção do sistema nervoso e o sistema neuroendócrino. Eu fui me encantando pela mente humana, aquilo que emerge do funcionamento do sistema nervoso e do corpo humano como um todo. Aprendi que o cérebro consome grande parte do oxigênio e da glicose que alimentam o corpo, um órgão de um quilo e meio de peso, de pequena dimensão.

A minha carreira caminhou lado a lado com o maior conhecimento e o desenvolvimento da fisiologia, da fisiopatologia, do funcionamento do cérebro, do sistema nervoso central e a integração dele. A grande função do cérebro é processar todas as informações do mundo externo propiciando as condições para a emersão da consciência.

Sou fruto entre a passagem de uma psiquiatria psicológica, para uma psiquiatria biológica, e finalmente para uma psiquiatria holística, integrada, em que tudo é um fenômeno só.

Comecei a estudar e estudo até hoje a relação da mente com o cérebro. Como dizia Gerald Edelman, nós temos coração, pulmão, fígado, pâncreas, mas nós somos o nosso cérebro. Eu acabei virando um astrônomo da mente, pois descobri que o verdadeiro universo está dentro da mente humana. Esta é a minha paixão. Hoje, eu entendo que o cérebro é constituído de matéria, a última parte da matéria é o átomo e ele está todo regido pelas leis da física clássica, dentro do tempo e do espaço. Porém, no fundo do átomo, dentro do nosso corpo, nós temos também as partículas elementares que são os prótons, nêutrons, elétrons, e muita coisa que ainda vai ser descoberta. Um outro universo dentro deste universo que está fora do tempo e do espaço. Tudo indica que a consciência faz parte deste universo. É impossível compreendê-lo através da física clássica.

Fui procurando entender todos esses fenômenos e percebendo que todas as leis e a consciência do universo estão unidas. O cérebro é, na verdade, um grande campo eletromagnético formado de várias substâncias. Pouco a pouco, eu fui entendendo que o verdadeiro universo infinito está dentro do nosso cérebro e se expressa na nossa mente. O cérebro é a grande fonte material para a emersão de uma fonte imaterial chamada consciência, esta sim infinita, pois está fora do tempo e do espaço.

Viemos evoluindo, procurando entender esse fenômeno e percebemos que todas as mentes, todas as consciências do universo estão unidas. Existem estudos específicos, por exemplo, há um estudo famoso que foi feito por um grupo de cientistas da Universidade de Yale em que colocavam pessoas que eram treinadas juntas para tentar ligar os dois cérebros através de exercícios comuns durante algum tempo, depois essas mesmas pessoas eram colocadas em gaiolas de Faraday, que criam o efeito de uma blindagem eletrostática. Cada uma era colocada a quilômetros de distância da outra, dentro das gaiolas, então com aparelhos que alteravam as ondas cerebrais de um dos participantes, e no momento que no parceiro era feita a estimulação com a alteração na hora visível, aparecia uma mesma alteração no seu parceiro que estava do outro lado do *campus*. Essa pesquisa foi muito difundida e até hoje é estudada de uma maneira mais profunda, e a pergunta é se os cérebros conversam entre si, mais do que isso, se eles se alinham sem que haja nenhum esforço consciente para isso. Tudo indica que sim, de acordo com estudos sobre a sincronia dos impulsos cerebrais entre seres humanos realizados por Moran Cerf, professor de neurociência de Universidade de Northwestern, nos Estados Unidos. E o que se tem descoberto é que, quando as pessoas passam tempo juntas, suas ondas cerebrais começam a se parecer e, em alguns casos, podem chegar a ser idênticas.

"Ao compartilhar (a companhia e experiências) com alguém, são produzidos alinhamentos entre os dois cérebros", diz o neurocientista em entrevista à BBC. "As pessoas mais próximas a você têm um impacto na maneira como você se relaciona com a realidade maior do que se pode perceber ou explicar. E uma das consequências disso é se tornar parecido com essas pessoas", complementa o neurocientista. Em resumo, você é fruto das pessoas com quem você mais convive, portanto, *escolha bem as suas companhias*, aquele velho conselho passado de uma geração para outra vem ganhando comprovação científica.

As neurociências abrangem tudo isso e mais, investigam as nossas emoções, a cognição, a memória, as tomadas de decisão, o chamado novo inconsciente, a conexão do cérebro com a mente e a ligação da inteligência artificial com a mente. Hoje as neurociências trabalham com físicos, astrônomos, matemáticos, algorítmos, inteligência artificial e também com as descobertas do telescópio James Webb que tem sua trajetória ao redor do sol.

AVANÇOS RECENTES NA COMPREENSÃO DA DOENÇA MENTAL DEFAULT NETWORK

Durante as últimas décadas, os psiquiatras tornaram-se cada vez mais conscientes de que as doenças mentais são doenças com participação do cérebro que podem ser compreendidas e tratadas com ferramentas científicas. Estamos atualmente no meio de uma era de ouro da pesquisa biomédica. Estamos mapeando o cérebro humano e o genoma humano, a epigenética. O cérebro contém aproximadamente 100 bilhões de neurônios e o genoma humano contém cerca de 25.000 genes em todas as partes do corpo, mas a maioria está ativa no cérebro. Hoje, o mapeamento do cérebro é possível por meio de várias novas tecnologias.

O cérebro é suscetível a muitos distúrbios diferentes que ocorrem em todas as fases da vida. Os distúrbios do desenvolvimento, como autismo e dislexia, aparecem pela primeira vez na primeira infância. Doenças psiquiátricas como depressão e esquizofrenia são normalmente diagnosticadas na adolescência ou no início da idade adulta, embora suas origens possam estar presentes muito mais cedo na vida. À medida que envelhecemos, tornamo-nos cada vez mais suscetíveis à doença de Alzheimer, à doença de Parkinson, ao derrame e a outras doenças.

Os distúrbios cerebrais estão entre os problemas de saúde mais graves que nossa sociedade enfrenta, causando sofrimento humano incalculável e enormes custos econômicos. Eles também estão entre as mais misteriosas de todas as doenças, e nossa ignorância dos mecanismos subjacentes é um grande obstáculo para o desenvolvimento de melhores tratamentos.

O que é necessário não é simplesmente mais drogas, mas haver novas abordagens terapêuticas baseadas em uma compreensão fundamental dos mecanismos cerebrais. Nossos esforços de tradução devem, portanto, apoiar-se em uma base sólida de descobertas de pesquisa básica – o motor que impulsiona novas aplicações práticas.

Os tratamentos existentes, seja por meio de drogas químicas ou terapia comportamental, são, na melhor das hipóteses, apenas parcialmente eficazes. A ausência de bons modelos animais e nosso desconhecimento dos mecanismos biológicos que causam essas doenças são os principais obstáculos para o desenvolvimento do tratamento.

No entanto, há boas razões para estar otimista pelo fato de que a psiquiatria está no início de uma nova era. Os últimos anos viram enormes avanços na genética humana e os pesquisadores estão descobrindo rapidamente os fatores de risco genéticos para as principais doenças psiquiátricas. Novas tecnologias de imagem permitem-nos estudar como fatores genéticos e ambientais afetam o cérebro. Por meio da integração da neurociência e da física, os pesquisadores agora podem usar tecnologias de imagem de alta resolução para observar como o cérebro está estrutural e funcionalmente conectado em humanos vivos. Ao mesmo tempo, os avanços na biologia molecular levaram a novos modelos que fornecerão percepções fundamentais sobre os mecanismos da doença e, em última instância, sobre o desenvolvimento de novas terapias que são tão urgentemente necessárias.

Apesar dos muitos avanços da neurociência nos últimos anos, as causas subjacentes da maioria das condições neurológicas e psiquiátricas permanecem amplamente desconhecidas, devido à vasta complexidade do cérebro humano. Se quisermos desenvolver maneiras eficazes de aliviar o sofrimento dessas condições devastadoras, os pesquisadores primeiro precisarão de um arsenal mais abrangente de ferramentas e informações para compreender como o cérebro funciona tanto na saúde quanto na doença.

O estudo do cérebro é considerado a fronteira científica final. Será que vamos perder de vista a mente na época da ciência do cérebro? Embora os escaneamentos sejam sensacionais e a tecnologia uma maravilha incontestável, é importante lembrar que o cérebro e a mente são duas estruturas diferentes. Um é baseado no domínio neurobiológico, com base nas causas físicas, os mecanismos por trás de nossos pensamentos e emoções. A outra é baseado no domínio psicológico, que como subproduto da mente humana talvez seja regido pelas leis da física quântica. O reino da mente é composto de pessoas – seus desejos, intenções, ideais e ansiedades. Ambos são essenciais para uma compreensão completa do comportamento humano.

De qualquer modo, a imensa complexidade do cérebro significa que acelerar a descoberta em seu entendimento exigirá colaboração global. Grandes programas de pesquisa colaborativa para estudar o cérebro estão atualmente em andamento em muitos países, junto com iniciativas para criar uma rede global de pesquisadores com o objetivo comum de compreender como o cérebro funciona e como tratar doenças e distúrbios cerebrais. Muitos desses programas são descritos nos sites de NIH, NIMH, MIT, E.U etc. Resumimos alguns desses programas relevantes.

Um desses programas é o *Brain Research through Advancing Innovative Neurotechnologies, a BRAIN Initiative*, lançado como um grande desafio por Barack Obama em abril de 2013, com o objetivo de compreender o cérebro em vários níveis. Com um orçamento inicial de $ 100 milhões, a iniciativa complementa outros projetos, como o *Human Connectome Project*, financiado pelo NIH, um projeto colaborativo trabalhando para mapear a conectividade do cérebro humano e sua variabilidade em mais de 1.200 adultos.

A *BRAIN Initiative* é parte de um novo enfoque que visa a revolucionar nossa compreensão do cérebro humano.

Ao acelerar o desenvolvimento e a aplicação de tecnologias inovadoras, os pesquisadores serão capazes de produzir uma nova imagem dinâmica revolucionária do cérebro que, pela primeira vez, mostra como células individuais e circuitos neurais complexos interagem no tempo e no espaço. Essa imagem preencherá lacunas importantes em nosso entendimento atual e abrirá caminho para novas oportunidades para explorar exatamente como o cérebro permite que o corpo humano integre grandes quantidades de informações, tudo na velocidade do pensamento.

Já a Comissão Europeia (CE) aprovou € 1 bilhão para financiar o Projeto Cérebro Humano (HBP), estabelecido em 2013, uma colaboração de vinte e quatro países e mais de cem instituições. Os objetivos do HBP são desenvolver plataformas de tecnologia de informação e comunicação (TIC) para coletar e integrar dados de pesquisa do cérebro. Com essa informação, um modelo computacional do cérebro humano pode ser criado. Sua visão principal, é ambiciosa: desenvolver modelos físicos de circuitos neurais humanos em silício usando microeletrônica, com a capacidade de se auto-organizar e se adaptar. O desenvolvimento de plataformas de TIC integrará neurociência, medicina e ciência da computação. Um total de cento e doze parceiros em toda a Europa reuniram recursos para atingir os objetivos do HBP, e uma parceria com a Iniciativa BRAIN nos Estados Unidos foi anunciada em março de 2014.

O HBP é dirigido por cientistas da École Polytechnique Fédérale de Lausanne (neuroinformática e simulação cerebral) e codirigido por cientistas da Universidade de Heidelberg (computador), do Hospital Universitário de Lausanne e da Universidade de Lausanne (médica). O projeto envolve centenas de pesquisadores, de 1235 instituições parceiras em vinte e seis países. Estimado em € 1,19 bilhão, dos quais € 555 milhões iriam para pessoal, o projeto é financiado pela Comissão Europeia por meio de sua bolsa emblemática de Tecnologias Emergentes e Futuras (FET).

As tecnologias geradas pelo HBP e outros projetos semelhantes oferecem diversas possibilidades para outros campos de pesquisa. O projeto criará uma melhor compreensão do cérebro humano e suas funções, bem como facilitará a pesquisa médica relacionada à cura e ao desenvolvimento do cérebro. Por exemplo, o modelo do cérebro pode ser usado para investigar assinaturas de doenças e o impacto de certos medicamentos, levando a melhores (e mais precoces) métodos de diagnóstico e tratamento. Em última análise, esses desenvolvimentos levarão a opções médicas mais avançadas, disponíveis para os pacientes a um custo menor.

O design do cérebro humano artificial também levará a desenvolvimentos na engenharia de chips de computador, assim como no desenvolvimento de novas técnicas de supercomputação e eficiência energética modeladas com o cérebro humano como exemplo. As plataformas do projeto incluem as de neurorrobótica, computação neuromórfica e computação de alto desempenho. Os desenvolvimentos computacionais podem ser estendidos a domínios como mineração de dados, telecomunicações, eletrodomésticos e outros usos industriais.

Também é crucial observar as consequências éticas de longo prazo de tal projeto. O projeto segue uma política de Inovação Responsável. O Programa de Ética e Sociedade, com os subcomitês de Comitê de Ética, Leal e de Aspectos Sociais (ELSA) e Comitê de Ética em Pesquisa (CEP), é responsável pelo monitoramento do uso de voluntários humanos, sujeitos animais e dos dados coletados. As implicações na sociedade, na indústria e na economia europeias devem ser investigadas pelo *Foresight Lab* do programa.

Na China, o Ministério da Ciência e Tecnologia financiou o Projeto *Brainnetome,* em 2010, um dos mais de cinquenta projetos relacionados à pesquisa no cérebro e seus distúrbios. Lançado em 2013, o *Brainnetome* está em colaboração com a Universidade de Queensland e o Instituto de Automação da Academia Chinesa de Ciências, e tem o objetivo de usar técnicas de imagem avançadas e análise computacional para mapear redes neurais normais e doentes.

Uma vez que a mente e a molécula se encontram, a prevenção é possível e melhorias no tratamento se seguirão. Neste século, nosso conhecimento combinado do genoma humano e do cérebro humano nos permitirá desenvolver novas armas contra as doenças mentais.

O Projeto Genoma Humano (HGP) foi um projeto de pesquisa científica internacional, com o objetivo de determinar a sequência de pares de bases químicas que compõem o DNA humano e de identificar e mapear todos os genes do genoma humano, tanto do ponto de vista físico quanto funcional. Continua a ser o maior projeto biológico colaborativo do mundo. O projeto foi proposto e financiado pelo governo dos Estados Unidos; o planejamento teve início em 1984, foi lançado em 1990 e foi declarado concluído em 2003. Um projeto paralelo foi conduzido fora do governo pela *Celera Corporation*, ou *Celera Genomics*, que foi formalmente lançado em 1998. A maior parte do sequenciamento patrocinado pelo governo foi realizada em vinte universidades e centros de pesquisa nos Estados Unidos, Reino Unido, Japão, França, Alemanha e China.

O Projeto Genoma Humano, originalmente, visava a mapear os nucleotídeos contidos em um genoma de referência humano (mais de três bilhões). O "genoma" de qualquer indivíduo é único; mapear "o genoma humano" envolve o sequenciamento de múltiplas variações de cada gene.

O *Human Proteome Project* (HPP) é um esforço colaborativo coordenado pela *Human Proteome Organization* (HPO). Seu objetivo declarado é observar experimentalmente todas as proteínas produzidas pelas sequências traduzidas do genoma humano. O HPO tem servido como um órgão de coordenação para muitos projetos de pesquisa de longa duração associados a tecidos humanos específicos de interesse clínico, como plasma sanguíneo, fígado, cérebro e urina. Também tem sido responsável por projetos associados a tecnologias e padrões específicos necessários ao estudo de proteínas em larga escala.

A estrutura e os objetivos de um projeto maior, que seria paralelo ao Projeto Genoma Humano, têm sido amplamente debatidos na literatura científica. Resultante deste debate e de uma série de reuniões nos Congressos Mundiais da Organização do Proteoma Humano em 2009, 2010 e

2011, foi definido o Projeto Proteoma Humano como sendo composto por dois subprojetos, C-HPP e B / D-HPP. O C-HPP será organizado em vinte e cinco grupos – um por cromossomo humano. O B / D-HPP será organizado em grupos pela relevância biológica e da doença das proteínas.

As operações em andamento do Projeto Proteoma Humano baseado em cromossomos foram o assunto de uma edição especial do *Journal of Proteome Research* (3 de janeiro de 2014, volume 13, edição 1). O *status* do projeto geral foi discutido em Editorial da mesma edição. Como definir métricas que são significativas para a variedade de protocolos experimentais sendo usados é um assunto em debate: as métricas de consenso atuais foram publicadas.

O *Human Connectome Project* (HCP) é um projeto de cinco anos patrocinado por dezesseis componentes do *National Institutes of Health* dividido entre dois consórcios de instituições de pesquisa. O projeto foi lançado em julho de 2009 como o primeiro dos três grandes desafios do *Blueprint for Neuroscience Research* do NIH. O objetivo do *Human Connectome Project* é construir um "mapa de rede" que vai lançar luz sobre a conectividade anatômica e funcional dentro do cérebro humano saudável, bem como produzir um corpo de dados que facilitará a pesquisa em doenças cerebrais, como dislexia, autismo, doença de Alzheimer e esquizofrenia.

Avanços mais recentes na pesquisa do cérebro, em combinação com o consenso científico de que a mente realmente emerge como resultado das atividades do cérebro, levaram à noção de um novo projeto de *Década da Mente*, dedicado a compreender o fenômeno da mente no contexto da neurociência e da psicologia. Ao contrário da Década do Cérebro, que se concentrou na neurociência e em aplicações clínicas, a iniciativa Década da Mente se propôs a ser transdisciplinar em sua abordagem, exigindo a integração de campos díspares, como ciências cognitivas, medicina, neurociência, psicologia matemática, engenharia e ciência da computação.

UM DOS PILARES DA NEUROCIÊNCIA MODERNA É O MAPEAMENTO DO CÉREBRO

O mapeamento cerebral pode ser entendido como técnicas de neurociência que estudam a anatomia e a função do cérebro e da medula espinhal por meio do uso de imagens, incluindo imagens intraoperatórias, microscópicas, endoscópicas e multimodais, imuno-histoquímica, molecular e optogenética, células-tronco, engenharia (material, elétrica e biomédica), neurofisiologia e nanotecnologia, conforme definição estabelecida em 2013 pela *Society for Brain Mapping and Therapeutics* (SBMT).

Toda neuroimagem pode ser considerada parte do mapeamento cerebral e o mapeamento cerebral pode ser concebido como uma forma superior de neuroimagem, não apenas produzindo imagens cerebrais, mas também processamento ou análise de dados adicionais, como mapas projetando medidas de comportamento em regiões cerebrais. Um desses mapas, denominado conectograma, representa regiões corticais em torno de um círculo, organizadas por lóbulos. Os círculos concêntricos dentro do anel representam várias medidas neurológicas comuns, como espessura cortical ou curvatura. No centro dos círculos, as linhas que representam as fibras da substância branca ilustram as conexões entre as regiões corticais, ponderadas por anisotropia fracionada e força de conexão.

As técnicas de mapeamento cerebral estão em constante evolução e contam com o desenvolvimento e o refinamento de técnicas de aquisição, representação, análise, visualização e interpretação de imagens. A neuroimagem funcional e estrutural é o núcleo do aspecto de mapeamento cerebral.

No final da década de 1980, nos Estados Unidos, o Instituto de Medicina da Academia Nacional de Ciências foi encarregado de estabelecer um painel para investigar o valor da integração de informações neurocientíficas em uma variedade de técnicas. É de interesse específico o uso de imagens de ressonância magnética estrutural e funcional (fMRI), ressonância magnética de difusão (dMRI), magnetoencefalografia (MEG), elecroencefalografia (EEG), tomografia por emissão de pósitrons (PET), espectroscopia de infravermelho próximo (NIRS) e outras varreduras não invasivas técnicas para mapear anatomia, fisiologia, perfusão, função e fenótipos do cérebro humano. Os cérebros saudáveis e doentes podem ser mapeados para estudar a memória, o aprendizado, o envelhecimento e os efeitos das drogas em várias populações, como pessoas com esquizofrenia, autismo e depressão clínica.

O problema de explicar a Mente é tão complexo que exige uma "grande ciência" para fazer um progresso real.

O esforço originou-se de preocupações na comunidade científica de que a pesquisa da mente (em oposição à pesquisa simplesmente do cérebro) havia recebido apoio inadequado em relação à sua importância na vida humana. O projeto Década da Mente começou com uma conferência dos principais cientistas dos EUA na George Mason University, em maio de 2007, que levou ao Manifesto da Década da Mente, publicado como uma carta ao editor na *Science*. De acordo com seus princípios, a iniciativa deve ser transdisciplinar e multiagência em sua abordagem, com o sucesso dependendo da integração das ciências cognitivas, medicina, neurociência, psicologia, matemática, engenharia, neurotecnologia e ciência da computação. Outros *insights* importantes precisarão vir de áreas tão diversas como biologia de sistemas, antropologia cultural, ciências sociais, robótica e tecnologia de automação. Por essas razões, a Década da Mente contemplou quatro grandes áreas:

1) Enriquecer: ciências cognitivas, neurociências e psicologia.
2) Curar e Proteger: medicina, neurociência, psiquiatria.
3) Compreender: ciência cognitiva, ciência da computação, neurociência.
4) Modelar: ciência da computação, engenharia, matemática.

Enriquecer a mente: Melhorar os resultados da aprendizagem na educação é um componente-chave da iniciativa.

Aqui, a esperança é que os avanços na pesquisa em neurociência possam ser aplicados aos ensinos fundamental e médio.

Curar e proteger a mente: Esta é a noção de melhorar a saúde pública, melhorando ou curando doenças do cérebro que afetam a mente. Um exemplo de tal doença é a doença de Alzheimer. A redução da carga de tais doenças seria um grande resultado.

Compreender a mente: Este aspecto da iniciativa busca entender como a mente realmente emerge da atividade funcional do cérebro. Algumas das principais características da mente que ainda não foram compreendidas incluem a consciência, a memória e os sonhos. O mistério da mente continua sendo um dos maiores desafios científicos para esta e as futuras gerações.

Modelar a mente: Uma abordagem-chave para compreender a mente é modelá-la analiticamente ou usando computadores. Esses modelos mentais podem facilitar a criação de novas hipóteses que podem ser testadas no laboratório ou na clínica. Modelar a mente também pode permitir a criação de novos aplicativos, tecnologias e invenções.

Vencer a batalha contra as doenças mentais exige que saibamos quais armas devemos usar e para onde devemos apontá-las. Por muitos anos, nosso arsenal foi primitivo. Usando princípios racionais, derivados de nosso conhecimento da biologia molecular e celular para nos guiar, logo entenderemos como as mudanças em um ponto de um sistema biológico dinâmico complexo se traduzem em mudanças no cérebro e na mente humana, e como essas afetam outros locais em uma eficiente cascata.

Então, graças à imagem de ressonância magnética funcional (fMRI), tomografia por emissão de pósitrons (PET), tomografia computadorizada (TC), magnetoencefalografia (MEG) e espectrometria cerebral, agora temos mapas de um "terreno cerebral normal" que nos mostram onde observar quando queremos entender como a mente-cérebro é capaz de aprender, lembrar ou sentir emoções. Essas técnicas engenhosas também nos mostraram como várias regiões do cérebro se conectam umas às outras, dando-nos diagramas de fiação cada vez mais refinados de conexões neuronais e nos fornecendo mapas de circuitos anatômicos. Também temos mapas de circuitos químicos, que nos mostraram as distribuições dos vários sistemas neuroquímicos do cérebro e como eles interagem entre si para enviar mensagens específicas ou para ajustar o nível de atividade dentro de regiões, estimulando ou inibindo as células nervosas próximas. As técnicas da biologia molecular nos darão a capacidade de atacar com precisão, enquanto nossos mapas do terreno cerebral nos darão os alvos que devemos mirar.

Usando as ferramentas de neuroimagem *in vivo*, como ressonância magnética e PET, encontramos novos e às vezes inesperados "locais do inimigo". Esses estudos de neuroimagem sugerem que devemos explorar alvos alternativos, tanto para o desenvolvimento de novos tratamentos quanto para a busca de causas. Temos trabalhado em uma dessas novas metas, que é entender o papel da rede padrão na doença mental.

REDE DE MODO PADRÃO E DOENÇA MENTAL

Um dos objetivos da neurociência clínica é entender a fisiopatologia das doenças mentais, como esquizofrenia e depressão. Vários métodos à nossa disposição foram capazes de mostrar os efeitos da doença psiquiátrica e como diferentes partes do cérebro respondem a estímulos cognitivos, sensoriais e emocionais, como EEG, PET e fMRI.

Os estudos de fMRI geralmente envolvem a comparação da ativação de certas partes do cérebro durante tarefas específicas com uma tarefa de linha de base de controle, geralmente a condição nomeada de "estado de repouso" (RS). Embora essa condição de estado de repouso tenha sido tradicionalmente a linha de base para a maioria das tarefas de fMRI, os neurocientistas observaram recentemente que, mesmo em repouso, algumas regiões do cérebro são mais ativas do que durante as tarefas que exigem que o sujeito esteja ativamente envolvido, usando a atenção e a memória. Este padrão de ativação foi denominado rede de modo padrão do cérebro, ou rede padrão:

> Quando não está envolvido em atividades que demandam atenção ou dependentes de estímulos, o cérebro muda para um modo padrão de pensar que independe de estímulos externos e acredita-se ser caracterizado por introspecção, memórias autobiográficas e pensamento sobre o futuro. De acordo com os neurocientistas, essa rede padrão foi descrita como operando uma "rede distribuída em grande escala na qual a atividade neural em diferentes regiões do cérebro aumenta e diminui espontaneamente em sincronia temporal".

Esta nova janela para as bases neurais dos pensamentos humanos espontâneos, cognição e emoções, e como isso difere nas doenças neuropsiquiátricas, é crucial para uma compreensão mais abrangente da doença mental. Estamos revisando o que se sabe sobre a rede padrão na depressão e em outras doenças mentais que afeta o modo como processamos as emoções.

TENDÊNCIAS EMERGENTES E DIREÇÕES FUTURAS

A rede padrão do cérebro é um conceito relativamente novo em como vemos a organização e a função do cérebro. Como uma das tendências emergentes na pesquisa em neurociência, a rede padrão parece ter um papel importante em nossa compreensão da atividade cerebral intrínseca básica e sua organização funcional em larga escala. Embora não tenhamos considerado as questões de uma perspectiva celular nesta revisão, tais visões são um aspecto crucial para integrar nossa compreensão do cérebro a partir do nível molecular e traduzi-la em mudanças em níveis hierárquicos superiores, em alterações, em doenças e distúrbios cerebrais. Uma revisão de estudos e tópicos recentes em neurociência demonstra um grande interesse no papel da rede padrão em doenças como Alzheimer e depressão, que desafiam uma explicação simples. Nos próximos anos, a rede padrão provavelmente será uma área proeminente de interesse na pesquisa do cérebro, ainda mais à medida que compreendemos seu verdadeiro papel na função cerebral.

AMBIENTE URBANO E TRANSTORNOS PSIQUIÁTRICOS: UMA REVISÃO DA NEUROCIÊNCIA E DA BIOLOGIA

A epigenética nos mostrou que, entre inúmeros fatores que influenciam a expressão genética, está o ambiente e assim resumimos um os artigos do autor que aborda este tema, contando com a colaboração de um de seus assistentes, Dr. Ricardo Steffen.

A maior parte da população mundial agora vive em cidades. Embora morar em cidades tenha riscos e benefícios para a saúde, a saúde mental costuma ser considerada negativamente afetada pela urbanidade. Enquanto transtornos de saúde mental têm etiologia complexa e múltiplas causas, foi demonstrado em vários estudos observacionais que o humor e os transtornos de ansiedade são mais prevalentes nos centros urbanos e a incidência vem aumentando. Além disso, a incidência de esquizofrenia é fortemente aumentada em pessoas nascidas e criadas nas cidades. Estudos sobre os efeitos da urbanidade no cérebro, no entanto, são mais desafiadores de realizar, uma vez que fatores individuais e ambientais são difíceis de distinguir.

O principal objetivo deste artigo é revisar os estudos sobre como processos neurais específicos modelam as associações entre urbanicidade e transtornos psiquiátricos e como os fatores ambientais afetam a regulação genética (epigenética). Estudos de neuroimagem mostraram como os estressores urbanos podem afetar o cérebro, usando imagens de ressonância magnética funcional (fMRI). Tem havido demonstrações de que a educação urbana e a vida na cidade têm impactos dissociáveis no processamento de avaliação social do estresse em humanos.

Viver na cidade foi associado ao aumento da atividade da amígdala e a educação urbana demonstrou afetar o córtex cingulado anterior perigenual, uma região-chave para a regulação da atividade da amígdala, o afeto negativo e o estresse. Além disso, estudos sobre epigenética mostraram associações entre a exposição a características do ambiente e padrões de metilação.

O objetivo de compreender como os ambientes urbanos atuam como fator de risco para transtornos mentais pode ser perseguido em vários níveis. Pode ser abordado medindo os efeitos de fatores econômicos (desemprego, nível socioeconômico), condição social (suporte de rede social), exposições ambientais (toxinas, poluição do ar, ruído, luz), que devem ser pesados para identificar como contribuem para os transtornos mentais.

Hoje, mais de 50% da população mundial vive nas cidades. Espera-se que, até 2050, este número aumente para 70%, com mais da metade vivendo em cidades com uma população de 500.000 ou mais. Enquanto morar em cidades têm benefícios, como mais acesso a melhores cuidados de saúde, empregos e educação, isso também leva a aumentar a exposição a fatores de risco originados do ambiente urbano social ou físico (por exemplo, pobreza, barulho, poluição), contribuindo para o aumento do estresse e problemas de saúde mental.

Foi demonstrado que os transtornos de humor e ansiedade são mais prevalentes nos centros urbanos e sua incidência vem aumentando. Meta-análises de estudos sobre a prevalência de doenças mentais entre os indivíduos que vivem em ambiente urbano têm mostrado que, para transtornos psiquiátricos em geral, a prevalência aumenta em 38%.

Para transtornos de ansiedade, há aumento de 21% e para transtornos de humor, é maior em 39%. Uma vez que são resultados de observações de estudos longitudinais, o ajustamento dos fatores é uma das suas limitações, mas, mesmo quando controlado por fatores conhecidos como a idade, a classe, a situação econômica, o gênero, a etnia, as disparidades de prevalência entre as configurações urbanas e rurais perdura.

Embora, vários estudos observacionais tenham mostrado que o risco de desenvolver doenças mentais é geralmente mais alto em ambientes urbanos, o exemplo mais marcante foi o risco de desenvolver esquizofrenia. Um dos primeiros relatórios relacionando a vida urbana com o transtorno mental foi o aumento da incidência de esquizofrenia no interior da cidade de Chicago, quando comparada com a periferia da cidade.

A ligação entre esquizofrenia e ambiente urbano foi demonstrada em vários estudos, de países europeus à China. Dentro um estudo realizado na Dinamarca, por exemplo, o risco de desenvolver a esquizofrenia era mais de duas vezes maior se a pessoa vivesse seus primeiros quinze anos em um grande centro urbano, em comparação com áreas rurais. Outros estudos observacionais também corroboraram o maior risco, com demonstrações de uma relação dose-resposta entre o risco de esquizofrenia e viver em ambiente urbano.

Embora existam vários estudos epidemiológicos mostrando uma clara ligação entre a educação urbana e o aumento do risco de doença mental, eles se concentram principalmente em fatores de risco e não são projetados para explicar estas observações epidemiológicas, mas apenas para demonstrar a associação.

Recentemente, tem havido um interesse crescente em tentar entender os mecanismos subjacentes a essas observações, particularmente através da identificação de explicações biológicas ligando características do meio ambiente urbano e saúde mental. Houve pesquisa documentando o papel das mudanças na função imunológica, modificações epigenéticas e mudanças na função cerebral. Avanços nos estudos de neuroimagem, combinando técnicas de ressonância magnética funcional (fMRI), começaram a mostrar os efeitos de como a vida urbana afeta mecanismos cerebrais específicos e o processamento do estresse social.

ESTUDOS DE NEUROCIÊNCIA SOBRE OS EFEITOS DA URBANIDADE E DOENÇAS MENTAIS

Lederbogen e colegas mostraram como a vida e a educação urbanas estão associadas à forma como o cérebro responde a fatores de estresse. Eles postularam um possível mecanismo pelo qual a urbanicidade contribui para a forma como os indivíduos respondem ao estresse social agudo. O estudo, com base na realização de uma tarefa de estresse durante uma ressonância magnética, expôs trinta e duas pessoas saudáveis – de educação rural e urbana – para a Tarefa de Estresse de Imagens de Montreal. A tarefa é um paradigma de estresse social que envolve a solução de problemas aritméticos sob a pressão do tempo.

O estudo descobriu que a vida urbana foi associada a um aumento da atividade na amígdala durante a realização da tarefa de estresse social. A resposta do morador da cidade, definida como indivíduos que vivem em um local com mais de 100.000 habitantes, apresentou maior atividade na amígdala do que pessoas que vivem em cidades, definidas como mais de 10.000 habitantes que, por sua vez, tinham uma atividade de amígdala mais alta do que indivíduos em áreas rurais.

Outro resultado do estudo envolveu a associação urbanicidade e ativação do córtex cingulado anterior perigenual (pACC), uma região do cérebro possivelmente envolvida no desenvolvimento da esquizofrenia, durante esta tarefa, e a maior atividade foi observada em indivíduos criados exclusivamente nas cidades.

Outra área de intenso estudo usando FMRI tem sido na avaliação da conectividade inter-regional em redes neurais específicas, como a rede de modo padrão (DMN). A rede de modo padrão (DMN) é um padrão de ativação de regiões do cérebro que está ativo durante o repouso e é desativado quando qualquer comportamento orientado para a tarefa é executado.

A respeito da vida na cidade, tem sido postulado que a urbanicidade pode ter efeitos negativos nas funções cognitivas, como cognição social e capacidades de memória de trabalho. Uma vez que a atividade DMN é suprimida durante qualquer tarefa orientada para um objetivo, a conectividade alterada em repouso pode levar à supressão de compromissos e, portanto, ao desempenho diminuído.

Na verdade, estudos têm mostrado que a hiperconectividade DMN em pacientes com esquizofrenia foi associada à redução da memória de trabalho. Foi levantada a hipótese, portanto, de que, alterada, a conectividade DMN pode não estar apenas condicionada ao risco genético de transtorno psicótico, mas também a fatores de risco ambientais estabelecidos para a esquizofrenia. Um estudo em particular examinou a hipótese de se a conectividade funcional do DMN reflete um fenótipo cerebral que é o resultado da interação gene-ambiente, particularmente urbanicidade, em transtornos psicóticos, mas o estudo não encontrou evidências de um impacto diferencial das exposições ambientais na conectividade funcional do DMN.

Outra área de intenso interesse de pesquisa tem sido sobre os efeitos biológicos mediando a interação entre fatores ambientais e regulações genéticas: o campo da epigenética.

A ASSOCIAÇÃO DE FATORES AMBIENTAIS E REGULAÇÃO EPIGENÉTICA

Embora o maior risco de transtornos mentais entre as pessoas que vivem em áreas urbanas *versus* áreas rurais fosse bem estabelecido, apenas recentemente estudos na regulação epigenética começaram a abordar as questões levantadas por essas associações observadas.

Originalmente, o termo "epigenética" era cunhado para descrever as interações complexas e dinâmicas entre genes e o ambiente, levando a grandes variações fenotípicas. Hoje, refere-se a variações no fenótipo que não são mediadas por mudanças no código genético, mas para mecanismos moleculares que modificam a expressão genética.

Recentemente, tem havido um interesse crescente na epigenética de todo o genoma (epigenômica), comparando populações de controles saudáveis com populações com doenças mentais específicas.

As descobertas sobre o epigenoma e seus efeitos ao longo da vida são relativamente recentes. A evidência emergente sugere que as modificações epigenéticas fornecem os mecanismos através dos quais as experiências ao longo da vida podem ter efeitos sustentados no fenótipo de um indivíduo. Aqui, nos concentramos na ampla exposição à vivência urbana, que, por si só, pode ser subdividida em maior exposição a vários outros fatores, como aumento da densidade populacional, pobreza, poluição do ar e ruído do tráfego.

Além disso, a ideia de que essas modificações epigenéticas podem ter um impacto transgeracional está ganhando suporte empírico considerável e agora há evidências claras de que ambientalmente mudanças induzidas no cérebro e no comportamento podem influenciar as gerações futuras, com implicações para as perspectivas de pesquisa sobre a herança de modificações epigenéticas em resposta a fatores de risco ambientais.

UMA QUESTÃO SOBRE BIOMARCADORES EM TRANSTORNOS MENTAIS

Desde o primeiro relato de placas e emaranhados no cérebro de dois pacientes *post-mortem* por Alzheimer, a busca por biomarcadores em transtornos psiquiátricos continuou em um ritmo constante. Os biomarcadores em psiquiatria têm o potencial de serem inestimáveis no esclarecimento da etiologia dos problemas psiquiátricos, na confirmação do diagnóstico de transtornos com sintomas idênticos, na previsão do curso do transtorno e na determinação do tratamento. Uma tendência recente tem sido classificar os transtornos mentais com base em marcadores biológicos objetivos como parte do processo diagnóstico. Embora os biomarcadores clinicamente utilizáveis no diagnóstico e no tratamento de doenças mentais ainda tenham que ser validados, os biomarcadores genômicos candidatos e o perfil de proteínas dos biomarcadores candidatos em psiquiatria são uma área de crescente interesse e considerável potencial futuro. Este trabalho considera questões relacionadas a biomarcadores específicos para psiquiatria no contexto dos avanços atuais e novos dados que podem ser usados para adaptar terapias para o paciente psiquiátrico individual.

Deve-se salientar que, apesar dos inúmeros avanços recentes na neurociência e na pesquisa genética, o diagnóstico das principais classes de transtornos psiquiátricos ainda não foi correlacionado com biomarcadores clinicamente utilizáveis (ou validados) no diagnóstico ou validação de doença mental nem existem muitos biomarcadores genéticos e outros que podem guiar com segurança o diagnóstico de transtornos psiquiátricos. No entanto, os biomarcadores genômicos e o perfil de proteína desses biomarcadores em psiquiatria são uma área de grande interesse e potencial considerável.

A maioria dos biomarcadores de transtornos psiquiátricos que foram identificados foram "descritivos" (também considerados biomarcadores "distais" ou sintomáticos que não foram validados até agora). Espera-se que os biomarcadores em psiquiatria levem a novos tratamentos terapêuticos, como aqueles que estão sendo usados no tratamento de doenças cardiovasculares, em que biomarcadores lipídicos são usados para *fenotipar* processos de doenças, bem como para desenvolver estratégias de tratamento. Embora a aplicação deste paradigma no ambiente clínico em psiquiatria seja um desafio, o trabalho por imagem e tecnologias emergentes relacionadas estão avançando rapidamente e representam a maior promessa para fazer avaliações baseadas em sistemas biológicos em psiquiatria.

O objetivo final em psiquiatria é desenvolver e usar um biomarcador para identificar indivíduos "em risco" e para diagnosticar e quantificar doenças mentais. Embora a esperança dos psiquiatras e neurocientistas seja descobrir uma maneira fácil e precisa de detectar e tratar doenças mentais, há várias preocupações sobre o uso potencial de biomarcadores psiquiátricos (Singh e Rose): "Qual é a melhor maneira de se comunicar a ideia de um 'perfil de risco' e como isso pode afetar a identidade pessoal? Dado que o comportamento humano e os transtornos psiquiátricos surgem de um conjunto complexo de fatores, como essa complexidade pode ser mantida ao usar informações de biomarcadores de informação na clínica e na comunidade? E quais questões podem surgir da comercialização de biomarcadores, e como eles devem ser tratados?".

12

A MENTE COMO
FENÔMENO QUÂNTICO

As ideias que a desenvolvo nesse capítulo são, em muitos aspectos, controversas, questionadas por aqueles que se baseiam num espírito e raciocínio científicos bastante rígidos, como tem que ser tudo que é ciência de verdade, e questionada por pensadores leigos e religiosos. Porém, estas teorias crescem e constroem um corpo teórico cada vez mais substancial, pois os conhecimentos já são aplicados em quase todos os domínios do conhecimento humano, principalmente no desenvolvimento de computadores, inteligência artificial, e inteligência digital aplicada aos conhecimentos da saúde e das doenças humanas, como método de diagnóstico ou plataformas tecnológicas de tratamento.

É cada vez maior o número de neurocientistas, físicos, astrofísicos, astrônomos, matemáticos e criadores de plataformas tecnológicas que se dedicam ao desenvolvimento de computadores quânticos na aplicação de algoritmos, que aumentam a sua capacidade de processar dados de uma maneira exponencial, assim como das aplicações num novo universo, mas que, por estar fora do nosso universo clássico, newtoniano, de matéria e energia, é difícil de transportar, pois não sabemos como isto é feito ou se é feito. Todos sabemos que o universo, pela ciência moderna, é estimado em 13.400 bilhões de anos. Começou com o *Big Bang* que dizem que saiu do nada, mas não sabemos até hoje o que é o nada, apesar de já existir muitas teorias para explicá-lo.

Hoje conhecemos através da maravilha da ciência e graças ao telescópio Hubble, que circunda a terra com um satélite maravilhoso lançado na primeira metade deste ano, James Webb, com suas voltas ao redor do nosso sol, as primeiras imagens publicadas recentemente no mês de julho de 2022 e as últimas em dezembro de 2022 que nos permitem ver muito longe. Isto é, as luzes, distintos raios em formas energéticas, que já chegaram até nós, com a idade de 13,4 bilhões de anos, nos mostrando a formação das primeiras estrelas e galáxias. É fantástico como conseguimos desenvolver instrumentos para ver o começo de tudo e que está tão distante de nós, porém a partir daí podemos entender como foi o começo do mundo material, dentro do tempo e espaço regidos por leis que começam com a genialidade do físico inglês Sir Isaac Newton (1642-1726) que descrevem as leis fundamentais do universo baseadas na teoria e leis da gravidade. Isso numa época em que não havia o instrumento adequado, mas seu cérebro foi capaz de desenvolver, ou digamos melhor, a sua mente e suas funções mentais, como raciocínio, memória, recordações, cálculos, estabeleceram essas leis que continuam a reger a física clássica.

No início do século XX surge o gênio Albert Einstein, que trancado dentro de um quarto por meses, sem querer ser interrompido, sai com a fórmula $E=MC2$ que passa a complementar as teorias de Newton e abre as portas para a compreensão e desenvolvimento do universo quântico, povoado de partículas subatômicas que estão dentro do átomo, como prótons, elétrons, neutrôns, quarks, ups e downs, e tantas outras que certamente ainda serão descobertas. Inúmeros físicos se dedicam a compreender o que vem a ser este universo quântico, como, por exemplo, no caso do famoso acelerador de partículas localizado na Suíça que comprovou a existência da partícula Bóson de Higgs, conhecida popularmente como partícula de Deus. Segundo os estudiosos, o vácuo entre aquilo que vemos, as primeiras matérias, estrelas, e o início de tudo, é de aproximadamente 400 milhões de anos. Tudo indica que o universo nasceu do nada, mas de novo pergunto o que é o nada. Parece que o nada é aquilo que existe no verdadeiro universo e que abriga, segundo teorias, multiversos, milhões, bilhões ou trilhões de universos e a todo momento são feitos a partir de toda informação contida nas partículas elementares que compõem o átomo. E é a partir do átomo que surgem as leis do mundo material.

Nós somos feitos de átomo que é a menor partícula material que constitui qualquer coisa no universo material, inclusive a energia. Alguns dizem que energia é matéria dispersa, a matéria é a energia condensada. Então, dentro do nosso corpo temos átomos que abarcam o mundo subatômico que interage com o mundo material, só não sabemos como. Sabemos que o átomo dita as regras iniciais do mundo material, mas não sabemos como os componentes do átomo, como as partículas subatômicas, podem influenciar o universo físico e, portanto, do nosso corpo humano também. Certamente um dia saberemos. Importante acompanhar as últimas descobertas dos pesquisadores David López Perez e Christian Kerskens do Trinity College of Dublin recém publicado em 27.12.2022.

Segundo pesquisas recentes, o nada de onde nós surgimos é exatamente está nessas partículas subatômicas que sempre existiram e sempre vão existir, pois estão fora do universo material, portanto fora do tempo e espaço. Só nasce e morre aquilo que está no tempo e no espaço. É um tema difícil para a compreensão da nossa mente humana que desde o início foi acostumada a descobrir os mistérios do mundo físico, material.

Sendo assim, sabemos que o nada de onde surgimos, digamos assim, era constituído dessas partículas elementares e como não estavam dentro do tempo e espaço, era o nada. Isto é uma hipótese que nos faz refletir muito e que para mim faz muito sentido. Então, o universo surge de um mundo quântico, portanto sempre existiu, e que deu origem aos primeiros átomos, como hidrogênio, hélio, e, mais tarde, um átomo fundamental para a existência do universo físico, sobretudo da vida humana, o elemento fundamental para a nossa constituição que é o carbono, considerado um dos átomos mais interessantes pela sua facilidade de se unir e de constituir muita coisa ao redor dele. Tudo indica que o nada quântico, quando começou a se expandir para "construir" o nosso universo, iniciou com os "quarks" que se juntaram para construiros núcleos dos prótons e neutrons que deram origem ao primeiro átomo, o de Hélio. O átomo de carbono é a base da substância material humana, e o sílico é da máquina, isto é, a inteligência do sílico é diferente da inteligência de uma máquina de carbono. É um assunto para mais tarde para entendermos inclusive o nascimento das emoções, dos afetos, num mundo constituído de carbono, e a diferença para aqueles em que o mundo é constituído de sílico e que não conseguem até agora, pelo menos, produzir emoções.

Nas últimas décadas, desde o final do século passado, muitos autores, físicos, astrofísicos e alguns neurocientistas trabalharam com a hipótese do universo ser uma grande consciência, e a inteligência é um dos componentes da consciência. Por isso regras tão lógicas e perfeitas neste universo da matéria, se organizando e evoluindo e se tornando cada vez mais complexo.

Ao se tornarem mais complexos acrescentam mais informação ao universo e como o universo além de átomos, energia, é composto de consciência, se for um universo consciente, significa que o universo faz, pensa, raciocina, se lembra, acumula informações para progredir e se aperfeiçoar. Neste sentido, o universo seria pleno de informações, esperando que seres com maior complexidade possam captar essas informações e trabalhar com elas, para ler as leis do universo, para ler a linguagem com que Deus escreveu a história do universo, como disse o presidente Bill Clinton sobre o Genoma. Isso explicaria de onde vem os conhecimentos como as leis de Newton, e de Einstein, e de tantos outros sem nenhum instrumento a não ser o cérebro humano que é um grande processador de informações. O cérebro não gera essas informações, ele capta essas informações e processa. E capta através dos órgãos sensoriais como visão, audição, tato, olfato e tantos outros que nem conhecemos, mas que certamente existem e que permitem captar tudo que está no universo físico e transformar em conhecimento e progresso para nós, como indivíduos, como sociedade e como membro deste universo.

Em resumo o universo funcionaria como uma grande antena parabólica capaz de captar estas informações, através da nossa sensorialidade, e as leva para o cérebro que irá processá-las, transformando tudo aquilo que sentimos ou pensamos. Transforma em imagem, dá forma e cor a tudo no universo, pois ele é constituído de quantidade infinita de substâncias não materiais, além de materiais, processando todas essas informações. Transformando em amor, em raiva, tristeza, alegria, fazendo a emersão de tudo isso junto com a consciência humana. E assim temos atuado, através de toda a história da humanidade, modificando o universo na medida que interagimos com ele, pois tudo está ligado no universo e aqui na Terra todos nós estamos interligados. Existem estudos que mostram como os cérebros estão interligados. As explosões solares que afetam a vida na Terra podem gerar doenças como infarto do miocárdio, crises epiléticas. As fases da lua, através da atração que exercem sobre a água que compõem 2/3 da terra, provocando modificações através das marés, no mundo da natureza, mas também dentro do cérebro; existem vários estudos sobre isso, fazendo com que a água saia do meio intracecular ou extracelular, como as marés fazem a água sair de dentro do mar para a praia, aumentando o volume de água em terra firme, existe uma influência grande sobre o sistema ecológico e o sistema biológico. Por isso existem frases como: fulano é de lua, quando uma pessoa enlouquece ou muda de humor, atribuindo esses efeitos às marés. Hoje sabemos que as marés têm a ver com o metabolismo das substâncias responsáveis pelo equilíbrio dos sentimentos e do humor, como a serotonina, endorfina, ocitocina, fazendo com que a bioquímica do ser humano mude, então por que não o humor também?

Com isto podemos compreender a frase, que já citei neste livro, de Gerald Edelman em *Wide than the Sky:* "Deus criou o cérebro do homem para que ele pudesse apreciar a beleza de sua obra e ajudá-lo a terminar". Com isso passamos a entender melhor nosso propósito e sentido no universo e as leis que criamos a partir da consciência auto reflexiva, fenômenos que ajudam a entender esta riqueza de informações que está no universo, captada pelo ser humano, assim como já fazemos com a energia solar, usinas hidroelétricas, atômicas, transformando-as em energia luminosa, calorífica que impulsionam o mundo a funcionar.

E assim nós criamos no mundo da coletividade humana, as regras que possibilitam uma melhor convivência, como as normas éticas, morais, de comportamento e que inspiram o espírito humano a usufruir e sentir a beleza da harmonia do universo, através das expressões artísticas, a música, a dança, artes cênicas, artes plásticas e outras artes que existem, expressões da harmonia cósmica que nós buscamos.

Nada no mundo social e humano é unânime, é normal a diversidade para constituir a universalidade. Da multiversidade é que construímos a universidade, que construímos o uno, mas ele vem de fragmentos do todo. Cada um contendo um pedaço deste uno. Aí, dentro de nós, o pensamento que é componente da consciência tem uma ligação íntima com todo o corpo humano. Ele só emerge pelo cérebro, mas é elaborado pelo corpo inteiro, pelos nervos periféricos, sensitivos, sensoriais ao mundo externo, mas através do nervo vago, do cérebro direto ao corpo todo, através das conexões neuronais diretas entre o coração e o cérebro, pois o coração possui milhares de neurônios que se ligam diretamente ao cérebro. Daí as emoções influenciarem sobre os batimentos cardíacos, sobre a pressão arterial etc. Já o chamado segundo cérebro, o intestino, tem milhões de neurônios em conexão direta com o cérebro, inclusive controlando o sistema imunológico que está no cérebro e que através do eixo hipófise, hipotálamo e supra renal controla todo o organismo. Hoje sabemos que a serotonina é na sua grande maioria produzida no intestino e é responsável pela tranquilidade, sensação de serenidade, alegria. As citocinas são hormônio do amor. Quando tocamos em uma pessoa nós geramos ocitocinas nessa pessoa que gera uma série de outras reações bioquímicas no cérebro e no corpo inteiro. Portanto, o corpo, cérebro e mente são uma coisa só.

Somos o que pensamos e o que pensamos transforma-se em ação ou anti-ação no ser humano, daí a preocupação com o que pensamos. O que pensamos pode se transformar em palavras e as palavras são compostas de energia que saem junto com o pensamento. No final, o pensamento produzido e processado através do cérebro carrega também no seu transporte eletromagnético um gerador de substâncias químicas e reações químicas no corpo, que podem ser favoráveis ou desfavoráveis a saúde e integridade do corpo físico. Daí a importância de podermos atuar através da psicoterapia, pela palavra na mente humana, e atuarmos no corpo humano. O que precisamos no futuro é desenvolver e descobrir leis que nos possibilite uma metodologia de usar a palavra de maneira mais metodológica, mais rígida, influenciar sobre o pensamento que irá influenciar sobre o corpo inteiro e poderá até ser um instrumento de atuar sobre as doenças, melhorando ou piorando e, também, atuar sobre o comportamento das pessoas, o comportamento social dos indivíduos, com menos ódio e mais amor.

A seguir, discorreremos um pouco sobre os conhecimentos da física clássica, tentando traduzir numa linguagem mais coloquial e compreensível para o maior número de pessoas o que vem a ser os elementos fundamentais da física quântica que nos levam a deduzir que o cérebro é matéria, pois é constituído de células, moléculas e finalmente átomos, mas dentro destes átomos existe um mundo que está fora do tempo e do espaço, um mundo quântico, o que nos permitiria deduzir, segundo alguns autores como Hemeroff, que esse mundo existiria devido ao aparecimento da consciência, a um fenômeno quântico que se dá dentro dos nanotubulos que estão dentro de todas as moléculas e nos átomos delas. Por exemplo, haveria pelo uso dos anestésicos um fenômeno chamado spin do elétron que é um fenômeno quântico: a consciência desaparece e quando a anestesia termina há um novo fenômeno, inversão do elétron, o surgimento da consciência.

Assim, dizemos que o cérebro é todo regido pelas leis da física clássica e a mente é regida pelas leis da física quântica. Ainda não conhecemos bem essas leis, porém, pensar ou criar uma hipótese de que o cérebro é um fenômeno quântico, conforme direi a seguir, é compatível com muitas informações que a física experimental e teórica tem nos trazido nos últimos tempos. É por essas razões que desenvolvo essa ideia que será traduzida para uma linguagem mais acessível ao leigo, o que vai nos permitir tratar desse tema tão complexo.

Poderíamos continuar, mas seria alongar muito o assunto, o que não é o objetivo, mas *A mente como fenômeno cósmico* necessitava dessa introdução para esclarecer que não são ideias minhas, mas de parte considerável da comunidade cientifica, filosófica, e até mesmo de alguns religiosos. Abordaremos mais sobre este assunto no segundo volume que já está sendo escrito.

A INTERPRETAÇÃO DA CIÊNCIA SOBRE O CONCEITO DA MENTE HUMANA DE BEZERRA DE MENEZES À FÍSICA QUÂNTICA

Como psiquiatra, venho buscando entender o que é a mente humana, desde o início de minha carreira. Na defesa de minha tese para professor titular, fui arguido, entre outros, pelo ilustre professor Américo Piquet Carneiro, que me indagou por que não havia refletido sobre a natureza da alma humana na minha dissertação.

Naquela época, evoquei Santo Agostinho, em seu livro *As confissões*, dizendo que não queria viver no inferno tentando responder esta questão. Trinta anos depois, me vejo fazendo esta reflexão, porém convencido de que não é necessário se atormentar por isto. A seguir trechos de conferência realizada na Academia Nacional de Medicina sobre Bezerra de Menezes falecido membro titular desta academia.

IDEIAS SOBRE A NATUREZA DA ALMA E
DO PENSAMENTO POR BEZERRA DE MENEZES:

Adolfo Bezerra de Menezes foi médico, escritor, acadêmico, membro titular da ANM político, pensador e um homem profundamente preocupado com o ser humano. Em seu livro de 1862, *A loucura sob um novo prisma*, afirma que para a determinação da natureza da loucura é indispensável refletir sobre a alma humana e resolver as seguintes questões preliminares:

1) Existe alma? E qual seria sua natureza?
2) Como se relaciona a alma com o corpo?
3) Qual a origem do pensamento?
4) Quais as relações do pensamento com o cérebro?

São questões extremamente atuais e relevantes levantadas por Bezerra de Menezes que se baseia, evidentemente, na ciência de sua época para respondê-las.

Para ele, a questão da alma não era para ser discutida, pois, de alguma maneira, ninguém duvida de que o homem a possui, seja uma alma, um espírito, ou uma mente (como sinônimos). O que se discute é se esta alma é eterna, imortal, anterior ou posterior à existência. Também como ela se manifesta no corpo humano e sua ligação com o cérebro. O cérebro, para Bezerra de Menezes, não segrega o pensamento, que é também atributo da alma. Mas sim, o cérebro influi sobre a manifestação deste pensamento, assim como o olho na manifestação do enxergar e do ouvido no escutar.

Bezerra de Menezes já nos diz que o conceito da imortalidade é um tema antigo, e sobre o fato de uma mesma alma poder habitar diferentes corpos, ele lembra Platão em *Fédon*, quando diz que aprender é recordar. Porém, como evidência desta imortalidade da alma, nos diz que é ela que garante a unidade do indivíduo, pois todos os elementos constituintes do corpo humano, moléculas, células etc. mudam inteiramente a cada sete anos. Assim sendo, estaremos mudando de corpo a cada sete anos, sendo a alma responsável pela continuidade da identidade humana. A alma necessitaria do corpo humano para poder evoluir, pois é da natureza humana ser perfectível, isto é, submissa à lei do progresso para a perfeição. Por isso, dizia Pierre Chardin que a perfeição não existe neste mundo e assim a vida é um eterno caminhar no sentido dela.

Resumindo:

1. A alma seria eterna.
2. Ela se expressaria através do corpo humano para se aperfeiçoar.
3. O cérebro não produz o pensamento.
4. O pensamento é atributo da alma.
5. O cérebro influi sobre a manifestação do pensamento.

Como entender, nos dias de hoje, estes pensamentos de Bezerra de Menezes? Por que falar da alma numa era científica? Por que sugerir a existência de um aspecto da psique que não está subordinado às limitações de tempo e espaço?

No sentido de responder a estas perguntas, com os conhecimentos científicos atuais, é necessário se basear a concepção moderna das neurociências sobre a mente e o cérebro, de acordo com Roger Penrose: "O cérebro é regido pelas leis da física clássica e a mente pertence ao domínio da física quântica."

O UNIVERSO QUÂNTICO E O IDEALISMO MONÍSTICO

No universo quântico, no nível atômico e subatômico, simplesmente não existe um mundo real até que seja feita uma medida ou observação. Antes deste momento há somente uma variedade de resultados possíveis para cada evento subsequente, cada um com a sua própria probabilidade de ocorrência. Uma vez feita a observação, o observador ou um dispositivo de medida, segundo alguns físicos, desempenha ação fundamental de reunir todas as possibilidades coexistentes num resultado único e coerente que só então pode ser chamado de um evento. Antes deste momento, não é legítimo falar de um mundo real de coisas e eventos verdadeiros, apenas de possibilidades com potencial de se realizarem. A imagem atual do mundo só faz sentido quando se combinam o observador e o observado numa única totalidade. A união do observador e do observado afetou tanto a mecânica quântica quanto a relatividade, as duas principais áreas da física moderna. Esta ideia inicial da física quântica com Nils Bohr levará mais tarde Heisenberg a escrever sobre o princípio da incerteza, que destrói o conceito do determinismo na filosofia. Segundo este princípio, não podemos simultaneamente determinar com certeza a posição e a velocidade (o *momentum*) de um elétron. O menor esforço para medir exatamente um deles torna vago o nosso conhecimento do outro. As condições iniciais para o cálculo da trajetória de uma partícula, portanto, jamais podem ser determinadas com precisão e é insustentável o conceito de trajetória nitidamente definida de uma partícula.

Resumindo as propriedades quânticas:

1. Um objeto quântico, por exemplo um elétron, pode estar no mesmo instante em mais de um lugar (propriedade da onda).
2. Não podemos dizer que um objeto quântico se manifeste, na realidade comum espaço/tempo, até que o observemos como uma partícula (colapso da onda).
3. Um objeto quântico deixa de existir aqui, simultaneamente passa a existir ali e não podemos dizer que ele passou através do espaço interveniente (salto quântico).
4. A manifestação de um objeto quântico ocasionado por nossa observação influencia simultaneamente seu objeto gêmeo e correlato. Pouco importa a distância que os separa (ação quântica a distância).
5. A correlação de objetos quânticos observados em experimentos é de caráter não local (não localizado).

Uma vez aceita a não localidade quântica como aspecto físico comprovado no mundo em que vivemos, torna-se mais fácil conceber, na ciência, um domínio transcendente situado fora do domínio físico manifesto do espaço/tempo. De acordo com o físico Henry Staet, a mensagem da não localidade quântica é que o processo fundamental da natureza reside fora do espaço/tempo, mas gera eventos que nele podem ser localizados.

Para compreendermos o comportamento de objetos quânticos, precisamos introduzir a consciência, isto é, nossa capacidade de escolher, de acordo com o princípio da complementaridade e as ideias da mistura sujeito/objeto.

As ciências ligadas à física clássica e a sua bagagem filosófica de realismo materialista têm sido uma espécie de sereias tentadoras do ceticismo. Neste momento, a nova física clama por uma filosofia nova, libertadora e que seja apropriada ao nosso atual nível de conhecimento. Se o idealismo monístico satisfizer as necessidades das ciências, da humanidade e da religião, poderá pela primeira vez caminhar de braços dados em busca de uma verdade humana total.

A mecânica quântica abre, assim, o caminho para a aplicação da física na psicologia. A consciência não local é o ponto fundamental para a compreensão da mente baseada nos princípios da física quântica. A consciência não local opera através de nós, ou, mais corretamente, nós somos a consciência, apenas sutilmente velada. Além disso, a consciência não local opera, não com continuidade causal, mas com descontinuidade criativa, de um momento a outro, de um evento a outro.

O CÉREBRO HUMANO

O nosso cérebro, composto de cem bilhões de neurônios e um trilhão de sinapses, pode realizar notáveis funções além das de análise e retenção, a cognição e a recognição, de informações sensoriais. O completo alcance do pensamento consciente em termos de símbolos, conceitos e abstrações, implica um sofisticado processamento neuronal de informação, parcialmente baseado em dados gerados pelo próprio cérebro. Sentimentos, intuições e emoções acompanham as percepções sensoriais e o nosso processo de pensamento abstrato. Mas a base neurofisiológica das funções mentais mais elevadas permanece essencialmente desconhecida.

As neurociências estão apenas no começo de uma longa estrada que poderá conduzir, um dia, a um entendimento mais complexo da mente em termos de processos no cérebro. Mais do que em qualquer esfera da natureza, o cérebro humano, o arcabouço fisiológico da consciência, apresenta questões básicas sem soluções. O que nós sabemos de seu funcionamento não é nada se comparado com o que nós ainda não sabemos. Dificilmente acontece alguma descoberta nas pesquisas atuais em torno do cérebro que seja definitivamente estabelecida e livre de controvérsias. Ainda assim, a compreensão de que já foi realizado é bastante significativa. Torna claro que o cérebro não é uma câmera passiva, como era vista frequentemente. É um sofisticado instrumento interpretativo que opera como um todo integral, com funções que não são redutíveis às suas unidades específicas, sejam elas neurônios individuais ou redes inteiras de neurônios.

O cérebro não é nem um sistema passivo tão aberto para o mundo que nada de sua própria estrutura seria evidente em suas próprias percepções e cognições, nem é um sistema tão fechado que só o seu funcionamento interno apareceria para a consciência. Em vez disso, o cérebro é uma parte viva, de um sistema vivo, monitorando e regulando constantemente as relações entre sistema e o mundo em geral. Parte deste monitoramento e desta regulação ocorre através da mente consciente do ser humano, o mais desenvolvido processador de informações que nós conhecemos na natureza.

A MENTE HUMANA COMO FENÔMENO NÃO LOCAL

A mente hoje passa a ser entendida como não subordinada às limitações do tempo e do espaço. Esta qualidade não localizada da mente muda radicalmente a compreensão da psicologia e da psiquiatria. A princípio, todas as explicações modernas sobre a mente supõem que estas podem ser encontradas num certo lugar, no espaço e no tempo. Tradicionalmente, o local no espaço fixado para a mente é o cérebro do indivíduo e o local no tempo a ela atribuído é o momento presente e a duração de um único ciclo de vida. Assim, a mente é limitada à existência individual. O que é pior, é condenada ao esquecimento, pois, com a morte do cérebro, ela também deve morrer. Estas suposições subjazem a todas as tentativas acadêmicas ocidentais de descrever a mente humana.

Por procurarem localizar a mente e fixá-la no tempo e no espaço, a ciência atual acredita que este tenha sido o grande motivo de não termos conseguido entender o que vem a ser a mente e seu funcionamento. Hoje em dia, as evidências de que a mente não pode ser localizada são cada vez mais claras, mostrando-nos que é livre no espaço e no tempo, que perfaz a conexão entre as consciências individuais e que não morre com o corpo.

Se a mente tem um aspecto não localizável, esta entidade, portanto, assemelha-se à alma descrita, na concepção dos religiosos, pois não ocupa espaço, é intemporal e imortal. Portanto, reencontrar a natureza não localizável da mente é, em essência, reencontrar a alma. Daí o grande significado espiritual de compreender a natureza não localizável da nossa vida mental. Desvendá-la não é apenas um exercício de psicologia ou de ciência, é também um exercício de espiritualidade, pois a natureza anímica da mente é não localizada.

O filósofo Henry Bergson ensina-nos que, quando queremos refletir sobre o tempo, é o espaço que nos responde – assim como quando dizemos que o passado está atrás de nós e o futuro em algum lugar a nossa frente. Fazemos do tempo um prisioneiro do espaço, na medida em que sempre expressamos a duração como uma extensão. Este ato torna difícil compreender o que é afinal a não localização. Quando dizemos, por exemplo, que a eternidade – conceito não localizável – é um tempo muito longo, imaginamos que seja uma porção de momentos em série ligados entre si. Quando refletimos sobre a infinitude – outro conceito não localizável – nós a imaginamos também como uma porção de pontos espaciais arranjados em sequência linear. Mas, a eternidade e a infinitude não são fenômenos graduais, eles são totalidades.

Segundo Bernard D'Espagnat, nós tendemos a "especializar" o tempo, pois nos sentimos muito mais à vontade em um mundo de coisas sólidas do que num mundo de coisas fluidas ou invisíveis. Sólidos têm forma, apresentam uma extensão e no espaço estão confinados a lugares específicos. São localizados. Assim, talvez a preferência pelo localizado esteja enraizada em nossa biologia, o que explicaria também a dificuldade de perceber experiências não localizáveis quando elas ocorrem. Além de fatores biológicos, há importantes elementos culturais que influenciam o modo como observamos aspectos não localizados da realidade.

Não é uma função fácil adicionar mente, alma ou espírito às últimas revelações da ciência sobre o cérebro e o corpo. O materialismo ainda reina na ciência de hoje. Por uma visão materialista, cometemos vários erros, o que o linguista Korzibesk chamava de erro categórico, isto é, confundir o mapa com território, ou então, comer o menu em vez de fazer a refeição, e, em nosso caso, equiparar a mente ao corpo, o mental ao físico, o mental ao fisiológico. O filósofo Gilbert Ryle, famoso por se referir à mente como o "fantasma na máquina", afirma que toda a confusão da mente com o corpo repousa no gigantesco erro de categoria cometido pelo filósofo francês René Descartes. O pensamento de Descartes, diz Ryle, é como um confuso estudante estrangeiro em uma excursão a Oxford. À medida que a biblioteca, os dormitórios, a capela etc. eram mostrados, ele continuava perguntando, sim, mas onde está a universidade?

Insistimos em que a mente como o corpo seja uma coisa localizável no espaço, da mesma forma que o estudante estrangeiro queria que a universidade estivesse num ponto específico. Com isso confundimos dois níveis diferentes de descrição. Equiparamos a mente ao cérebro e ao corpo. Um erro categórico que continua ainda a influenciar a medicina e a biologia.

Porém, as tentativas para definir a mente, a alma e a consciência, se não são inúteis, se assemelham à fábula dos cegos descrevendo um elefante: cada descrição depende da parte do animal que o indivíduo está tocando. Isto não implica que não existam significados ou que a mente e a consciência sejam ilusões. O elefante certamente é real. Pode indicar, no entanto, que a ciência empírica é incapaz de fornecer definições para estes conceitos.

Henry Margenau, físico e filósofo, considerava a mente e a consciência como "primitivos", isto é, objetos indefiníveis em termos de fatos empíricos. Esta escolha, afirma ele, justifica-se não somente pelas regras da lógica, mas torna-se convincente pelo fato de a consciência ser a um só tempo uma experiência pessoal mais imediata e a fonte de onde brota todo o conhecimento. Para ele, a mente equivaleria à consciência. Além disto, estas entidades são consideradas não materiais, infinitas no espaço, eternas, não confinadas aos cérebros e aos corpos e capazes de operar mudanças no mundo físico.

Embora a mente não esteja confinada ao cérebro nem seja um produto deste, pode, entretanto, atuar por meio dele. O resultado é o aparecimento de mentes individuais derivadas da Mente maior, única, as quais damos os nomes do Eu Individual, de Ego, de Pessoa, de Sentido do Eu. As características principais das mentes são seu conteúdo e certo nível de percepção consciente: os inumeráveis pensamentos, emoções, sensações que nos invadem todos os dias. As mentes individuais são muito suscetíveis à mudança do corpo físico, isto é, os ânimos, as emoções e mesmo os pensamentos podem se modificar por mudanças no cérebro e no corpo. Contudo, há um motivo muito mais forte para investigar a natureza não localizada da mente do que apenas a necessidade de "precisão" num sentido lógico ou científico.

O principal motivo para demonstrar a natureza não localizada da mente é, portanto, espiritual. As teorias locais não são apenas incompletas, são destrutivas. Criam a ilusão da morte e da solidão, que são conceitos locais. Promovem a opressão existencial e a desesperança, quando nos dão uma ideia completamente falsa da natureza essencial, afirmando que somos tacanhos e limitadas criaturas mortais, encerradas dentro de um corpo fluindo inexoravelmente para o fim ao longo do tempo. Esta perspectiva localizada é horrível, triste, lamentável, e continua ainda a dominar o quadro conceitual seguido ainda por muitos pensadores, psicólogos e biocientistas.

No entanto, quando nos vemos e nos entendemos como criaturas não localizadas, o mundo se transforma de maneira extraordinária. Se a mente não localizada deve ser de algum modo independente do cérebro e do corpo estritamente localizados, isto abre uma possibilidade para certo grau de livre-arbítrio, uma vez que a mente poderia escapar dos constrangimentos determinativos das leis físicas que governam o corpo. Podemos assim modificar Descartes quando dizia *"Cogito, Ergo Sum"* – "Penso, logo existo", por *"Opto, Ergo Sum"* – "Escolho, logo existo".

A mente, sendo não localizada, não confinada ao cérebro e ao corpo, e assim não inteiramente dependente do organismo físico, é passível de sobrevivência à morte corporal.

Há também repercussões sobre a natureza de nosso relacionamento uns com os outros. Sendo a mente não localizada no espaço e no tempo, a qualidade de nossa interação é consequência direta desta realidade: mentes não localizadas são mentes em fusão, visto não serem coisas isoladas e confinadas no tempo ou no espaço. Assim, o mundo torna-se um lugar de interação e conexão e não de isolamento e separação. Quando a humanidade acreditar nesta realidade, estabelecer-se-á um novo fundamento para o comportamento ético e moral que conterá, ao menos, a possibilidade de um abandono radical das atitudes insanas e egoístas que indivíduos e nações têm cronicamente adotado em relação uns aos outros. E mais ainda, toda a promessa existencial da vida humana irá se deslocar na direção da moral e da ética, do espiritual e do sagrado.

A descoberta da mente não localizada ressoará como uma esperança em relação a nossa natureza interior silenciada nesta área científica. Estimulará uma nova concepção do humano triunfando sobre a carne e o sangue. Ancorará o espírito humano, mais uma vez, no transcendental e não no acaso, no aleatório e na deterioração física. Excitará a vontade humana no sentido da grandeza e não da conveniência e do egoísmo. Aliviará o mal-estar que o homem moderno sente quando sonha com as inspirações intuitivas e com o sentido da vida, para não falar da imortalidade. Com um só movimento, esta descoberta redirecionará os imperativos da medicina. O objetivo último do médico moderno não será mais evitar a morte e/ou a deterioração, pois esta perde seu *status* absoluto, na medida em que a mente, em última instância, transcende o corpo físico.

Apesar das evidências, algumas pessoas, em princípio, farão objeção ao conceito da mente não localizada. Muitas dessas objeções, segundo Lazlo, parecem se basear não na razão, mas naquilo que podemos chamar de agorafobia espiritual. Assim como os que sofrem de agorafobia psíquica, medo de lugares abertos, os agorafóbicos espirituais possuem um medo arraigado das extensões amplas: a infinitude espaçotemporal sugerida pela mente não localizada. Sentem-se mais seguros quando as coisas são fechadas, finitas e localizadas. Como a mente confinada ao cérebro e ao corpo individual, que permanece fixa no aqui e agora. Em outras palavras, uma mente sem alma.

A compreensão de uma mente não localizada faz-nos recuperar um respeito sagrado pela natureza e pelo universo. Isso pode acontecer por intermédio do ato essencialmente espiritual de recuperação de nossa alma, o despertar para o eu não localizado, aquela parte imortal de nós mesmos que transcende o espaço, o tempo e a pessoa. Sem esta percepção, continuaremos agindo a partir do isolamento, do medo de uma posição defensiva, causando danos uns aos outros e à natureza. Com a redescoberta de nossa natureza anímica quântica não localizada, tornaremos a compreender que somos eternos, infinitos e uno.

13

PSIQUIATRIA EM
TEMPOS VIRULENTOS

*"O fantasma da finitude pairou na humanidade, mesmo
que de forma inconsciente para quem o nega."*

JORGE ALBERTO COSTA E SILVA

É incontornável abordar a pandemia da Covid-19, e o papel que ela está representando, não somente nos problemas que traz para o corpo físico, que vão desde a dor, a falta de ar, o coma induzido, a intubação, até a morte, mas naqueles que aqui estão convivendo com o vírus de forma prolongada. Como é que a sociedade está reagindo?

Isso porque é uma doença que teoricamente pode atingir qualquer um, é um fenômeno pandêmico, no mundo inteiro, e o vírus, para migrar ou mudar, não precisa pegar avião, pode acontecer de ir no avião dentro de um corpo, mas ele também viaja de outras maneiras neste planeta. E não viaja somente através da matéria de viagem, mas através da informação também. Ele é um vírus também da informação. Como é que nós estamos lidando com essa informação? Você vê as notícias mais contraditórias, mais absurdas, é a maneira com que o ser humano, a sociedade usam a informação para ganhar dinheiro, receber atenção, para ser ouvido e visto, o que é até compreensível, mas, quando isso passa a ser em grande quantidade, vira um grande defeito, um grande pro-

273

blema. As pessoas estão falando muito em nome da pandemia, mas, no fundo, estão falando em nome delas mesmas.

Quero apontar que é uma doença sistêmica, pois a Covid-19 não é uma doença só respiratória ou digestiva, porque apresenta sintomas de tudo, é uma doença que atinge o corpo inteiro, e o vírus, na medida que entra dentro numa célula para se reproduzir, circula dentro do sangue, circula pelas artérias, circula pelo endotélio das artérias, vai para o corpo inteiro e hoje sabemos que vai até para o cérebro, ao penetrar no cérebro. Ao vírus infecta os astrócitos, células que fornecem nutrientes aos neurônios, ou seja, atua nas células cerebrais, não nos neurônios diretamente, mas indiretamente, e, sobretudo, provocam processos inflamatórios que geram dano neural, e com prejuízo do fenômeno básico do desenvolvimento e do funcionamento do cérebro, que é a neuroplasticidade, a capacidade de construir conexões, com consequências muito graves sobre as funções neurocognitivas, funções comportamentais, principalmente, atingindo o lobo frontal, temporal e parietal, o que pode acontecer quando atinge a substância cinzenta também, tirando a capacidade do indivíduo de ter vontade de fazer alguma coisa, o que chamamos de anedonia e que é um sintoma clássico. Também atinge o coração, dando endocardite, pericardite, atinge o pâncreas, dando diabetes tipo dois, destruindo as células do glicogênio, da insulina e por aí afora, atinge o fígado e o pulmão, ocasionando lesões graves e às vezes irreversíveis no pulmão, doenças digestivas, as mais comuns, e doença na pele, queda do cabelo, queda do dente, doença da retina, cegueira. Pode ocasionar tudo. Então, é uma doença que não tem preferência por órgãos. Em geral, estamos habituados a lutar com o organismo humano por pedaços, mas, com esse vírus, nós precisamos ter em mente, sempre, que ele está atuando de uma maneira sistêmica no corpo inteiro. E ganha mais condições de se desenvolver e, se o indivíduo apresentar algumas comorbidades, alguns pontos fracos nos seus mecanismos de defesa, no seu sistema imunológico, ele vai destruindo. Portanto, a leitura na prática clínica tem que ser global, holística.

Aí vamos ver como é que a sociedade está reagindo, com uma grande parcela querendo tirar partido do sofrimento humano, da desgraça, o que podemos comparar com os urubus e a carniça. Já que a morte está ali, se aproveitam da morte para eles atirarem um pedaço da vida, e assim nós vemos esses necrófilos da vida, pessoas sem escrúpulos, sem ética, se aproveitando disso para se enriquecerem e com isso comprometendo cada vez mais a equidade e a justiça social neste planeta. É essa briga que existe entre os sistemas de saúde, a indústria farmacêutica, os governos, os políticos, todos acabam se ligando para decidirem o futuro, mas, no fundo, eles não estão decidindo o futuro da sociedade, estão decidindo o futuro econômico das instituições a que estão vinculados, buscando o poder ou a fortuna. Digo que esse vírus veio para fazer as pessoas se revelarem, para fazer emergir o que elas realmente tinham dentro delas, o que estava contido por uma sociedade que estava aparentemente sob algum controle social, melhor ou pior.

Há também uma outra questão. O vírus apareceu em dezembro de 2019, em Wuhan, quando foi registrado o primeiro caso e nós já estamos em 2023. Então, vamos fazer três anos vivendo sob a pandemia. Vivemos isolados, em quarentenas, sem tocar um no outro, vivemos lavando a mão o tempo inteiro, higienizando a mão, vivemos com medo uns dos outros, com medo de sair, não vendo os filhos. Tudo isso tem consequências graves. Há uma coisa muito importante no ser humano, nos seres vivos e, principalmente, nos mamíferos, um hormônio chamado ocitocina fabricado pelo cérebro que tem um papel fundamental na ligação dos seres humano. É aquilo que faz os animais cuidarem dos seus filhotes até que eles sejam independentes, alimentarem os filhotes, é a ocitocina, a secreção da ocitocina. Essa questão da ocitocina está ligada ao ser humano, além de auxiliar no trabalho do parto, na amamentação, enfim, numa série de outras coisas, ela tem uma íntima ligação com hormônios cerebrais, e outros neurotransmissores cerebrais, como a serotonina, a noradrenalina, a acetilcolina, justamente o sistema que vai fazer o organismo funcionar bem como um todo. Ora, à medida que você isola esta possibilidade de ter um hormônio atuando sobre o corpo todo, fazendo ele funcionar bem, você começa a sentir muita coisa estranha dentro de você. E aqueles mais predispostos – não um ou outro, isso é muito comum – começam a sentir muita ansiedade, insônia, depressão, ataques de pânico, transtornos obsessivo-compulsivos, fobias, entre outros, e, para aliviar, muitos recorrem às drogas, ao alcoolismo, que aumentou muito, e, os casos mais extremos, que também aumentaram muito no mundo, são o desespero e o suicídio. Esse é um fato, ninguém aguenta ficar isolado muito tempo, daí essa explosão de gente alucinada, no desespero de fazer festa. Sabemos que é uma irresponsabilidade, mas as pessoas precisam das outras. Então, elas correm o risco de se contaminar e morrer. Quando você está com falta de ar, você realmente quer respirar, não quer saber de outra coisa, e assim é com a ocitocina, é um hormônio fundamental no funcionamento social do ser humano, por tudo aquilo que ele repercute em nós, como seres sociais. A pandemia nos transforma-nos em seres isolados, isolados inclusive da própria família, do cônjuge, dos filhos, dos netos, dos amigos, dos companheiros de trabalho, de tudo, o que eu acho um fenômeno gravíssimo.

O ser humano não aguenta tanto tempo de isolamento sem começar a ter transtornos mentais que acabam se transformando em transtornos físicos, inclusive em diminuição do sistema imunológico, da eficácia do sistema imunológico. Em resumo, precisamos da ocitocina para mantermos a sanidade física e mental. O amor é grande força que une tudo, é o que nos faz sentir que somos unidos, e na falta de amor nós nos sentimos abandonados e excluídos.

Em janeiro de 2023 a situação já mudou, mas a pandemia não acabou. Na China, o vírus voltou a contaminar muita gente. Torcemos para que fique sob o controle da ciência, mas o fantasma dele ainda habita nossa mente.

A seguir alguns trechos dos artigos de Jorge, publicados na imprensa leiga.

Um dos primeiros escritos de Jorge Alberto na pandemia, em parceria com Marisol Touraine, ex-ministra da saúde na França, presidente do conselho de administração da unitaid (organização das nações unidas – onu) – agosto, 2020

COVID-19: TRATAMENTOS, MAS A QUE PREÇO?

Enquanto os países mais ricos do mundo concentram seus esforços domésticos na luta contra o novo coronavírus (Covid-19), a pandemia ameaça agora a África e as populações mais vulneráveis do mundo, das comunidades carentes no Brasil, aos subúrbios de Nova Delhi. Populações marginalizadas estão expostas à pandemia sem poderem dela se proteger. O isolamento é impossível para aqueles que, para sobreviver, têm de sair à rua. As precárias condições de vida, incluindo a falta de acesso à água e ao saneamento básico, a fragilidade dos sistemas de saúde e a carência de equipamentos básicos são fatores que, apesar da mobilização dos governos, trarão dificuldades adicionais no enfrentamento da pandemia. Isso sem mencionar o fato de que, nessas circunstâncias, pessoas morrerão de outras doenças mais difíceis de combater nestes tempos de crise.

A Organização Mundial de Saúde (OMS) fez soar o alarme. Estamos numa corrida contra o tempo. Esta corrida está absorvendo nossos recursos e energias, mas não podemos nos esquecer das populações mais vulneráveis, seja em São Paulo, Manaus, Maputo ou Dakar.

O dever de solidariedade é, em primeiro lugar e acima de tudo, moral. É a humanidade no seu conjunto que está sendo afetada e, num momento em que as nossas sociedades prósperas redescobrem a importância de cuidar do próximo, seria imoral abandonar os mais vulneráveis. Mas este dever moral é também de nosso interesse: face a uma pandemia global, só uma resposta global será eficiente a longo prazo. Caso contrário, corremos o risco de novas ondas da doença. A ideia de que somente uma resposta global permitiria acabar com pandemias levou, há vinte anos, à criação de novas organizações, que foram imediatamente mobilizadas face à emergência da Covid-19: a Aliança Global de Vacinas (Gavi) está intensificando suas campanhas; o Fundo Global de luta contra Aids, tuberculose e malária está permitindo aos países utilizar uma parte das suas subvenções (14 bilhões de dólares nos próximos três anos) para proteger as comunidades vulneráveis; a Unitaid, da qual o Brasil é membro fundador, está apoiando projetos inovadores que promovem acesso à saúde, bem como investindo em diagnósticos, tratamentos e instrumentos de triagem e novas ferramentas para doenças respiratórias.

Mas é necessário ir mais além. O modelo clássico de assistência, embora indispensável, não será suficiente. Estão surgindo novas iniciativas, todas elas úteis. Temos de nos preparar também para o momento em que os tratamentos e as vacinas estarão disponíveis. Mas estes tratamentos e vacinas, é importante frisar, terão de ser acessíveis a todos, em todos os lugares e ao mesmo tempo.

Estamos lançando um apelo à comunidade internacional. Não podemos esperar que o tratamento esteja disponível nos países do Norte, para somente depois negociar o acesso para os do Sul, como tem sido o caso da Aids. As circunstâncias excepcionais da pandemia de Covid-19 exigem uma resposta excepcional. O Acordo Sobre os Aspectos dos Direitos de Propriedade Intelectual Relacionados ao Comércio (TRIPS, 1995), e as disposições da Declaração de Doha (2001) permitem que os Estados utilizem uma licença para produzir tratamentos, particularmente no caso de uma pandemia.

Devemos nos inspirar nisso e darmos um passo adiante. Solicitamos que os governos e as instituições que atualmente financiam ou contribuem para o desenvolvimento de medicamentos, vacinas ou tecnologias para combater a Covid-19 incluam, nos seus contratos com a indústria, logo de início, o princípio da partilha de patentes, por motivos de emergência. A ideia é simples: uma vez que o dinheiro público está sendo investido maciçamente para encontrar tratamentos o mais rápido possível, para enfrentar uma pandemia que ameaça todo o planeta. Os Estados devem propor, em troca, que as empresas entreguem suas licenças sem limitação geográfica a uma estrutura que garanta a produção em massa de tratamentos eficazes e seguros, e que facilite o acesso a todos. O investimento público deve ter uma contrapartida: preços baixos, em todos os lugares.

Não se trata de uma utopia. Há dez anos, a Unitaid criou o *Medicines Patent Pool* (MPP), uma organização que permite às empresas farmacêuticas cederem voluntariamente os seus direitos de propriedade intelectual. Este mecanismo tornou possível a produção de genéricos que tratam dezenas de milhões de pessoas em todo o mundo. Graças ao MPP, por exemplo, um tratamento anual contra HIV-Aids custa menos de US$ 70 na África, enquanto custa mais de US$10 mil na Europa ou nos Estados Unidos. No entanto, foi necessário esperar quase dez anos entre o surgimento dos tratamentos nos países do Norte e a sua disponibilidade nos países em desenvolvimento. Face à Covid-19, temos que agir imediatamente para que todos, em todos os lugares, tenham acesso a tratamentos ao mesmo tempo.

Seria inédito. Mas alguns países como a Alemanha, o Chile, a Austrália e o Canadá já tomaram medidas que lhes permitem avançar nessa direção. Algumas empresas também estariam dispostas a fornecer suas licenças para uso livre. A comunidade internacional, no seu conjunto, deve inovar e avançar num espírito de solidariedade.

Apelamos aos governos do G20, às organizações internacionais, à Organização Mundial da Saúde, que se empenhem nesse âmbito. O mundo precisa do compromisso de todos para erradicar a Covid-19 e salvar vidas. No Brasil e no mundo todo.

AS SEQUELAS DA COVID-19 SÃO UMA
SEGUNDA PANDEMIA
Publicado em *O Estado de S. Paulo* – 12 de maio de 2021

O Brasil acompanha de perto o avanço da vacinação contra a Covid-19. Ciente de que só poderá vislumbrar o fim da pandemia quando parcela considerável da população estiver imunizada, a sociedade, com razão, deposita sua esperança nas vacinas.

Porém, é preciso estar atento a outro grave problema de saúde pública que começa a ganhar forma, uma crise silenciosa contra a qual nenhum programa de vacinação poderá surtir efeito: o enorme contingente de pessoas acometidas por sequelas da Covid-19.

Se não encararmos agora esse problema, planejando o enfrentamento de tais mazelas pelos próximos meses ou anos, talvez será tarde demais.

A medicina ainda não consegue precisar quais sequelas podem acometer pacientes recuperados de uma infecção pelo SARS-Cov-2. Trata-se, afinal, de uma doença nova, com pouco mais de um ano de existência. Mas as poucas informações que temos são suficientes para indicar uma tendência preocupante. Um estudo publicado recentemente pela revista *Nature*, envolvendo mais de 87 mil indivíduos, concluiu que quase todos os sistemas do corpo humano podem ser afetados pela Covid-19.

As sequelas mais evidentes são aquelas que atingem o trato respiratório. É razoavelmente conhecido o fato de que pacientes recuperados da Covid-19 podem apresentar fadiga constante ou insuficiência respiratória, dada a maneira como o vírus compromete o funcionamento saudável dos pulmões. Em casos mais graves, pacientes continuam dependentes de cilindros de oxigênio mesmo após se curarem da infecção original.

Mas outros órgãos, como os rins, o coração e o cérebro, também podem ser afetados, sendo que o último apresenta ocorrência de danos graves de encefalite. Há relatos de dores musculares ou ósseas, problemas cardiovasculares, diarreia, insuficiência renal, descontrole metabólico levando à diabetes ou ao aumento do colesterol e diversas outras mazelas. Há também sequelas psicológicas, como a depressão, ou neurológicas, que incluem confusão mental e perda de memória. Esse conjunto de problemas tem sido chamado, provisoriamente, de "síndrome pós-Covid".

Há, por fim, consequências indiretas, que afetam especialmente os acometidos pela forma grave da doença. Pacientes submetidos a períodos prolongados de intubação precisam enfrentar meses de fisioterapia, por exemplo, para tentar recuperar plenamente a mobilidade e as funções motoras.

Esse panorama seria suficiente para acender um sinal de alerta para as autoridades de saúde. Mas há um agravante: ninguém sabe ao certo por quanto tempo duram essas sequelas. Meses, anos, décadas? Talvez estejamos diante de uma geração inteira cuja saúde foi permanentemente comprometida durante a pandemia.

A lição que se tira disso é clara: o país precisa urgentemente preparar seu sistema de saúde para acolher aqueles que sobreviveram à Covid-19. Pelos próximos meses, possivelmente anos, precisaremos contratar profissionais, investir mais em programas de acompanhamento de saúde e atendimento domiciliar, produzir uma gama maior de tratamentos e medicamentos a preços acessíveis para tratar enfermidades variadas.

Temos a vantagem de enxergar o problema se avolumando no horizonte antes de sentir plenamente seu impacto. Isso nos dá uma preciosa janela de tempo, que pode ser usada para planejar adequadamente como enfrentaremos o desafio do pós-Covid. Desperdiçar essa oportunidade será um erro imperdoável em relação à saúde dos brasileiros.

CONFUSÕES DO MUNDO VIRTUAL

A tecnologia mudou radicalmente e profundamente o que era importante e o que se tornou importante, em particular como a pessoa é percebida, a partir do impacto causado pela mídia e pelas redes sociais. Jorge ilustra estas frases com uma história que aconteceu com ele.

Vivi isto no início. Vejam, duas senhoras de idade, irmãs, eram minhas pacientes, na época que eu era jovem – e todo mundo com cabelos brancos, para mim, era um idoso – e eu já tratava delas fazia uns três ou quatro anos. Até que numa consulta de rotina em que entrava uma, depois entrava a outra e, por último, as duas juntas entravam na sala e conversavam um pouco comigo. Nesse dia, as duas entraram e me falaram assim: "Doutor, estamos muito satisfeitas de estar aqui com o senhor e orgulhosas porque descobrimos que o senhor é um grande médico, um gênio" – palavras delas. Eu estranhei e perguntei: "Mas como é que a senhora descobriu isso? E por que agora, depois de tantos anos de trabalho, de tentativas que não funcionaram ou de outras que funcionaram? É verdade que hoje as senhoras têm uma vida com a sua saúde e a sua doença sob controle, é isso?" Elas respondem: não é nada disso, é porque ontem o senhor falou no Fantástico, programa muito visto e de repercussão nacional. O senhor falou e vimos que o senhor é realmente uma pessoa especial, porque só quem é chamado para falar ali são pessoas importantes que são maravilhosas."

Bom, eu tratava delas há anos, e sei que consegui ajudá-las muito, mas nada disso me credenciou a ser considerado um grande médico, mas falar um minuto e meio na telinha da televisão – isso que eu estou falando dos anos 1970 – bastou para me consagrar diante das minhas pacientes. E aí eu vi que todo esforço, todo trabalho, toda luta não eram suficientes para dar um impacto sobre o julgamento das pessoas sobre você, porém a telinha mágica da televisão já era capaz. Eu tive a consciência clara, naquele momento, de que o mundo estava mudando, e que o resultado do seu esforço era menor do que a minha aparição na telinha levada para milhões de pessoas.

Hoje cada especialidade, microespecialidade têm sua sociedade, e as pessoas disputam o poder dentro dela, ser presidente, ser diretor, ter destaque e poder falar na mídia eletrônica e nas redes sociais. Nem quero dizer que isso seja ruim ou bom, porque seria simplista. Apenas é assim hoje, o mundo evoluiu dessa forma, enquanto as pessoas não aprendem a utilizar esses instrumentos fantásticos ou não criam os métodos de filtro para aquilo que interessa à sociedade, ao ser humano, àquele que sofre, àquele que precisa daquela informação, para que de fato seja um método de distribuição da sabedoria, da alegria, do prazer, da saúde, do controle da dor e do sofrimento, da distribuição das riquezas, da possibilidade de todos usufruírem das boas novas da humanidade, e para combater as coisas ruins – será que chegaremos a esse ponto? – esses meios estarão impregnados por desinformação, confusão e vaidade, inclusive no campo da medicina.

Não sou uma pessoa midiática, nem me interessa ser. Porém, não posso julgar as pessoas que são, porque, se fosse jovem hoje, certamente estaria utilizando esses métodos, já que parecem obrigatórios em qualquer carreira atualmente. Evidentemente que estaria utilizando com mais escrúpulos do que alguns. Há médicos que usam a mídia de maneira inescrupulosa, pautados pelo egoísmo, já outros estão de fato pautados pelo idealismo. O fato é que a sociedade continua evoluindo, só que agora com uma repercussão muito grande, através da virtualidade que a máquina como extensão da inteligência, do poder, do saber do homem está estabelecendo para o progresso da sociedade humana.

POR UMA MEDICINA BASEADA NAS EVIDÊNCIAS:
Fugindo de fake news *e confusões do mundo virtual*

Vivemos numa época de enorme crescimento do nível de informação e de divulgação mundial instantânea. Trabalhos científicos que ampliam, ou confundem, nosso conhecimento de todas as áreas do saber, da medicina e biologia à física e tecnologia são publicados eletronicamente a cada instante. Os canais de comunicação profissional, em outra época claramente definidos, são agora multiplicados e frequentemente comprometidos.

Por exemplo, por muitas décadas, os laboratórios farmacêuticos forneciam aos clínicos detalhes sobre medicamentos que estavam para ser lançados. As revistas médicas esforçavam-se por se manter a par de novas modalidades de tratamento; os médicos, por sua vez, faziam de tudo para ficarem atualizados quanto às notícias publicadas pelas revistas. Hoje em dia, até mesmo os mais conservadores e respeitados laboratórios farmacêuticos adotaram a televisão como veículo consagrado para divulgar notícias sobre novos medicamentos aos pacientes em potencial. Diariamente, os médicos enfrentam perguntas e sugestões de prescrição para remédios sobre os quais, em alguns casos, por serem ocupados demais e não terem tempo para assistir à televisão, ainda não tiveram sequer tempo de se informar.

Para complicar ainda mais um sistema de informações médicas superaquecido, o ambiente está saturado de mensagens médicas virtualmente não regulamentadas pelos órgãos pertinentes.

As informações sobre medicina convencional de ervas, alternativa e medicina do novo milênio contêm de tudo, da linguagem correta e precisa a mentiras gritantes.

Obviamente, propiciar um bom tratamento médico exige um sistema melhor – daí a importância da medicina baseada em evidências (MBE/EBM – *Evidence – Based Medicine*).

A medicina baseada em evidências, tendência amplamente aceita na medicina e na pesquisa, é um conceito fácil de se entender. Constitui na prática de tomar decisões médicas por meio de cuidadosas identificação, avaliação e aplicação das mais relevantes e atualizadas informações médicas disponíveis. Ao observador casual, poderá parecer que a MBE tem sido condição *sine qua non* desde o tempo de Hipócrates. Além disso, muitos clínicos se justificam dizendo que apoiam suas decisões médicas nas melhores evidências disponíveis.

No entanto, tem que se reconhecer que os profissionais da medicina vêm gerando informações de ponta num ritmo sem precedentes e, portanto, os antigos métodos de atualização – métodos aceitáveis até cinco anos atrás – não são mais adequados. A MBE representa a síntese dos melhores, mais relevantes e mais atualizados dados possíveis. A combinação destes três elementos é o que dá força à MBE.

Dado o volume de informação disponível, a MBE se apoia no crivo da análise da comunidade científica e na velocidade da tecnologia para cumprir o que se espera dela. Isso representa um suplemento importante à Educação Médica Permanente (EMP/*Continuing Medical Education*-CME), a chave mestra do sistema de aprendizado médico. Além disso, já que a EMP consome tempo e é intermitente por natureza, demonstra ser limitada em sua capacidade de cumprir a expectativa de seus resultados, modificar ou aprimorar o desempenho clínico ou o tratamento dos pacientes.

A MBE entende a noção de que a informação está se proliferando num passo extraordinário e que os clínicos carecem de tempo adequado para ler todos os artigos.

Reconhece que não vale a pena ler todas as descobertas reportadas. Trabalhos científicos apresentando pareceres médicos e conclusões que não podem ser reproduzidos são abundantemente encontrados. Além disso, a qualidade da informação é tão importante quanto e, segundo a maioria, mais importante que a quantidade de informação. Os profissionais da medicina reconhecem que a importância e aplicabilidade de muitos estudos em pequena escala apresentados em revistas médicas são limitadas. Em consequência, não faz sentido que os clínicos percam tempo lendo, sintetizando e tentado julgar os méritos de pesquisa publicada, porém insuficientemente comprovada.

Certamente, a MBE nunca irá substituir as análises cuidadosas e o talento para a resolução de problemas dos clínicos, mas poderá ajudar os médicos a chegar às melhores conclusões médicas possíveis. Duas novas fontes de informação: as melhores evidências e o conhecimento clínico, ambas fontes de medicina baseada em evidências, vêm fazendo grandes contribuições a este esforço.

O exame da MBE mostra que ela vai mais além do que um banco de dados analisados pela comunidade médica. A MBE possui dois elementos essenciais: as técnicas para tomada de decisões médicas e a avaliação das informações médicas. Tomados em conjunto, estes componentes promovem prática médica baseada em evidências concretas e comprovação de resultados esperados em populações científicas.

A cada vez que um médico trata de um paciente, são gerados fatos sobre algum aspecto do diagnóstico, prognóstico ou gerenciamento do mesmo, necessitando-se de novas informações. Mesmo que se pressuponha que se encontrem prontamente disponíveis informações sobre um dado estado, cada apresentação clínica individual oferece ao médico oportunidade de aprender mais. Ao aperfeiçoar suas aptidões e ampliar o conhecimento, os especialistas em saúde aprendem a adequar tratamentos para cada paciente individualmente.

Utilizando educação, experiência, intuição e análise, os médicos conseguem gerar diagnóstico diferencial – diagnósticos que identificam as causas mais importantes possíveis de um estado clínico. São agregadas, a este, outras informações concomitantes que ajudam os médicos a estreitar a probabilidade de que um vetor suspeito de doença seja provável.

Assim agindo, os clínicos tradicionalmente utilizam um determinado número de recursos e técnicas, que variam da confiança e memória do conhecimento geral a painéis de crivo quanto a vetores suspeitos. Este processo agrega e, ao mesmo tempo, subtrai elementos das listas de diagnósticos possíveis. Para estreitar o foco de diagnósticos possíveis para prováveis, os médicos lançam mão da experiência pessoal, do conhecimento da comunidade médica ou da literatura disponível.

Boa aptidão para refinamento de probabilidades, associada às informações suplementares, cria uma plataforma para a tomada de decisões. Tendo identificado o problema, os médicos têm que definir, então, o mais adequado tratamento. Este passo tem que ser tomado dentro do contexto de fatores adicionais, tais como o impacto do tratamento sobre outros aspectos, estilo de vida e bem-estar do paciente. Deve-se levar também em consideração a capacidade do paciente de desempenhar sua parcela do tratamento. Por exemplo: "O paciente possui acuidade mental para se autoministrar complexo regime medicamentoso? O dinheiro do paciente ou o seu seguro-saúde conseguirão bancar o tratamento? A estratégia de tratamento é viável em custos? É convencional ou experimental? Em última análise, os médicos têm que decidir se os benefícios previstos pela estratégia prevista de tratamento serão possíveis de serem contra balançados pelos outros riscos. A medicina baseada em evidências é projetada para fornecer dados concretos à equação.

Pelo fato de a prática médica bem-sucedida exigir que os clínicos descubram as melhores evidências para o gerenciamento dos problemas clínicos dos pacientes, para que direção devem os médicos se voltar? Felizmente, dentro do campo médico, a organização, a síntese e a extração de dados atingiram uma nova tecnologia de ponta nos últimos anos. A catalogação de informação, sua indexação e tecnologia de acesso melhoraram de tal forma que os clínicos podem agora ter acesso a estatísticas ou estudos e obter aconselhamento em tempo real via qualquer computador que possua conexão com a Internet. Não apenas são os recursos eletrônicos mais acessíveis, eles são mais generalizados, mais perfeitamente indexados e mais abrangentemente revisados do que as fontes de bibliotecas em papel.

A MBE fornece múltiplos processos de seleção projetados a oferecer qualidade e informações confiáveis. As revistas médicas e outros artigos disponíveis na Internet foram selecionados meticulosamente e lidos por equipes de alto nível de epidemologistas e bibliotecários especializados. Utilizando critérios metodológicos preestabelecidos (isto é, critérios de sensibilidade e especificidade), estas equipes selecionaram artigos clínicos cientificamente consistentes, reproduzíveis e prováveis de apresentar conclusões válidas. A seguir, pré-selecionam artigos para painéis de médicos de primeira linha. Este painéis, por sua vez, selecionam somente os artigos considerados clinicamente relevantes. Apenas 2% dos artigos submetidos são validados suficientemente para publicação como abstratos estruturados pela Internet. Os que são publicados aparecem completos com conclusões clínicas e acompanhados de comentários adequados.

A *Medline* é considerada por muitos como a mais organizada e mais consistentemente atualizada fonte de informações biomédicas. Disponibilizada pela Biblioteca Nacional de Medicina dos Estados Unidos, a *Medline* consiste de banco de dados computadorizado de artigos, informações e publicações científicas sobre medicina, odontologia, enfermagem e ciências biológicas básicas. Pelo fato de a *Medline* ser escrita em código e ser de difícil navegação, um determinado número de programas especializados de computador cria interfaces amigáveis para este banco de dados. Estas interfaces facilitam ao usuário aplicar termos e estratégias de busca comuns, sendo extremamente populares entre os pesquisadores médicos. Como vimos, constitui-se um desafio para que os clínicos determinem como acessar as informações relevantes. Prevendo isso, encontram-se disponíveis guias *Medline* para os usuários *Medline*.

Além do *Medline*, o *ACP Journal* (ACPJC) e *Evidense – Based Medicine* (EBM) estão disponíveis on line. Inaugurado em 1991 pelo *American College of Physician*, o *ACP Journal* é elaborado para médicos em geral. O *Evidence-Based Medicine*, lançado em 1995 pelo *Americam College of Phisician* e pelo *British Medical Journal Publications Group*, combina abstratos do ACPJC com abstratos de publicações sobre uma variedade de especialidades. O EBM abrange uma gama de tópicos sobre cirurgia, obstetrícia, psiquiatria, ginecologia e pediatria.

Os médicos conhecedores da MBE têm uma outra poderosa ferramenta à mão: a colaboração Cochrane – o Grupo Cochrane dedica-se a sintetizar gigantescos volumes de informações sobre todos os experimentos de uma dada intervenção. O Grupo Cochrane, à medida que os pesquisadores não associados levam a cabo experimentos duplicados e aleatórios sob condições e tratamentos semelhantes, integra e sintetiza a massa de informações dos experimentos clínicos. Constituindo um grupo internacional de clínicos, especialistas em metodologia e consumidores, a colaboração Cochrane representa um corpo inigualável de evidências que detalha a eficácia de regimes preventivos, terapêuticos e reabilitantes. Publicadas sob várias formas, incluindo disquetes de computador, CDs e Internet, as revisões da Biblioteca Cochrane vêm se tornando elementos indispensáveis à MBE.

A Biblioteca Cochrane compõe-se de três bancos de dados principais. O primeiro, o *Cochrane Controlled Trials Register* (CCTR), é parte de um esforço internacional para buscas meticulosas em publicações e para a criação de uma fonte de dados não tendenciosos a serem utilizados em revisões sistemáticas. O segundo, o *Database of Abstract Reviews of Effectiveness* (DARE), inclui revisões sistemáticas avaliadas pela crítica mundial. O terceiro, o *Cochrane Database of Sistematic Reviews* (CDSR), contém análises estruturadas e sistemáticas de experimentos controlados.

Num esforço para minimizar distorções, incluem-se ou excluem-se evidências com base em critérios de qualidade explícitos. O CDSR também depende de metanálise para assegurar evidências de qualidade. Um sistema estatístico no qual estudos separados são estatisticamente integrados, a metanálise aumenta o poder dos estudos ao combiná-los.

A INFORMAÇÃO É VÁLIDA?

Pelo fato de a Internet não ser regulamentada, qualquer pessoa pode colocar informações na WEB, e, levando em consideração a ênfase da MBE quanto às ferramentas da Internet, os médicos podem ampliar sua margem de segurança por meio de confiabilidade de informações ao escolher sites controlados. Por exemplo, médicos que utilizam as páginas oficiais da WEB de organizações e associações profissionais dependem de grupos como o *National Institutes of Health*, a *American Cancer Society* e órgãos assemelhados, para policiar as informações do site e assegurar que o que é fornecido é preciso e atualizado.

A acurácia e a precisão são fundamentais à medicina baseada em evidências; a comprovação de que um medicamento possua resultados reproduzíveis e mensuráveis é o que cria atrativo na MBE. Na verdade, muitos prontamente aceitam o tremendo valor que a MBE empresta à maioria das disciplinas médicas.

Infelizmente, a pesquisa de saúde mental carece fundamentalmente de estudos interligados. Conquanto possamos arregimentar uma massa de informações, que demonstram que o fumo causa câncer ou que certos medicamentos possam erradicar doenças específicas, não existem testes controlados que provem conclusivamente os efeitos da psicoterapia sobre a neurose ou que um determinado psicotrópico venha a ser a solução final para uma específica doença mental.

Vale a pena citar as razões óbvias. A saúde mental do paciente frequentemente se operacionaliza no reino da subjetividade, não podendo sempre ser medida em termos de ciência precisa. Aqueles que desaconselham uma tendência no sentido da sua saúde mental baseada em evidências fazem quatro afirmações:

1. A pesquisa (e subsequentemente diretrizes para tratamento) realizada nos objetos de pesquisa não reflete necessariamente a saúde mental como a mesma é praticada em ambientes clínicos. As elaborações "artificiais" desenvolvidas em estudos de saúde mental alteram as constatações.

2. Pelo fato de os terapeutas apresentarem diversos pontos de vista, qualquer diretriz que dê enfoque sobre uma abordagem terapêutica será provavelmente inconsistente e divergirá, dependendo do terapeuta.

3. As diretrizes padrão MBE (para prática da saúde mental) poderiam resultar em tratamentos idênticos para pacientes cujas condições não sejam as mesmas. Levando-se em consideração o fato de que pessoas com o mesmo estado possam ter necessidades ou perfis muito diferentes, esta seria uma consequência indesejável da medicina baseada em evidências – os profissionais de saúde mental não devem tratar todos os pacientes da mesma forma.

4. Todas as psicoterapias são igualmente eficazes, de forma que não há necessidade de se trabalhar no sentido de uma prática de saúde mental baseada em evidências.

Os primeiros três argumentos, embora corretos como asserções, implicam, por sua construção, que a pesquisa conduzida num ambiente de pesquisa perde seu valor quando aplicada num contexto clínico. Além disso, dizem que, pelo fato de os médicos que apliquem terapias convencionais serem diferentes, os resultados também serão diferentes. Entretanto, toda pesquisa concernente à saúde física ou mental é afetada pelos pesquisadores e por profissionais subsequentes.

Na medicina, constitui fato há muito estabelecido que a "postura à cabeceira do cliente" e a imposição de mãos têm profundos efeitos sobre resultados de tratamentos. Claramente, então, a individualidade do clínico desempenha um papel no sucesso do tratamento, o que não quer dizer que os métodos de tratamento prescritos venham a se tornar respostas padronizadas a estados mentais. A quarta postura clínica ao desenvolvimento de saúde mental baseada em evidências apoia-se numa noção obsoleta de que, ironicamente, a MBE deveria ter sido descartada há muito tempo.

Certamente, existem obstáculos ao estabelecimento de um sistema confiável e amplamente respeitado de saúde mental baseado em evidências. Obstáculos semelhantes interpuseram-se à medicina. Hoje em dia, os médicos são responsáveis pelos seus diagnósticos e receitas; são pedidas evidências de eficácia dos tratamentos. Os profissionais de saúde mental são tidos em alta consideração – na verdade, pode-se argumentar que estes profissionais enfrentam um crivo ainda maior.

A saúde mental é, indiscutivelmente, um componente crucial do bem-estar geral. Como tal, os profissionais são obrigados, pelo seu dever, de apresentar todas as propostas válidas para identificar tratamentos psicoterápicos empiricamente apoiados. Alguns profissionais optaram por assumir papéis de liderança nesta circunstância. A Divisão de Psicologia Clínica da *American Psychological Association*, por exemplo, congregou força-tarefa para identificar e promover as terapias apresentadas para atender ao processo de revisão científica.

À medida que o trabalho social, a psicologia e a psiquiatria continuam a ganhar estatura no arsenal da saúde, torna-se cada vez mais importante oferecer evidências reproduzíveis de eficácia. A saúde mental baseada em evidências terá potencial para crescer imensamente quando dados consistentes puderem demonstrar quais mecanismos psicológicos do cérebro influenciam que tipo de comportamento ou que se possa provar que tipo específico de medicamento positivamente reduza a perturbação de estados de espírito.

Sem dúvida, existem obstáculos e riscos para que se estabeleça saúde mental baseada em evidências, especialmente no que se refere a diretrizes de psicoterapia e de tratamento. Isto, entretanto, não é razão para deixar de dar continuidade à pesquisa sobre saúde mental baseada em evidências. Ao contrário, os peritos em saúde mental estão em posição primordial para defender sua causa.

Tendo já sido visto numa luz muito negativa, o campo da saúde mental vem adquirindo grande reconhecimento. No esforço para serem aceitos como "verdadeiros" médicos, os psiquiatras e profissionais de saúde mental estão em posição de primazia para serem ouvidos.

14
BREVE HISTÓRICO
DA DEPRESSÃO

A depressão é uma das patologias mais importantes da saúde pública. Mais de 20% da população mundial, um dia sofrerá ao menos um episódio depressivo. O doente sofre pela doença e pela incompreensão da família e da sociedade. Por esta razão Jorge se dedicou muito a esta patologia, como médico, psiquiatra, professor e em termos de saúde pública. Esta é a razão deste capítulo sobre Depressão.

Jorge escreveu uma série de artigos sobre a depressão ao longo de sua carreira, entre eles, "Depressão (Diagnóstico e Tratamento)", em 1983, publicado em *Notas da Psiquiatria*, "Acontecimentos da vida e depressão", em 1987, *Depressão e meio ambiente*, 1990, em Editora Científica Nacional Ltda., apenas para citar alguns. O seu mais recente ensaio sobre a depressão foi escrito em inglês, em 2010, sob o título de *Metaphysics of depression,* traduzido e adaptado com exclusividade para este livro.

UM PANORAMA DA DEPRESSÃO ATRAVÉS DA HISTÓRIA

A história da depressão começa com a da melancolia, termo que sofreu amplas mudanças de interpretação desde seu uso por Hipócrates. Segundo o psiquiatra francês Henri Ey (1900-1977), "a história da evolução do conceito de melancolia constitui um dos mais longos capítulos da história doutrinária da psiquiatria". Da mesma forma, valendo-se de uma riqueza de imagens que retratam as mil e uma faces contrastantes da melancolia (solidão-confinamento, meditação-tentação, exaltação-imaginação, loucura-gênio), a historiadora da arte francesa contemporânea Hélène Prigent mostrou como sua interpretação foi informada pela história e pelo tempo.

ANTIGUIDADE GRECO-ROMANA

A história da depressão como conceito começou na Antiguidade greco-romana, com a descrição da melancolia – μελανχολία – que os médicos atribuíram a um excesso de bile negra. O termo foi adotado inalterado no latim e nas línguas europeias.

No início do século IV a. C., os pensadores gregos estavam estabelecendo as leis da natureza e usando-as para elaborar as primeiras definições do homem. Tendo observado que a natureza tem quatro estações e a matéria quatro qualidades básicas (quente, frio, seco, úmido), eles raciocinaram que o homem é movido por quatro elementos, a saber, os quatro humores que sustentam o *humoralismo* de Hipócrates (460-356 a.C.): sangue, catarro, bile amarela e bile negra. Hipócrates definia a saúde como um equilíbrio entre os quatro humores e a doença como a predominância de um em detrimento dos outros. A melancolia denotava tanto uma substância natural do corpo quanto a doença causada por seu excesso. Para Galeno (129-201 ou 216 d.C.), a bile negra assemelhava-se a um forte "ácido que morde e ataca a terra, incha e fermenta, criando bolhas" que emitem vapores tóxicos e terríveis.

Hipócrates foi o primeiro a definir a melancolia, escrevendo em seus aforismos que "se o medo e a tristeza persistem, tal estado é a melancolia". No século I ou II d.C, Aretaeus, da Capadócia, descreveu a melancolia como "uma doença sem febre em que a mente permanece constantemente fixada na mesma ideia e se apega teimosamente a ela". Galeno adotou a definição dada por Hipócrates e ela dominou os séculos subsequentes, com o médico de Bagdá Ishaq ibn Imran (falecido em 908) escrevendo um *Tratado da melancolia* no século IX d.C., que foi um monumento à ortodoxia hipocrática e galênica.

Em contraste com os médicos, os filósofos da Antiguidade viam a melancolia como o caminho para a imaginação e a memória que conduzia, em última instância, ao gênio. Para Aristóteles, que via o melancólico como um gênio devido à sua propensão a ceder à imaginação, a memória era a raiz de toda a criação, e as imagens armazenadas nela transportavam o poeta a estados semelhantes aos dos melancólicos, que experimentam variações na bile negra.

CRISTIANISMO PRIMITIVO

O cristianismo primitivo forneceu o cenário para um novo desenvolvimento no conceito de melancolia, desta vez nos desertos egípcio e sírio. No início do século IV d. C., vários cristãos decidiram retirar-se para o deserto para romper com uma sociedade que consideravam estar além da salvação. Muitos desses anacoretas (de ἀναχωρέω, para retirada) sucumbiram a um tipo específico de melancolia conhecido como acédia (ἀκηδία, que significa negligência, indiferença ou tristeza). Assimilada à preguiça, a acédia estava entre os vícios mais terríveis, incorporando a noção de luxúria da Idade Média. Junto com a avareza, a ira, a ganância, o orgulho, a luxúria, a inveja e a gula, a acédia era um dos oito pecados mortais que perseguiam os monges no deserto. Só muito mais tarde o termo entrou nas línguas europeias e foi assimilado pela melancolia.

IDADE MÉDIA

Importada para a Europa Ocidental, a melancolia (da tradição grega) e a acédia (da tradição do Oriente Médio, em grande parte devido ao monge João Cassiano [360-365 a 433-435 d. C.]) foram reconhecidas como pecados mortais no início da Idade Média. A lista de pecados foi revisada periodicamente, notadamente pelo papa Gregório, o Grande (c. 540-604), que a reduziu de oito para sete (os sete pecados capitais), mantendo a acédia, mas expandindo-a para conter tristeza / desespero.

No século XII, a Europa Ocidental começou a ter acesso aos escritos da Grécia Antiga traduzidos pelos árabes. Esses textos postulavam uma conexão entre Saturno e a melancolia, com base na semelhança de cor entre o planeta e a bile negra. Na Idade Média, a fé no poder das estrelas era quase universal. Na astrologia, Saturno era "um planeta frio, seco e malévolo, que vive à noite e se move lentamente, razão pela qual a lenda o retrata como um homem velho".

Durante este período, os quatro temperamentos (sanguíneo, fleumático, colérico e melancólico) foram reinterpretados de acordo com os valores cristãos: Os escolásticos viam o temperamento melancólico, como os temperamentos fleumático e colérico, como resultado do pecado original. Assim, o fim da Idade Média encontra a melancolia sob a tutela gêmea de Saturno e Satanás. Por volta do século XIV, melancolia e acédia tornaram-se intercambiáveis.

RENASCIMENTO

A redescoberta das fontes greco-romanas inverteu a imagem da melancolia ao associá-la mais uma vez ao gênio. Publicado em etapas entre 1480 e 1489, *De vita libri tres* (*Três livros sobre a vida*), do platônico italiano Marsilio Ficino (1433-1499), celebrou a "melancolia generosa" como um dom único e divino em que a bile negra eleva a alma "a uma compreensão dos assuntos mais elevados "sob a influência de Saturno,"o mais elevado dos planetas".

Baseando-se nas ideias de Ficino, o filósofo ocultista Agrippa von Nettesheim (1485-1535) identificou três tipos de melancolia associados às três faculdades da alma: a imaginação (*melancolia imagina*) governava o menos erudito dos homens, permitindo-lhes aceder às posições de pintor e arquiteto; a razão (*melancolia rationis*) era compartilhada por filósofos, médicos e oradores; e a mente (*melancolia mentis*) revelou a lei de Deus. Albrecht Dürer (1471-1528) aprendeu as ideias de Ficino antes de gravar a *Melancolia I*. Assim, a melancolia cruzou do território da medicina para o da arte.

INÍCIO DA MODERNIDADE

Do século XVII ao início do século XX, os médicos consideravam a melancolia uma forma de insanidade. O primeiro a questionar a teoria humorista foi o médico inglês Thomas Willis (1621-1675), pioneiro da neuroanatomia, que observou em pacientes melancólicos a alternância de fases entre mania (loucura) e melancolia (depressão): "estes dois, melancolia e mania, mutuamente excluem e substituem um ao outro como fumaça e chama".

No início do século XIX, a nascente ciência da psiquiatria começou a analisar os sintomas da melancolia. Em uma ruptura radical com a tradição hipocrática, a medicina clínica moderna inicial via a melancolia como uma doença mental. Dois psiquiatras franceses, Philippe Pinel (1745-1826) e Jean-Étienne Dominique Esquirol (1777-1840), definiram a melancolia como uma forma de insanidade parcial (prejudicando apenas parcialmente o julgamento) em oposição à insanidade abrangente (causando perda total de razão) de excitação maníaca.

Em 1817, Esquirol cunhou o termo *lypemania* (de λυπη [tristeza] e μανία [loucura]), mas considerou-o apenas como outra forma de delírio. Assim, o humor era apenas sua característica secundária, sendo o critério essencial que o delírio permanecesse parcial. Posteriormente, dois de seus ex-alunos, trabalhando independentemente um do outro, forneceram as primeiras descrições do transtorno bipolar: em 1851 a "loucura circular" de Jean-Pierre Falret (1794-1870) e em 1854 a "insanidade de forma dupla" de Jules Baillarger (1809-1890).

IDADE MODERNA

Abrindo o caminho para a psiquiatria moderna ao mesmo tempo em que outros revolucionavam a física, o psiquiatra de Munique Emil Kraepelin (1856-1926) forneceu, em 1889, a primeira descrição específica da psicose maníaco-depressiva. Fiel ao princípio da evolução introduzido por Charles Darwin (1809-1882), Kraepelin incluiu em sua descrição a possibilidade de alternância entre mania e melancolia, com recuperação total a cada episódio. "Deste momento em diante", escreveu Ey, "a pesquisa sobre a melancolia assumiu uma ênfase biológica, degenerativa e fisiológica, estabelecendo que a melancolia era claramente de origem 'orgânica'".

A psiquiatria moderna trouxe o conceito de depressão à existência com o auxílio da teoria da evolução, da genética, da psicanálise, da fenomenologia e da antropologia como parteiras. Na Alemanha, no início do século XX, Karl Kleist (1879-1960), Ernst Kretschmer (1888-1964), Karl Leonhard (1904-1988) e Klaus Conrad (1905-1961) descreveram a melancolia como uma doença periódica e genética. Em 1915, Sigmund Freud (1856-1939) escreveu *Mourning and Melancholia* (*Trauer und Melancholie*), o artigo que expôs a terapia psicanalítica da depressão, elaborado em colaboração com Karl Abraham (1877-1925) e posteriormente estendido por Melanie Klein (1882-1960)

Filósofos como Edmund Husserl (1859-1938), Henri Bergson (1859-1941) e Martin Heidegger (1889-1976), junto com o filósofo-psiquiatra Karl Jaspers (1883-1969), inspiraram Otto Binswanger (1852-1929), Eugene Minkowski (1885-1972) e Hubert Tellenbach (1914-1994) para desenvolver a escola fenomenológica existencial de psiquiatria e psicopatologia que facilitasse a comunicação com os pacientes, tornando seu transtorno mais fácil de entender.

Jaspers fundou a psicopatologia, propondo uma abordagem psicológica para a doença mental. Em seu *General Psychopathology* (*Allgemeine Psychopathologie*), publicado em 1913, ele fez uma abordagem existencial de uma hierarquia estrita de conceitos em psicopatologia: as dimensões da "experiência" e do "mundo do paciente" tornaram-se assuntos para a psiquiatria como uma ciência que já não visava simplesmente a descrever os sintomas, mas a transcendê-los, entendendo exatamente como eles se organizaram entre si.

O psiquiatra existencial Erwin Straus (1891-1975), que chegou aos Estados Unidos em 1938, também teve profunda influência no conceito de patologia como experiência subjetiva. Seu estudo de 1935, publicado em inglês em 1963 sob o título *Primary World of the Senses*, descreveu os distúrbios pessoais de pacientes deprimidos como prisioneiros do passado que vivenciam o tempo como se tivesse parado e, portanto, perdem toda a esperança. Para Minkowski, a depressão era uma doença temporal: os pacientes não sentem mais que têm um futuro; não conseguem mais visualizar o futuro antropomorficamente como um horizonte para o qual se dirigem. Ao contrário, sentem-se fugindo para o passado, até sugados por ele. Segundo Ey, "o paciente tem a impressão de estar retrocedendo no tempo, de girar na direção oposta à da Terra, para que o tempo passe de forma insuportável". É com base nisso que a depressão passou a ser descrita como um distúrbio da temporalidade.

Pessimismo, culpa, ansiedade, ideias delirantes e incapacidade de agir são todos sintomas dessa relação patológica com o tempo. Assim, para o psiquiatra e psicanalista francês contemporâneo Daniel Widlöcher (nascido em 1929), "é claro que a leitura de uma descrição fenomenológica da depressão deixa um sentimento de verdade e realismo que contrasta com a secura abstrata de uma lista de sintomas". O mérito dessa abordagem existencial da depressão é que ela se concentra na dor do paciente deprimido, enfatizando a importância de tratar não apenas a doença, mas também, e acima de tudo, os próprios pacientes deprimidos, conforme sublinhado pela eficácia de várias formas de psicoterapia coadjuvante.

DEPRESSÃO HOJE: UM GRANDE PROBLEMA DE SAÚDE PÚBLICA

A depressão atualmente representa um grande problema de saúde pública em todo o mundo. A prevalência pontual de episódios depressivos unipolares é de 1,9% nos homens e 3,2% nas mulheres. Além disso, 5,8% dos homens e 9,5% das mulheres terão um episódio depressivo em qualquer período de doze meses (4). Em 2020, a depressão representará 5,7% da morbidade total e será a segunda maior causa de *handcap* no mundo, atrás da doença cardiovascular isquêmica e à frente do câncer (5).

Na França, de acordo com conclusões recentes do Ministério da Saúde, 6-12% da população em qualquer momento apresentam sintomas de um episódio depressivo típico, enquanto cerca de 20% experimentarão tal episódio pelo menos uma vez na vida (6). As mulheres são quase duas vezes mais afetadas que os homens. Na maioria das pessoas que sofrem de um episódio depressivo típico, o transtorno é recorrente ou crônico. O risco de recorrência aumenta com cada episódio e diminui à medida que o intervalo entre os episódios aumenta. A depressão também é gravemente incapacitante, prejudicando a qualidade de vida não apenas dos pacientes, mas também daqueles ao seu redor. O suicídio é a principal causa de morte na depressão.

CLASSIFICAÇÕES INTERNACIONAIS

Dada a importância do assunto e as diversas apresentações clínicas da doença, os médicos desenvolveram instrumentos que simplificam e sistematizam as definições de distúrbio do humor. Assim, a depressão é definida pela presença de uma série de sintomas classificados de acordo com os dados estatísticos e reunidos no *Manual Diagnóstico e Estatístico de Transtornos Mentais – IV* Revisão de Texto (DSM-IV-TR) (7), publicado pela American Psychiatric Association e na *Classificação Estatística Internacional de Doenças e Problemas Relacionados à Saúde* (CID-10), publicada pela Organização Mundial da Saúde. Essas classificações foram projetadas para permitir que grupos uniformes de pacientes fossem recrutados para estudos científicos.

As diferentes versões do DSM são extremamente sensíveis às mudanças sociais, médicas e epistemológicas de cada época. O primeiro foi publicado em 1952. O segundo, publicado em 1968, reflete a abordagem predominante na época, ou seja, a psiquiatria psicodinâmica mergulhada no freudianismo da América dos anos 1950 e 1960, que se concentrava na interação entre psiquiatra e paciente (9). Em 1974, a nomenclatura foi harmonizada entre o DSM-II e o CID-9.

Em 1980, o DSM-III foi estruturado em uma base explicitamente neokraepeliniana, abandonando a visão psicodinâmica e usando uma abordagem categórica que assumia que cada padrão particular de sintomas em uma categoria refletia uma patologia subjacente particular. Após três versões adicionais (DSM-III-R, 1987; DSM-IV, 1994; DSM-IV-TR, 2000), o estágio agora está pronto para o DSM-V, uma revisão completa do DSM-IV destinada a tratar o paciente e não a doença, levando em consideração as diferentes dimensões da doença, a relação com o outro, a identidade profissional, o estado de saúde e a avaliação do paciente sobre sua qualidade de vida.

FATORES GENÉTICOS E DETERMINANTES AMBIENTAIS

A depressão maior é um transtorno familiar presumido devido à convergência de fatores genéticos e ambientais (10). Nas formas bipolares de depressão, existe um fator genético transmitido no cromossomo X, o que explicaria a maior frequência do transtorno em mulheres. Muitos genes estão envolvidos na depressão, em particular a forma abreviada do gene transportador de serotonina no cromossomo 17, que pode estar significativamente associado a respostas depressivas reativas aos principais estressores da vida (luto, divórcio, desemprego etc.).

Embora os fatores genéticos não sejam diretamente responsáveis pela depressão, eles parecem modular a resposta ao estresse e, assim, aumentar a vulnerabilidade à depressão em ambientes particularmente estressantes. Essas observações chamaram a atenção para os determinantes da expressão gênica. A epigenética é um campo em rápida expansão que visa a estudar a influência do meio ambiente, e eventos da vida em particular, na ativação e na inibição de genes.

O PACIENTE NO CENTRO DA DOENÇA DEPRESSIVA

A depressão é uma síndrome de três sintomas: humor deprimido (tristeza patológica com consciência profundamente angustiada do transtorno, ideias suicidas constantes, incapacidade de sentir prazer e ansiedade), retardo psicomotor com perda de impulso (lentidão intelectual e motora, apatia matinal) e sintomas somáticos (distúrbios do sono, perda de apetite, diminuição da libido e outros sintomas como dores de cabeça, constipação, dores e dores e amenorreia).

Em primeiro plano: um ciclo de sono-vigília alterado.

A perturbação do sono é a marca somática da depressão, com cerca de 90% dos pacientes queixando-se de despertares frequentes na segunda metade da noite, despertar de manhã cedo e incapacidade de voltar a dormir. Os pacientes geralmente se sentem piores no final da noite / manhã cedo, com o sono sendo uma "bênção" e o despertar uma "maldição". Esses períodos de insônia podem levar os pacientes a encenar ideias suicidas. A dificuldade em adormecer é uma queixa menos comum e geralmente sinaliza ansiedade associada. A perturbação do sono também é um dos sintomas residuais mais característicos nas remissões parciais da depressão.

A polissonografia (eletroencefalograma, eletrooculograma e eletromiograma submentoniano) mostrou encurtamento da latência do sono do movimento rápido dos olhos (REM) na depressão unipolar e bipolar. A indução do sono REM é complexa, envolvendo serotonina (núcleos intermediários da *rafe*), norepinefrina (*locus coeruleus* e *subcoeruleus*) e provavelmente acetilcolina. O sono de ondas lentas (profundo) depende do sistema serotoninérgico e a vigília dos sistemas catecolaminérgicos (noradrenérgicos e dopaminérgicos). Na depressão, não apenas o primeiro período do sono REM ocorre mais cedo do que o normal, mas a quantidade do sono REM também aumenta, juntamente com os próprios movimentos rápidos dos olhos, enquanto o sono de ondas lentas diminui. O sono retorna ao normal durante a remissão completa de um episódio depressivo maior.

Atividade serotoninérgica, noradrenérgica e colinérgica alterada tem sido relatada em pacientes deprimidos, reforçando a hipótese de que o distúrbio do sono REM é devido ao desequilíbrio entre os sistemas colinérgico e monoaminérgico. Os antidepressivos serotoninérgicos inibem o sono REM, enquanto a duração do sono encurtada ou a privação total de sono de uma noite pode ter um efeito antidepressivo, que então desaparece em 80% dos pacientes assim que eles dormem novamente.

O cientista do sono francês Michel Jouvet (nascido em 1925), cujo nome está indissociavelmente ligado ao conceito de sono REM, percebeu uma ligação entre um ciclo de sono-vigília alterado e a depressão: "A dessincronização entre o relógio circadiano endógeno e o tempo real pode, se repetida frequentemente, atrapalhar o ciclo vigília-sono (sonolência irresistível) e causar distúrbios psiquiátricos (depressão)".

Essa hipótese coloca a dessincronização do relógio circadiano diretamente no centro da depressão, e confirma as mudanças observadas nos marcadores circadianos (temperatura corporal, cortisol e melatonina) durante os episódios depressivos, que volta ao normal durante a remissão.

ANTIDEPRESSIVOS PASSADOS E PRESENTES: MEIO SÉCULO DE PROGRESSO

Antes de 1950, os tratamentos psiquiátricos como a terapia eletroconvulsivante e o coma insulínico eram todos indiretos e o arsenal de drogas estava confinado ao opiáceo láudano, xarope de hidrato de cloral e barbitúricos. A história dos antidepressivos diretos começou em 1952 e está inexoravelmente associada à da psiquiatria moderna. Seguindo uma sugestão de Henri Laborit (1914-1995), um ex-neurocirurgião francês que se tornou pesquisador farmacologista e observou que a clorpromazina induzia euforia em pacientes pós-operatórios, os psiquiatras Jean Delay (1907-1987) e Pierre Deniker (1917-1998) testaram a droga com sucesso em pacientes com agitação motora e / ou psíquica e psicose delirante no Hospital Sainte-Anne em Paris. Posteriormente, foi comercializado como Largactil na Europa e Thorazine nos Estados Unidos. No mesmo ano, o psicofarmacologista americano Nathan Kline (1916-1982) aprendeu com seus colegas cirúrgicos que a iproniazida, que eles haviam começado a usar para a tuberculose óssea, da mesma forma deixava seus pacientes eufóricos. Kline então o usou em pacientes com depressão, resultando na descoberta do primeiro inibidor da monoamina oxidase (IMAO).

Em 1957, o psiquiatra suíço Roland Kuhn (1912-2005) relatou resultados bem-sucedidos com a imipramina na depressão; A atividade antidepressiva "muito marcada" foi reconhecida no ano seguinte e finalmente confirmada em 1959. Na França, o grupo de Delay definiu a imipramina como timoanaléptica ou elevadora do humor. Em 1964, dois bioquímicos, Jacques Glowinski (nascido em 1936) na França, e Julius Axelrod (1912-2004), nos Estados Unidos, descreveram a inibição sináptica da recaptação da norepinefrina pela imipramina.

Em 1960, uma nova geração de antidepressivos tricíclicos sedativos (amitriptilina, trimipramina, dosulepina / dothiepin, doxepina, noxiptilina, quinupramina, amineptina e metapramina) marcou um grande passo à frente na quimioterapia. O ano de 1970 viu a introdução da maprotilina, o primeiro grande antidepressivo sedativo que não era um IMAO ou tricíclico. Seguiram-se antidepressivos sem efeitos anticolinérgicos (viloxazina, nomifensina, mianserina).

Os efeitos tricíclicos adversos, em particular a cardiotoxicidade e as crises hipertensivas induzidas por IMAO impulsionaram o desenvolvimento, na década de 1990, de medicamentos mais seletivos com menos efeitos colaterais e restrições de prescrição: inibidores seletivos da recaptação da serotonina (ISRSs: citalopram, escitalopram, fluoxetina, fluvoxamina, paroxetina, sertralina) e inibidores reversíveis de MAO-A (RIMAs: moclobemida) (19). Estes foram seguidos por inibidores da recaptação da serotonina-nore-pinefrina (SNRIs: milnaciprano, venlafaxina, duloxetina) e antidepressivos noradrenérgicos e serotonérgicos específicos (NaSSAs: mirtazapina).

No entanto, a própria profusão de antidepressivos indica que as expectativas permanecem não atendidas, seja de eficácia (tempo retardado para o efeito, persistência de sintomas residuais após a remissão), tolerabilidade (reações gastrointestinais, disfunção sexual, distúrbios do sono) ou segurança (sintomas de abstinência, em casos abruptos, retirada em particular). O mesmo se aplica à adesão e a classificação do paciente quanto à aceitação do tratamento.

DA TEORIA MONOAMINÉRGICA AO CONCEITO DE NEUROPLASTICIDADE

O que importa, para além dos sintomas que os antidepressivos se destinam a controlar, é compreender a etiopatogenia da depressão para efetivar a sua prevenção radical, em particular no que diz respeito à recorrência.

Há mais de cinquenta anos, a hipótese de um desequilíbrio ou diminuição nas três monoaminas, norepinefrina, serotonina e, provavelmente, dopamina, passou a ser aceita como a explicação ortodoxa da base biológica da depressão. Mas, por si só, essa hipótese falha em explicar como os antidepressivos funcionam. Em particular, não explica o atraso entre os efeitos bioquímicos imediatos e a resposta clínica.

Na década de 1980, o progresso da neurobiologia levou ao surgimento de um novo conceito de depressão baseado em mudanças na neuroplasticidade, com relação ao metabolismo (cortisol plasmático elevado, hipoatividade de neurônios monoaminérgicos [em particular serotoninérgicos] e hiperatividade do sistema glutamatérgico) e função (alterações na estrutura cerebral, em particular no volume do hipocampo e do lobo frontal, detectadas por ressonância magnética). Alguns antidepressivos têm efeitos biológicos na plasticidade e na morfologia do cérebro, notadamente a tianeptina, que previne a atrofia induzida pelo estresse crônico.

UMA NOVA ABORDAGEM TERAPÊUTICA

A observação de que ritmos biológicos endógenos (sono, hormônios, temperatura corporal) são sistematicamente dessincronizados em pacientes deprimidos inspirou um conceito contínuo de depressão, em que o desequilíbrio monoaminérgico associado à doença é visto como causando mudanças na neuroplasticidade que, por sua vez, eventualmente dessincronizam os ritmos biológicos e perturbam os ritmos circadianos. Por outro lado, a dessincronização repetida entre o relógio circadiano endógeno e o tempo real pode interromper o ciclo sono-vigília e causar depressão. A implicação é que a ressincronização do relógio endógeno pode ter um efeito antidepressivo.

Essa nova abordagem levou ao desenvolvimento da agomelatina, uma droga que atua no ritmo circadiano e na depressão. Incorporando um novo conceito de doença depressiva, a agomelatina pode talvez ajudar a elucidar a etiopatogenia da depressão, assim como a penicilina fez no caso da neurossífilis: os pacientes com neurossífilis eram vistos como loucos, progredindo de ansiedade generalizada, através de depressão unipolar, ataques de mania típicos de depressão bipolar, prejuízo cognitivo e, finalmente, demência e paralisia geral. Ao revelar a conexão causal direta entre a doença venérea e a síndrome neurológica, a penicilina tornou os volumes de especulação neurológica instantaneamente obsoletos. Da mesma forma, uma abordagem que vê a depressão como um distúrbio do ritmo biológico oferece uma nova perspectiva sobre a doença que pode representar esperança para o futuro.

O objetivo desta revisão da história e do tratamento da depressão é lançar uma nova luz não apenas sobre o transtorno, mas também sobre os pacientes que precisam ser tratados de maneira holística. A depressão é uma doença centrada no passado. Ela confina os pacientes em um ritmo mais lento que congela sua experiência presente e os aprisiona no passado. Ela priva-os de esperança, impedindo-os de se projetar no futuro e, assim, de superar as dificuldades presentes. Daí a importância de se levar em consideração a dimensão do tempo no atendimento ao paciente deprimido. No nível neurobiológico, além da teoria monoaminérgica, a doença depressiva traz mudanças na neuroplasticidade que dessincronizam os ritmos biológicos, com as consequências que descrevemos: ciclo sono-vigília alterado com angústia mental atingindo um pico ao acordar, e ritmos sociais alterados.

O achado sistemático de dessincronização do biorritmo em pacientes com depressão gerou um novo conceito baseado no potencial efeito antidepressivo de ressincronizar o relógio biológico endógeno. Essa abordagem terapêutica levou ao desenvolvimento da agomelatina, o primeiro antidepressivo melatonérgico, que abre novas perspectivas para a compreensão e o tratamento da depressão.

AGRADECIMENTOS

Neste momento da minha vida, aos 80 anos, refleti sobre a minha obrigação, não somente para com a minha família, mas com os amigos e a sociedade, de contar o que eu aprendi nessa minha trajetória de representante de instituições internacionais nas áreas da saúde, da educação e da pesquisa médica. Contar o que eu fiz, as minhas viagens, os eventos sociais, culturais, e os ensinamentos de tudo que vivi.

Isso aconteceu justamente quando recebi o estímulo e a oportunidade de editores brasileiros, a partir de uma conversa com o editor Carlos Leal, da Francisco Alves, que me indicou José Mario Pereira, da Topbooks, uma editora com experiência em biografias. Ele me perguntou se eu aceitaria este desafio e, após trocarmos ideias, decidi aceitar. Seria mais um entre tantos desafios que tive na vida. Conseguimos patrocínio através das leis que facilitam doações para esse tipo de trabalho e agradeço a Carlos Sanches, do grupo EMS, um grande amigo, pelo apoio. Zé Mario convidou Fernanda Mello Gentil para ouvir minhas histórias e transformá-las em texto. Agradeço imensamente a esses quatro e a minha secretária, que há 40 anos trabalha comigo, pela concretização deste livro.

Foi dado início a um trabalho intenso de pesquisa, de análise do meu nome, dos trabalhos que realizei não somente no Brasil, mas pelo mundo. A minha clínica também foi fonte de muitas informações arquivadas desde sempre. Tínhamos ideia de entrevistar várias pessoas que conviveram comigo para ter o testemunho de cada uma delas, mas isso ficará para uma outra oportunidade.

Conforme José Mario e Fernanda me disseram, precisariam de mais do que um volume para abordar toda minha história. Este primeiro livro introduz o médico que sou e fala das minhas ideias e da minha caminhada ao exercer esta profissão. Eu autorizei, inclusive, a publicação de trechos de alguns discursos que fiz e de artigos que escrevi, principalmente no Brasil, que dizem respeito a mim e não às instituições que eu representava. Os créditos constam dos discursos e artigos. Este livro foi pensado para me apresentar ao grande público.

Quando começamos, aconteceu a pandemia do COVID 19, que atrapalhou muito nosso trabalho, pois impediu que nos encontrássemos pessoalmente, fizéssemos algumas pesquisas, e demorou até que o ritmo se normalizasse. Como estou fora do Brasil a maior parte do tempo, isso também dificultou um pouco. Mas fomos em frente.

De maneira geral, foi assim que surgiu a ideia de escrever a minha história.

O título do livro veio da minha paixão por conhecer o céu, o universo. Numa conversa com meu pai, eu queria saber onde era o fim do céu e ele disse que não existia. Afirmei que um dia seria astrônomo, mas no Brasil, nos anos 40 e 50, isso não era possível. Então, vindo de uma família de médicos, resolvi ser médico, até que um dia eu descobri que o universo a que pertencemos é construído da maneira que nós o vemos, dentro do nosso cérebro, e foi assim que resolvi que seria um psiquiatra. Queria entender como a mente funciona, o que é a mente humana, o psiquismo. É uma fase muito interessante da minha vida, que desenvolverei mais em outro volume. A minha paixão é entender o mecanismo pelo qual a mente funciona. Surgiu então o título *Jorge Alberto Costa e Silva – Um astrônomo da mente*.

A história da minha vida foi construída na relação com inúmeras pessoas, então não posso deixar de agradecer. São centenas, e não teria como mencionar todas, mas a minha gratidão vai para todos aqueles que diretamente ou indiretamente me ajudaram a ser quem eu sou. Começo com a minha família, meus pais que construíram uma base emocional muito boa para mim, possibilitando que eu, sem planejar nada, construísse a minha vida, pouco a pouco, sendo apenas um coautor da minha história. Agradeço muito à minha estrutura familiar, meu pai, Jorge Carvalho da Silva, minha mãe, Etelvina Costa e Silva, minha irmã Sueli, aos meus filhos, Marcelo, Beatriz, Felipe, Gabriel, meus netos, e minha companheira e esposa, Mirian Gelli, e suas três filhas, minhas enteadas, Julia, Beatrice e Luiza. Pessoas muito importantes na minha vida. Meus agradecimentos a Fernanda Mello Gentil, que teve um trabalho insano e a ele se dedicou, e a Zé Mario, que sempre orientou os caminhos do livro, à equipe da Topbooks que fez a produção, e minha secretária de muitos anos que participou da concretização de mais um projeto meu, a querida Fátima.

Agradeço também a todos os meus alunos e pacientes aos quais devo praticamente quase tudo que aprendi na minha profissão.

Minha vida foi de muitos erros e acertos. Consertei o que podia consertar, algumas coisas não foram possíveis, mas toda vida é feita dessa forma, de erros e acertos, de alegria e tristeza, de sucesso e fracasso, bons e maus momentos. O importante é que, no final de uma longa história, acredito ter aprendido o suficiente para, neste momento, desfrutar das consequências de tudo que vivi, que plantei e que colhi, uma riqueza cultural, pois quando somos jovens, aprendemos muito, somos informados, podemos ser inteligentes ou não, mas, nesta fase da vida, o que vale é o que possivelmente foi aprendido, viramos homens cultos, sábios. É um momento de desfrutar não um aprendizado, mas uma sabedoria e uma cultura que nos permitem entender nosso papel no universo, o que somos na sociedade, na família e no mundo.

Neste livro falo pouco da minha vida pessoal, da história familiar, que vai ficar para um outro livro, apesar desse lado da minha vida ser muito rico, com muitas pessoas a quem devo e agradeço e que me ajudaram a ser o que sou hoje.

A vida é um grande mosaico e é importante dizer que eu não sou o que desenhei para mim. Eu queria ser apenas um médico e acabei me tornando um médico não somente de indivíduos, mas um médico da vida, da sociedade. Tentei fazer algumas reflexões sobre as minhas vivências de modo que isso possa servir de inspiração ou não para aqueles que leem este resumo biográfico. Como eu virei um ser internacional, global, planetário, espiritual e cósmico.

As minhas viagens foram no sentido de ajudar a melhorar o mundo, aprender e compartilhar o aprendizado. Como dizia Sêneca, "se fosse dado todo conhecimento do mundo a mim sem o poder de compartilhar com os outros, eu não aceitaria, pois o conhecimento não pertence a mim, eu sou apenas um intermediário entre o conhecimento cósmico e o conhecimento humano".

Ao recordar minha vida, no decorrer destes dois anos de preparação deste livro, parece que vivi várias vidas numa só. É este sentimento que tenho. Aprendi como avançar na idade e chegar aos 80 anos não somente com lembranças, mas com projetos, pois o que nos mantém vivo e com o cérebro ativo é o exercício de sonhar e de procurar realizações para o futuro, principalmente no mundo desafiador que vivemos hoje, tema aliás que abordo no livro. Posso dizer que é fascinante a possibilidade de usar tudo que aprendi para tentar construir um mundo melhor.

O mundo que construí no meu pretérito foi muito para mim, para a minha família, para meu aprendizado, meu nome, e minha vaidade. Hoje, estou livre disso, não preciso mais construir o que está construído, mas em compensação, posso, com a experiência adquirida, ajudar a contribuir para esse mundo de mudança exponencial.

Chego aos 80 anos ainda com sonhos, projetos estimulantes no sentido de desenvolver aquilo que é mais importante, a espiritualidade, e reconhecer que somos seres mais espirituais que materiais e, portanto, aprender a me desapegar do mundo material para um mundo espiritual. Concluindo, digo que aprendi a sair de um mundo material e entrar num mundo que engloba uma existência global, planetária e cósmica.

Entendi que a vida é um eterno dar e receber. Ao receber, daremos ainda melhor, de novo. Isso, num ciclo contínuo, um eterno ir e vir. Aprendi também que somos interligados entre nós, com o planeta, e com o cosmos. Tudo que acontece comigo é fruto do que acontece com o outro.

Aprendi que nós somos o que somos graças aos outros. Se fossemos sozinhos no universo, no planeta, não teríamos construído nada. No fundo construímos porque existe uma sociedade, uma família, outros seres humanos e não humanos, que conhecemos e que ainda não conhecemos.

Outro aprendizado é a importância das leis físicas que foram dominadas por muitos anos, até o mundo mais recente, pela física clássica, criada por Isaac Newton. Pouco a pouco passamos a conviver com uma outra física, invisível, que está fora do tempo e do espaço, que é a física quântica, com seres ou entidades quânticos que compõem o átomo (dentro do átomo existe um outro universo que foge à compreensão de órgãos e sentidos). É um mundo invisível que existe sem ter existência física e que talvez faça com que, um dia, compreendamos que ele é o que nós chamamos de nada.

Somos filhos de elétrons, prótons, nêutrons, quarks, bosons e outras substâncias quânticas. Porém, vou lembrar sempre que esta grande força que une dois universos, o mundo físico e o espiritual, é o que chamamos de amor. Somos seres transcendentes, que dependemos um do outro, pois estamos todos interligados e é essa transcendência que chamamos de espiritualidade. A religião é uma forma de leitura da espiritualidade, feita pela sociedade que a descreve e, como as linguagens culturais são diferentes, temos várias religiões, mas uma única espiritualidade. Todas as religiões buscam a mesma coisa, com linguagens diferentes. A consciência e a espiritualidade necessitam do material para se expressarem, emergirem e atuarem no mundo e no universo. A partir daí entendemos a nossa presença neste mundo para ajudar o universo que vem da palavra Cosmos (grego), e da palavra mundo (latim). Ajudar, portanto, o Cosmos e o mundo a evoluírem.

Concluo que tudo isso só pode ser feito através de um sentimento que emerge da nossa consciência que é o amor. O amor é o desejo de estarmos juntos, a compreensão de que só posso amar se tiver a quem amar e saber como amar. Como disse, é com o ato de dar ao outro que estou dando a mim mesmo, sempre. Ao querer que o outro seja melhor, estou fazendo com que eu também seja melhor e com isso ajudo o universo, o cosmos, o planeta, a sociedade, a tudo ser melhor. Quando nós nos reconhecemos como uma entidade única, esta unidade se mantém unida por uma força que na física pode ter outros nomes, mas que na sociedade entendemos como amor. Portanto, o amor é a grande força unificadora e construtora que dá sentido a tudo na vida. Esta é a lição final deste livro.

BREVE CURRÍCULO

Jorge Alberto Costa e Silva nasceu em 26 de março de 1942, em Vassouras (RJ).

Filho de Jorge Carvalho da Silva e Etelvina Costa e Silva.

Graduado pela Faculdade de Ciências Médicas da Universidade do Estado do Rio de Janeiro (UERJ), em 1966.

Especialização em Metodologia Científica no Instituto Karolinska em Estocolmo, Suécia.

Iniciou sua carreira docente como professor assistente de psiquiatria na Faculdade de Medicina da Universidade do Estado do Rio de Janeiro. Foi professor titular por concurso público de provas e títulos (1979), Chefe do Departamento de Psiquiatria e diretor da Faculdade de Ciências Médicas (1980-1984), sendo responsável pela criação do serviço de Psiquiatria da Universidade e colaborou na iniciativa e continuação do Departamento de Medicina Social. Na UERJ, criou o programa internacional de psiquiatria, marcando assim o início da participação da psiquiatria brasileira no cenário internacional.

Foi igualmente responsável pela criação do Serviço de Psiquiatria da Santa Casa da Misericórdia do Rio de Janeiro (onde é Irmão da mesa diretora e foi Mordomo dos

Prédios), que assiste à população de baixa renda, e que em sua homenagem recebeu o nome de Serviço de Psiquiatria Prof. Dr. Jorge Alberto Costa e Silva. Presidiu o Conselho das Escolas de Medicina no Brasil.

Professor titular por concurso público de provas e títulos e hoje Professor emérito da Pontifícia Universidade Católica do Rio de Janeiro. Por mais de 20 anos foi professor titular da Faculdade de Medicina Souza Marques. Foi também professor e vice-presidente para assuntos internacionais da Universidade de Miami, além de professor e *Chairman* do Centro Internacional de Políticas de Saúde Mental e Pesquisa da Faculdade de Medicina da Universidade de Nova Iorque e "Senior Scientist" do International Mental Health Prevention Center (NY)

Pioneiro na realização de estudos clínicos em psicofarmacologia no Brasil, teve papel importante na modificação e organização da estrutura do Instituto Nacional de Saúde Mental do Ministério da Saúde do Brasil.

Jorge Alberto trouxe profissionais de renome internacional no campo da psiquiatria e saúde mental para dar formação on-the-job para psiquiatras e profissionais de saúde mental no Brasil, e gerou programas de bolsas de estudos que durante anos viabilizaram os estudos de jovens médicos em outros países, como os EUA, Portugal, Espanha, França, Itália, Reino Unido, Suécia, Canadá, Suíça, Alemanha entre outros.

Foi agraciado com os dois dos maiores títulos concedidos pela American Psychiatric Association: Honorary fellow e Distinguished fellow. Emeritus fellow da American

College of Psychiatry. Honorary Member da World Psychiatric Association e da Panamerican Psychiatric Association. Membro honorário de mais de 50 associações psiquiátricas de diversos países, inclusive da Associação Brasileira de Psiquiatria, Associação Mundial de Psiquiatria, Associação Latino-americana de Psiquiatria, etc.

Publicou mais de 300 artigos como autor ou coautor em revistas nacionais e internacionais e possui mais de 30 livros publicados como autor, coautor ou editor. É Membro do Conselho Editorial de inúmeras revistas médicas nacionais e internacionais e peer review de 5 revistas estrangeiras.

Integra o Conselho Científico de inúmeras organizações não-governamentais (ONG), organizações intergovernamentais e organizações privadas. Foi também eleito membro do Conselho Consultivo da Associação Psiquiátrica Latino-Americana (APAL) e recebeu a Medalha embaixador Sérgio Vieira de Mello pela sua luta e seus ideais pelo bem comum e pela paz entre as Nações. Este título foi dado pelo Parlamento Mundial para Segurança e Paz, uma organização intergovernamental com sede em Palermo, Itália. Membro do Conselho Consultivo do Instituto Superior de Estudos Sociais e Política da Universidade de Lisboa. Membro da Comissão de Credenciamento de novas Faculdades de Medicina em Portugal. Membro do Grêmio Literário Português em Lisboa. Membro do Conselho Consultivo da fórum de Inovação em Saúde (FIS), Membro do Conselho de Ex-Funcionários e Diretores da Organização Mundial da Saúde (OMS), atualmente prestando consultoria em assuntos do COVID-19 e da erradicação da bouba junto ao Departamento de doenças tropicais negligenciadas.

Participou como conferencista, organizador de diversos congressos e simpósios no Brasil e no mundo, assim como foi conferencista e organizador de cursos, seminários e mesas redondas em inúmeras instituições de ensino (universidades) e instituições de pesquisas, acadêmicas, governamentais e não governamentais. Trouxe para o Brasil, presidiu e organizou congressos internacionais como: Congresso Mundial de Psicomotricidade, Congresso Mundial de Psicoterapia (1982); Congresso Mundial de Psiquiatria Social (1986); o Congresso Mundial de Psiquiatria (1993) entre outros.

Algumas das suas principais contribuições no diagnóstico e tratamento dos transtornos mentais e comportamentais incluem sua participação na *Task Force* da American Psychiatric Association e da Organização Mundial da Saúde (OMS CID-10) que identificou e classificou o Transtorno de Pânico na DSM-III e CID-10. Participou de grupo coordenado pelo Dr. Moggen Schou, que identificou o uso de carbonato de lítio como *"gold standart"* para o controle de Transtorno Bipolar e seu uso no controle de Depressão Unipolar. Participou desse estudo como P.I. (Principal Investigator) que levou a identificação do papel da supressão da dexametasona no diagnóstico da depressão.

Sua carreira na Associação Mundial de Psiquiatria (WPA) teve início na Diretoria como secretário executivo (1983-1988) e, em seguida, foi eleito presidente desta associação, se tornando o primeiro psiquiatra do hemisfério Sul a presidir a WPA (1988-1993). Durante sua gestão, criou inúmeros programas educacionais internacionais, que hoje se transformaram em uma das principais ferramentas da Associação Mundial de Psiquiatria, com programas que levam em consideração as diferentes realidades socioculturais, educacionais e linguísticas e que inspiraram a criação de outros programas análogos em diversos países do mundo. Durante o seu mandato como presidente da Associação Mundial de Psiquiatria, Jorge Alberto, aumentou o número de membros associados, terminou com o processo que envolvia a utilização indevida e abusiva da psiquiatria na antiga, União Soviética, e criou um programa de bolsa de estudos muito bem-sucedido. Também criou várias seções especializadas dentro da Associação, foi vice-presidente da Seção de Metodologia de Pesquisa Psiquiátrica e presidente da Seção sobre Cérebro e Dor.

Como diretor internacional da Organização Mundial da Saúde (OMS CID-10, 1993), criou um programa de saúde mental para populações desfavorecidas chamado "Nations for Mental Health". Ainda na OMS, liderou o grupo "Tabaco and Health", dedicado a reduzir, a longo prazo, o impacto do fumo sobre os fumantes e não-fumantes. Um dos principais enfoques do grupo foi a proibição do fumo em ambientes fechados, começando pela proibição em aviões. Para impulsionar ainda mais esta iniciativa, foi concedida condecoração ao primeiro diretor de companhia aérea que levou a cabo a proibição em todos os voos operados pela empresa. Este trabalho culminou na Convenção Quadro para o controle do Tabaco no Mundo (2003), da qual praticamente todos os países do mundo são signatários. Em 1994 a OMS conseguiu junto ao COI (Comitê Olímpico Internacional) proibir usuários a propaganda de cigarros nos jogos olímpicos.

Na Universidade de Nova York participou da criação do Centro Internacional para Saúde, onde, além de outros projetos, desenvolveu um programa de tratamento da miopia na puberdade, que atingiu principalmente jovens de países como o antigo Zaíre (atual República Democrática do Congo) e Zimbabwe, onde estes jovens, excluídos da sala de aula, se tornavam grupo de risco para a cooptação pelas forças de guerra do conflito protagonizado pelos dois países. Desenvolveu também uma série de programas sobre transtornos de aprendizado escolar, levados a cabo no Instituto Brasileiro do Cérebro, do qual é fundador.

Por meio, da parceria entre a Universidade de Harvard e a Organização Mundial da Saúde (OMS), dirigiu o Programa "Mental Health for Underserved Population", que encara problemas de saúde mental para populações carentes e que ainda hoje beneficia milhares de pessoas. A convite do então presidente do Paquistão, desenvolveu um programa voltado para a identificação da epilepsia nas regiões rurais daquele país.

Expandindo o impacto de sua atuação para além do campo da psiquiatria, trabalhou com a Organização Mundial da Saúde (Setor de Doenças Tropicais Negligenciadas) na captação de recursos e na elaboração de um protocolo para erradicação da Bouba, doença que havia sido erradicada nos anos 50. Com a identificação de novos casos, foi criado um grupo de trabalho que beneficiou 2,5 milhões de crianças no continente, já com a doença, para curá-las nestes países e erradicá-la no mundo.

Foi presidente do Comitê Internacional de Prevenção e Tratamento da Depressão, presidente do Conselho Internacional de Saúde Mental, presidente da Associação Mundial de Psiquiatria Social, presidente da Fundação Internacional para Saúde Mental, presidente da Associação Internacional de Psicoterapia Médica, dentre outros importantes cargos desempenhados em instituições de destaque. Foi também membro do Conselho Internacional para o Progresso da Saúde Global junto a UNESCO; senador e embaixador da Organização Mundial dos Estados para a Segurança e a Paz (W.O.S.) junto a ONU. Durante 4 anos, foi senador da área de Saúde do Parlamento Internacional.

Convidou o então presidente da Federação Mundial de Sociedades de Neurocirurgia, Prof. Armando Basso, para junto com a OMS criarem o Programa de Neurocirurgia e Saúde Pública, que alcançou reconhecimento global em sua atuação na captação de recursos para a compra de equipamentos e o desenvolvimento de técnicas cirúrgicas, em especial nos países do continente africano. Este programa foi criado em 1995, pela Organização Mundial da Saúde e continua ativo até hoje.

Foi responsável pela criação de diversas Fundações Internacionais nas quais trabalhou com membros da realeza, como as rainhas da Espanha e da Suécia, respectivamente o Programa "International Foundation for Mental Health and Neurosciences" e o "International Foundation for Street Children". Com a ex-primeira dama dos Estados Unidos, Rosalynn Carter, desenvolveu um programa de lideranças femininas (Primeiras Damas de vários países) contra doenças mentais e um programa mundial contra a Epilepsia e Doença de Parkinson.

Participou de grupos de trabalho que criaram escalas de identificação e pontuação de patologias mentais e comportamentais (depressão, transtorno de ansiedade generalizada, transtorno de pânico, esquizofrenia e transtornos neurocognitivos, dentre outros). Além deste fato, trabalhou em programas voltados para diagnóstico, tratamento precoce e reabilitação de pacientes que sofrem de transtornos cognitivos moderados e de pacientes com deficiências físicas ou mentais, a partir da classificação internacional de "disability "criada pela OMS.

Trabalha no sentido de aperfeiçoar o uso de Inteligência Artificial no tratamento e identificação de transtornos mentais (ressonância magnética, eletroencefalograma quantitativo de alta resolução, neuromodulação, realidade virtual, neurofeedback e neuroreabilitação cognitiva).

Foi o investigador principal (PI) em inúmeras pesquisas médicas no Brasil e exterior, em especial no campo do diagnóstico, tratamento e prevenção das doenças mentais, realizando pesquisas clínicas sobre critérios diagnósticos, desenvolvimento de instrumento de avaliação de sintomatologia psiquiátrica e também no campo da imagem funcional, com destaque para o estudo "Default Network System", utilizando uma plataforma tecnológica de ressonância magnética funcional (fMRI).

Recebeu muitos prêmios e honrarias, como o "Chevalier dans l'Ordre National du Mérite" do governo francês (vice-presidente da Associação desta Ordem no Brasil). Foi também premiado com a "Legion d'Honneur" pelo governo francês e "Doutor honoris causa" pela Universidade Nacional de Assunção no Paraguai, pela Universidade da República do Uruguai e pela Academia Brasileira de Filosofia em 2010. Doutor honoris causa da Universidade Federal do Rio de Janeiro no Brasil e Doutor honoris causa da Universidade de Lisboa em Portugal. Cidadão honorário da cidade de New Orleans nos Estados Unidos e da Cidade de Hamburgo na Alemanha. É "Doctor honoris causa in Humanities" da International Writers and Artists Association.

Foi designado "Grand Officier" pela l'Ordre Souverain de Saint Jean de Jerusalém assim como "Chevalier de l'Ordre de Malte". Ambassador at Large do Principado de Malta. Recebeu a Comenda do Mérito Médico (Grau de Comendador) pelo Governo Federal do Brasil e a Medalha Clementino Fraga, pelo governo do Estado do Rio de Janeiro. Foi condecorado com a "Grande Cruz de Justiça", concedida pela Organização Internacional de Juízes, em reconhecimento às suas ações pela justiça social, pela política e pela paz mundial, por meio de sua atuação científica, educacional, médica e de jurisprudências.

Em outubro de 1999, em congresso da Associação Mundial de Psiquiatria realizado em Hamburgo (Alemanha), foram selecionados 10 renomados psiquiatras de diferentes países para receberem o título de "Líder mundial da Psiquiatria", tendo sido o primeiro psiquiatra do hemisfério sul a receber este prêmio em razão de suas contribuições para o progresso e desenvolvimento desta especialidade naquela década.

Por suas relevantes contribuições não somente na Psiquiatria, mas na Saúde Mental como um todo, recebeu dois vistos de trabalho que considera muito importante: Visto O-1 pelo governo dos Estados Unidos e o Passaporte Talento pelo governo francês. Ambos os vistos são concedidos a pessoas com habilidades extraordinárias, tais como: cientistas, pesquisadores, professores, experts em tecnologia, inventores etc.

Com diversos líderes espirituais de diferentes religiões, criou e iniciou projeto sobre Saúde e Fé, sob a tutela da Associação Mundial de Psiquiatria e da Organização Mundial da Saúde.

Seu trabalho, pautado principalmente na visão holística da prática médica (levando em consideração aspectos científicos, culturais, sociais, políticos econômicos etc.), busca o desenvolvimento de uma relação médico-paciente pautada na medicina social e holística. Essa visão se reflete não só nos trabalhos desenvolvidos da área médica, mas também na formação de discípulos (na casa dos milhares) e na elaboração de protocolos de pesquisa. Estas características acabaram por credenciá-lo como um ideólogo da medicina (metamedicina) e da ciência, culminando na sua eleição como membro da Academia Brasileira de Filosofia, sendo o único médico a ser eleito para esta instituição e eleito membro titular do Pen Clube do Brasil, da Associação Brasileira de Médicos Escritores (Abrames). Atua dentro deste método holístico em tempo quase integral em sua peregrinação pelo mundo, tendo visitado e ajudado projetos em 142 países ao redor do globo.

Em 2018 foi condecorado pela Associação Brasileira de Clínica Médica por seus relevantes serviços prestados a medicina brasileira.

Em 25 de abril de 2019, recebeu o Colar Cândido Fontoura do Mérito Industrial Farmacêutico, por sua inestimável contribuição ao desenvolvimento da ciência no Brasil.

Na ocasião, de sua candidatura a membro titular da Academia Nacional de Medicina, apresentou memória intitulada "Depressão: Diagnóstico e teste da supressão da Dexametasona". Foi duas vezes vice-presidente da Academia Nacional de Medicina no Brasil e em 6 de julho de 2017 foi eleito Presidente desta instituição para o biênio 2017-2019, que considera a posição mais importante de sua carreira.

É membro estrangeiro das Academias de Medicina da França, da Espanha e da Academia de Ciências na Suécia e Portugal, além de ter presidido a Ordem de Malta no Brasil e Gran Chanceler da Ordem de São João de Jerusalém, Rhodes e Malta (organizações humanitárias com 1000 anos de atividades médico hospitalares, desde as Cruzadas). Membro da Accademia Costantiniana com sede na Itália. Membro da Associação dos Membros da Ordem do Mérito da França vinculada à Associação Nacional Francesa e Membro da Associação dos Amigos da Renascença Francesa.

Desde o início praticou a clínica psiquiátrica em instituições públicas, hospitais universitários e na clínica privada. Até hoje continua com suas três paixões profissionais: os pacientes, os alunos e as pesquisas.

Tem importante participação em conselhos científicos e administrativos, principalmente na Europa onde reside hoje. Nos Estados Unidos participa do Conselho Científico da Brace Pharma, empresa de desenvolvimento de medicamento de inovação radical, ao lado do laureado com Prêmio Nobel (Eric Kandel – USA).

Continua com intensa carreira profissional clínica, científica e acadêmica, estando hoje baseado na Europa, (Portugal, França, Suíça), onde é membro de vários conselhos científicos, culturais e de administração de empresas médico-científicas. Membro do Conselho Científico de inúmeras instituições médica, científica e farmacêutica como Servier, Sanofi, Roche, Pfizer, Eli Lilly, GSK, EMS, Aché, Novartis, Pierre Fabre, etc.

Com grande afinidade e admiração pela cultura francesa, trabalha intensamente para estreitar os laços da cultura e medicina francesa com o Brasil e inúmeros países.

Seu trabalho internacional continua intenso e como presidente da Academia Nacional de Medicina do Brasil (2017-2020) desenvolveu parcerias com as Academias de Medicina da América Latina, Portugal, Espanha, Reino Unido, França e Estados Unidos.

Vem regularmente ao Brasil onde continua inspirando inúmeros profissionais da saúde e da educação universitária com seus conhecimentos.

De família de médicos (o pai) e artistas (avó musicista, avô pintor e cenógrafo, tio avô, o espanhol Jacinto Benavente, Prêmio Nobel de Literatura de 1922). Talvez, venha daí sua ampla visão científica, artística, cultural e humanitária. Seu tio avô, Mariano Benavente, pai de Jacinto Benavente, foi o homem que criou a disciplina de medicina da infância no século XIX, mostrando que a criança é diferente do adulto e daí a origem da psiquiatria da Infância e Adolescência, na Espanha e no mundo. Ele também foi membro da Real Academia da Espanha e seu presidente.

Inspirado pelos pais, sempre lutou pela ética na vida, na saúde e na psiquiatria pela justiça social, *latu sensu* e em especial na saúde global. No momento, faz parte do comitê organizador da primeira faculdade de medicina para diploma europeu focada na medicina do futuro e continua como membro de conselhos científicos de inúmeras instituições privadas, culturais e universitárias.

A AUTORA

Fernanda Mello Gentil – Nascida e criada no Rio de Janeiro. Formada em Comunicação Social (ECO-UFRJ), mestra em Antropologia (Museu Nacional-UFRJ), doutora em Estudos de Literatura (PUC-RIO), com Pós-doutorado em Narrativas Digitais (PACC-UFRJ). Trabalha como escritora, produtora editorial, roteirista e pesquisadora. Publicou cinco livros autorais de ficção.

Para saber mais sobre os títulos e autores
da Topbooks Editora, acesse o QR Code.

topbooks.com.br

Estamos também nas redes sociais